徳間文庫

# 上海迷宮

内田康夫



徳間書店

目次

〈主要登場人物〉

浅見光彦　　三三歳　フリーのルポライター
浅見陽一郎　四七歳　光彦の兄。警察庁刑事局長
浅見雪江　　七二歳　光彦の母。未亡人
浅見和子　　四六歳　陽一郎の妻
浅見智美　　一六歳　陽一郎の長女
浅見雅人　　一四歳　陽一郎の長男
吉田須美子　二七歳　浅見家のお手伝い
藤田克夫　　五〇歳　『旅と歴史』編集長
橋本警視　　五一歳　警視庁戸塚署刑事課長
林　道義　　六五歳　T女子大心理学教授。維健の友人
大隅五郎　　故人　　雪江の叔父。陸軍少将
伏見定訓　　五〇歳　上海日本総領事。陽一郎の友人
井上　玲　　四二歳　上海日本総領事館一等書記官
田丸友安　　三一歳　同じく三等書記官

曾ソウ　亦イ依イ　　二八歳　　法廷通訳

何カ　麗レイ文ブン　　六一歳　　亦依の母。清明女子高校教師

曾ソウ　亦イ奇キ　　三三歳　　亦依の兄。上海市良益電子有限公司社員

曾ソウ　維イ健ケン　　六五歳　　亦依の父。元上海振興大学心理学教授

王オウ　孫ソン　武ブ　　六〇歳　　上海振興大学建築学部教授。和華飯店414号室で殺される

賀ガ　暁ショウホウ芳　　二八歳　　亦依の友人。新宿のマンションで殺される

康コウ　威イ　　三五歳　　上海市公安局員

許キョ　傑ケツ　　三四歳　　上海世紀新聞記者

鄭テイ　達タツ　　三六歳　　賀の勤務先の世界遊友商務株式会社社長

陳チン　建ケン鋼コウ　　二六歳　　賀殺害の容疑者

陳チン　正セイ栄エイ　　五三歳　　陳建鋼の父

施シ　意イ謹キン　　七五歳　　陳建鋼の祖母

胡コ　鳳フウ芝ジ　　三二歳　　王孫武の愛人

蔣ショウ　英エイメイ銘　　六五歳　　貴老爵士楽団員

廖リョウ　和ワ安アン　　六一歳　　上海市保林鋼鉄集団公司、副総裁。曾維健と大学の同僚

裴ベイ　莉リ婕ジェ　　二八歳　　田丸の恋人。コンピュータ関連会社社員

# 上海市地図

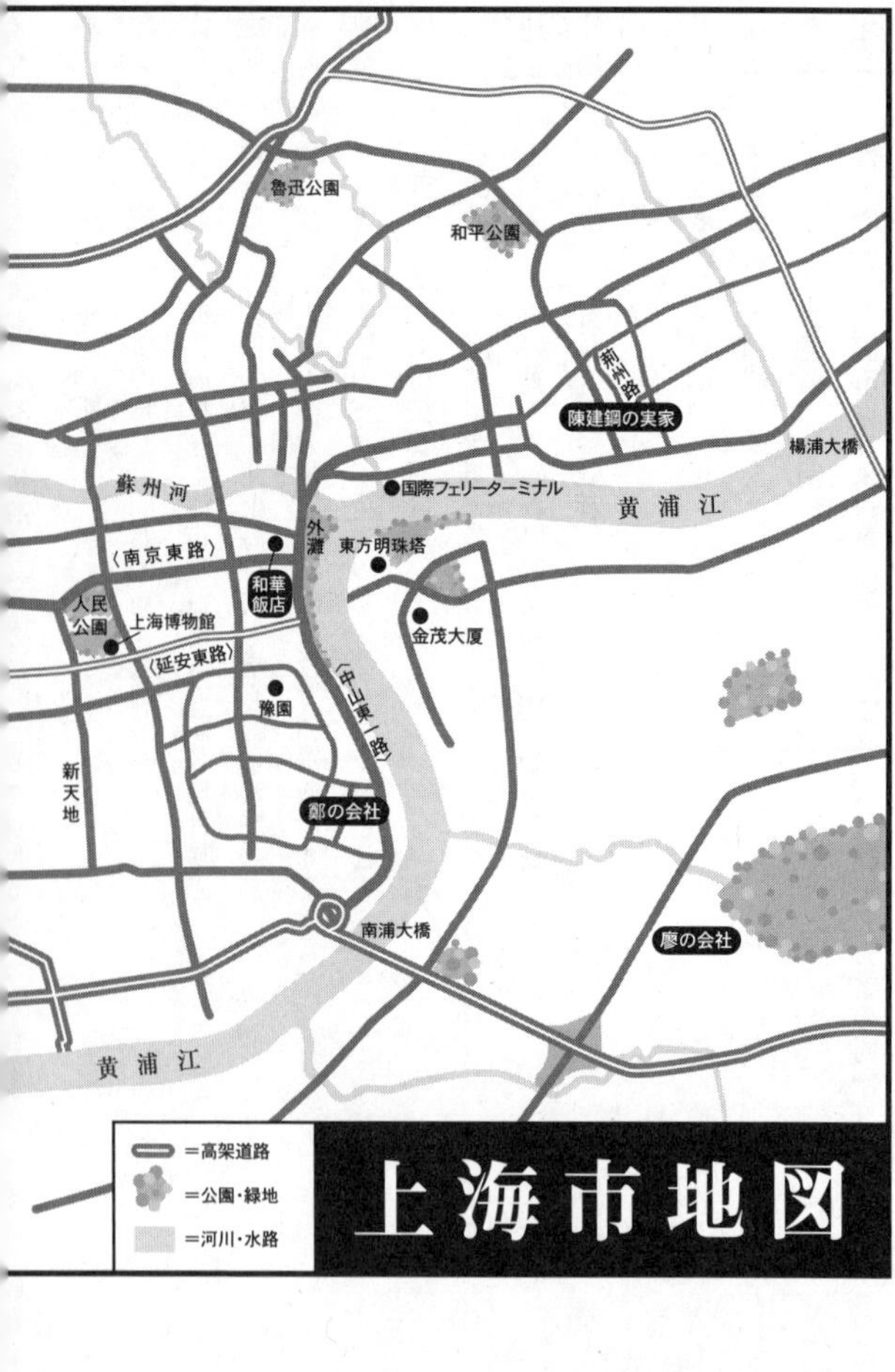
魯迅公園
和平公園
荊州路
陳建鋼の実家
楊浦大橋
蘇州河
国際フェリーターミナル
黄浦江
外灘
東方明珠塔
〈南京東路〉
和華飯店
人民公園
上海博物館
〈延安東路〉
金茂大厦
〈中山東一路〉
豫園
新天地
鄭の会社
南浦大橋
廖の会社
黄浦江
=高架道路
=公園・緑地
=河川・水路

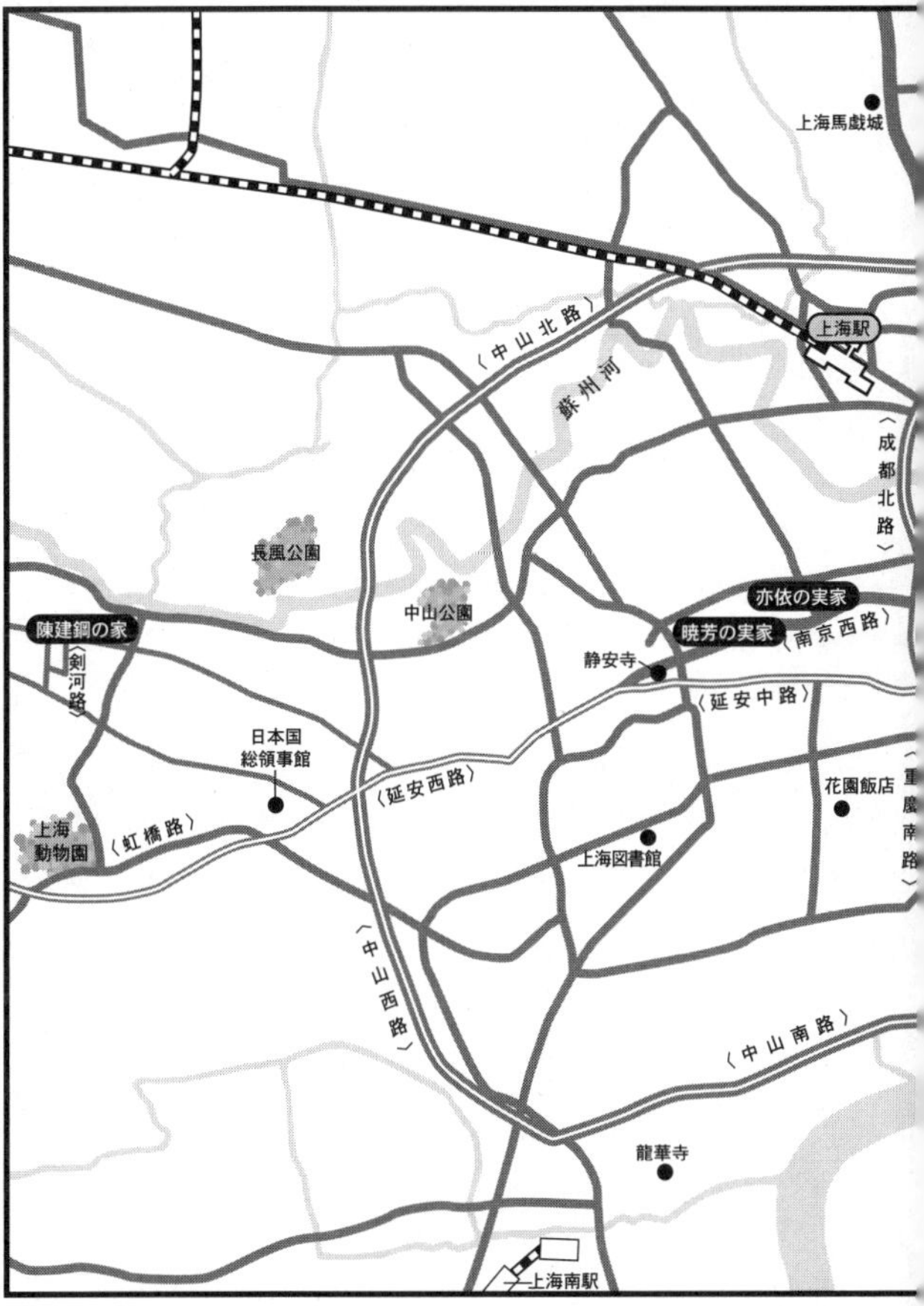
上海馬戯城
上海駅
〈中山北路〉
蘇州河
〈成都北路〉
長風公園
中山公園
亦依の実家
暁芳の実家
陳建鋼の家
〈南京西路〉
静安寺
〈剣河路〉
〈延安中路〉
日本国
総領事館
〈延安西路〉
〈重慶南路〉
花園飯店
上海
動物園
〈虹橋路〉
上海図書館
〈中山西路〉
〈中山南路〉
龍華寺
上海南駅

# プロローグ

視野の片隅でチラッと動くものを感じた。赤い小さなトカゲだった。真っ赤なトカゲなんて初めて見た。体長は十センチぐらいだろうか。石垣の隙間《すきま》から、何かエサでもあさりに出てきたのか、片足を上げ、頭をもたげて辺りを見渡している。クルッと回した目がこっちに向けられ、亦依《イイ》の視線と交錯した。

亦依はトカゲに限らず、ヘビもヤモリも、爬虫類《はちゅうるい》と名のつくものは苦手だけれど、この赤いトカゲには何となく愛嬌《あいきょう》があった。

先方も人間を見ても逃げずに、じっとしている。体の割に大きな丸い目も、ルビーのように赤い。

乾物屋の店先に落ちていたイワシの煮干しを拾って、放ってやった。トカゲはピクリと動いて、素早く煮干しを銜《くわ》えると、スルリと石垣の隙間に入った。

それだけの夢だった。

目覚めてからも、亦依は現実に見た出来事のように、赤いトカゲの姿をはっきりと思い出せた。何だか懐かしくもあった。

赤いトカゲなんて、この世に存在するのかどうかも知らないけれど、少なくとも夢の中では違和感がなかった。

それにしても、どうして赤いトカゲの夢なんかを見たのだろう……と、そのことが不思議だ。そもそも色つきの夢を見ることが珍しいのかもしれない。

夢は元来、モノトーンなのだそうだ。色つきの夢を見たと言う人がいても、大抵は目覚めた後でそう思ったか、あるいは脚色して話している場合が多いらしい。

だけど、亦依の見た夢のトカゲは、紛《まぎ》れもなく赤かった。周囲の色は思い出せないけれど、トカゲの色は鮮やかな赤だった。

色つきの夢は五臓六腑《ごぞうろっぷ》の疲れによるという説や、吉凶いずれかの兆しである……という説も聞いた。

もしそうだとしたら、赤いトカゲは吉兆なのか凶兆なのか、気になるところだ。

朝、大学へ行く道すがら、亦依は夢の話を父親にして「吉兆？　凶兆？」と訊《き》いた。

父は「知らない」と素っ気なく答えたが、すぐその後に、ひどく怖い顔で「その話、私以外の誰かに話したか？」と訊いた。

「ううん、誰にも」

「そうか、それならいいが、絶対に誰にも話すなよ」

「母さんにも？」

「もちろんだ！」

なぜ？――と問い返せないほど、それまで見たことのない恐ろしい形相だった。

父の曾維健《ソウイケン》は文化大革命前まで大学で心理学を教えていた。ユングに関しては国内では指折りの学者と言われていた。それが紅衛兵《こうえいへい》の手によって屈辱的な自己批判を強要された。

一九七六年十月に毛沢東夫人・江青《コウセイ》など四人の中心人物が逮捕され、さしも猛威をふるった文化大革命も紅衛兵も終息し、大学教授と心理学者としての地位と名誉は一応、回復されたものの、それ以来、維健はこの国への忠誠心を喪失した。娘の亦依にも、ことあるごとに、いつか国を出ることを勧めた。

「アメリカでもヨーロッパでも日本でもいいから、とにかく国を出なさい」

「日本？」

亦依は意外だった。アメリカやヨーロッパは分かるけれど、日本はかつての敵対国ではないか。

「人間が夢を見るように、国家も夢を見る。時には悪夢を見ることもあるのだよ」

維健はそう言った。

「あの時代は日本と日本国民にとって、史上最大の悪夢だった。被害に遭った当事国としては許しがたいところだが、しかし、中華人民は寛容を徳義とする国民だ。それに悪夢を見るのはどの国も同じこと。あの温和なはずのカンボジアでさえ、何百万人という虐殺をやってのける悪夢を見た。わが国の歴史も、何度となく大きな悪夢を経験してきた。始皇帝の焚書坑儒《ふんしょこうじゅ》も文化大革命も、私ら学問に勤《いそ》しんだ者にとっては、悪夢としか思えない。たかだか七百数十年前のフビライの世界征服の時には、もう少しで日本を滅亡させるところだった。阿片戦争でわが国が嘗《な》めた屈辱と辛酸は、まったく理不尽なものだろう。西洋による東洋の植民地化などに較べれば、日本の見た悪夢など、はるかに罪が軽い。そもそもわが国と日本は血の繋《つな》がった友邦なのだ。いつまでも恨みを引きずっていては、悠久の未来は開けないと思うべきだよ」

その時、すぐには納得できなかったが、亦依の胸の内に日本への関心と寛容の気持ちが芽生えた。観念的に「悪」と決めつけてしまわなければ、歴史を見る目も変わる。父の言うとおり、確かに日本という国がそんなに悪の権化《ごんげ》のようには思えなくなった。むしろ、ヨーロッパの国々や中国に較べると、単純で分かりやすい国民性なのかもしれない。

中国四千年の歴史から見ると、日本はわずか二千年にも満たない。日本の文化はすべて中国からの文物を基礎にして生まれたものばかりだ。おまけに長い鎖国を経て、世界の動きには信じられないほど鈍感だった。十九世紀の後半になって、西洋諸国に開国を迫られた。その結果、諸外国とひどい不平等条約を結ばされたのは、阿片戦争後の中国＝清国と同様だった。

その屈辱から脱し、国際的な地位を対等のものとするために、日本は急速に欧米の文化を採り入れ、富国強兵に努めた。

その頃の日本は、世界的には幼児のごとくひ弱でちっぽけな存在にすぎなかった。清国とのあいだで確執が生じ、「日清戦争」に発展したのは、必ずしも日本が望んだものではなかっただろう。清国もよもや日本ごときに負けるとは思わなかったにちがいない。

ところが、結果的には日本が勝利した形で戦争は終わった。清国の威信は失墜し、間もなく清王朝は崩壊することになる。

この「事件」は日本に自信を抱かせ、富国強兵政策にはいっそう拍車がかかった。次の対ロシア戦争にも奇蹟的な勝利を収め、軍部の権力はますます拡大して、ついには軍国主義国家となって破滅への道を突っ走ることになった。

「世間知らずのヤンチャ坊やが、ワルぶって暴走して転んだようなものだ。根はそんなに悪いやつじゃないのさ」

維健はそんなふうに解説した。

亦依が赤いトカゲの夢を見たのは、満で二十歳になった翌年の正月のことだ。

その年に大学を出て、就職先も決まっていなかったせいもあって、亦依は父が言うとおりに日本へ行くことにした。

母親の麗文《レイブン》は「言葉も風習も異なる国へ行って、大丈夫なのかい？」と不安がった。

「なんとかなるわよ。昔はそうやって、何人もの人が日本へ渡り、仏教や文化を教え広めたんだから」

「ははは、そんな大昔とは違うがね」

維健は笑った。

「いまは向こうから教わることのほうが多いかもしれない。しかし亦依は賢いからな、じきに日本に溶け込むだろうよ」

維健の日本の友人で大学教授を務める人物のツテを頼って、留学という形式を取ることができた。日本の外交方針は外国人の定住を敬遠するとされているが、先の戦争の加害国としての後ろめたさがあるためか、他の国々に較べ、中国に対しては、留学生の門戸を広く開けていた。

ボーイフレンドの孫志強《ソンシキョウ》が悲しそうな顔をして「行くなよ」と言ったが、亦依の気持ちは動かなかった。「行くわ」と宣言した時、ふとあの赤いトカゲが脳裏に浮かんだ。新しい門出を祝う、あれは吉兆だったと信じることにした。

# 第一章　窮鳥入懐

## 1

悪いことは重なる――というけれど、いいことが重なって起きることだって、決してないわけではない。三月のはじめに、浅見光彦の身に起こった「椿事《ちんじ》」は、まさにいいことがセットになって舞い込んだような話だった。もっとも、いいことは大抵、裏返しのように他人の不幸の上に成立するケースが多いものだ。今回も例外ではなく、二重三重の不幸があって、それが浅見にとっては万事、好都合に作用したのである。

そもそもは雑誌『旅と歴史』の藤田編集長から電話で、上海《シャンハイ》行きの仕事の話を持ちかけられたことに始まる。

「超高層ビルがどんどん建って、驚異の発展を遂げつつある上海の今と、蘇州や杭州にいまも息づく中国の原風景との対比を、写真と文章で活写してもらいたいんだけど。どうだい、おいしくて涎《よだれ》が出そうな話だろう」

　藤田は頭からありがたがるものと決めてかかっていたが、浅見は即座に断った。理由は「飛行機が苦手で」である。

「おいおい、いまどき飛行機を怖がって、ルポライターが務まるのかよ」

　藤田は呆《あき》れて、「そうか、ウチの雑誌が出すような安い仕事は願い下げってことだな」と、妙な邪推をして、挨拶《あいさつ》もせずに、叩きつけるように電話を切った。

　確かに『旅と歴史』のギャラはとてつもなく安い。しかし取材費や原稿料が安いのは、何も『旅と歴史』に限ったことではない。どこの出版社も慢性的に不景気で、毎年、赤字経営で喘《あえ》いでいる。ただし、経費削減のしわ寄せは社員の給料に及ぶ前に、まず原稿料から始まる。作家やライターには組合組織がないから、賃上げ値上げ交渉どころか、値下げを宣告されても、抵抗できない。

　そうはいっても、浅見は『旅と歴史』の仕事が好きだ。多少の不満には眼をつぶって、どんな注文でも受けることにしている。上海行きを断ったのは、嘘《うそ》いつわりなく「飛行機が苦手」という理由以外にはない。国内ならまだしも陸つづきの航空路だからいいが、東シナ海を越えて行くフライトなど、想像しただけでいい気分がしない。途中でエンストでも起こしたら、どうするんだろう？――と不安になる。

　それこそ嘘のような話だが、三十三歳の現在まで、浅見は飛行機による海外旅行の経験がないのである。そのくせ豪華客船「飛鳥」に乗って世界一周クルーズをやっている（『貴賓室の怪人』参照）のだから、他人にはその事実をなかなか信じてもらえないのも無理はない。

何が何でも、とにかく飛行機だけは願い下げだ。編集長を怒らせたのはまずいが、さりとて節《せつ》を曲げて「上海行きＯＫ」とは、金輪際《こんりんざい》言うつもりはなかった。

とはいえ、上海それ自体には興味というより、憧《あこが》れに近いものがある。確かに藤田が言ったとおり、近代化が進み、超高層ビルが林立するという現代の上海も見たいし、上海周辺の、例えば蘇州に代表される歴史の奥深さや文化に触れてみたいとは、以前から熱望していることだ。

浅見の少年時代は、少なくとも中学生までは秀才と言われたほど、勉強のできる子だった。高校に入って、とくに数学の教師と折り合いが悪く、とたんに学業全般の成績が急落した。国語と美術関連以外の学科はすべて当落線上を彷徨《さまよ》った。

浅見家は明治維新以来、エリート官僚を輩出する家柄だった。祖父は大蔵（現財務）次官、父親も大蔵省の局長で次期次官の最有力候補だったが、惜しくも急逝した。浅見光彦が十三歳の夏のことである。

浅見の兄の陽一郎は東京大学を首席で卒業して警察畑に入り、四十六歳の若さで警察庁刑事局長に就任した。母親の雪江未亡人は次男坊の光彦も当然、兄と同じ東大を目指すものと期待したが、浅見は一浪して三流大学に辛うじて入って、世間から「浅見家の落ちこぼれ」と噂《うわさ》された。

その代わり――というわけではないが、浅見は文学の面白さにのめり込んだ。国語の授業はもちろんだが、漢文が面白く、とりわけ漢詩が大好きだった。

月落ち烏啼《な》いて　霜　天に満つ
江楓《こうふう》漁火　愁眠に対す
姑蘇《こそ》城外の寒山寺
夜半の鐘声　客船に到る

これは張継《チョウケイ》という唐代の詩人が詠《よ》んだ有名な「楓橋夜泊《ふうきょうやはく》」という詩だが、漢文の教師がこの詩を中国語で朗々と詠《うた》うのを聴いて、音楽を聴いているような心地よさを覚えた。その時から、まだ見ぬ蘇州の情景が頭にこびりついている。藤田から上海行きの話を聞いた瞬間、それが蘇《よみがえ》った。気持ちは動いたが、それでも飛行機という「天敵」には勝てなかったということだ。

電話を切った時の藤田の不機嫌ぶりからして、下手をすると『旅と歴史』とはこれっきりか……と少なからず気にはなった。浅見の生活を支える収入源としての『旅と歴史』の存在はきわめて大きい。原稿料の安さはともかくとして、安定的に仕事を供給してくれる点ではほかに代わるところはなかった。

（まずかったかな――）と後悔したが、さりとて飛行機の恐怖と東シナ海を乗り切れるほどの勇気は湧《わ》いてこない。大きな魚を逃がしたような気分で、電話の前でくよくよしていると、その電話がけたたましく鳴り出したから、浅見は飛び上がるほど驚いた。

電話はT女子大教授の林道義だった。林は浅見の兄陽一郎の東大の先輩で、心理学の、とくにユングの研究では日本の第一人者と言われている。以前、林夫人の兄が誘拐されるという事件が起きた時、浅見の決死的な活躍で解決したことがある（『高千穂伝説殺人事件』参照）。それ以来、浅見家の落ちこぼれに対して信望が厚い。

「あ、先生、兄はまだ役所のほうですが」

「いや、きょうはお兄さんでなく、あなたにお願いがあるのです」

林はいかなる危急存亡の折りでも、ゆったりした口調で話す。

「じつは、あなたに女性と会っていただきたいのですがね」

（やれやれ――）と、浅見は密《ひそ》かに首を竦《すく》めた。とうとう林教授までが見合い話を持ち込んでくる事態になったのか。お節介焼きおばさんの中西夫人だけでも手を焼いているというのに、この上さらにお見合い攻勢が押し寄せるのは願い下げにしたい。しかも相手が林教授では無下な断りはしにくい。もっとも、見合いの相手が教授の姪《めい》ごさんの本沢《ほんざわ》千恵子嬢なら話はべつなのだが――と身構えたが、話はそれどころではなく、まったくべつの方向へ進んだ。

「会っていただきたいのは中国人女性です。なかなかの美人です」

「はあ……」

僕の見合い話もついにインターナショナルなところまで行ったのか——と、浅見は声も出ない。黙っているのを消極的な了解と受け取ったのか、林は「では、あなたのご都合のいい日時と場所を決めていただけますか」と言った。

「あ、あの、しかし、僕でお役に立てるかどうか分かりません。たぶん……」

会っても無駄ですよ——と言いかけたが、「いやいや」と、林はこの時ばかりはおっかぶせるような早口になった。断られるのを警戒したにちがいない。

「あなたなら大丈夫だと私は思っています。先方にもそう申し上げていますから、なにぶんよろしく」

こうなっては、とりあえず会うだけでも会わないわけにいかない。とどのつまりはそういうことになった。場所は、安くてあまり人目を気にしなくてすむところがいいと、浅見は自宅に近い神社の境内にある「平塚亭」という団子屋を提案して、そこに決まった。

浅見光彦の住む東京都北区西ケ原……は、その名の通り、東京の市街地の北端近くにある。東京二十三区……いわゆる都心に近い辺りでは珍しく、とくに平塚神社の界隈《かいわい》は樹木の多いところだ。大鳥居を潜《くぐ》ると、三十メートルを超えるようなシイやケヤキの大樹が天に冲《ちゅう》する境内《けいだい》を、長い参道が通っている。その鳥居の脇に平塚亭はある。創業百年以上の小さな茶店だ。

店売りが中心で、奥のテーブルについてお茶を供してもらえるのは、ごく親しい客に限られる。浅見が名物の団子を注文して、十五分ほど待った頃、問題の「中国美人」が現れた。林教授が言っていたとおり、掛け値なしの美人である。女性の年齢は分からないし、まして相手は中国人だが、二十代後半、まだ三十歳にはなっていないと見た。中国人特有のスラリとした体型で、鼻筋の通った色白の瓜実顔《うりざねがお》に、キリリとした目つきが特長的だ。これなら林が自信をもって勧めたくなるのも納得できる。ただし、その美貌《びぼう》に、なぜか翳《かげ》りのような憂愁の気配が漂っているのが少し気になった。

「浅見さんですね？」

いくぶんイントネーションが違うが、流暢《りゅうちょう》な発音で訊いてきた。

「そうです」

浅見は立ち上がって椅子《いす》を勧めた。

「ソウ・イイ、言います」

「そうです」に対して「そういい言います」だったから、何だかジョークみたいで、浅見は戸惑った。

「ソウいう名前です」

これでまた混乱した。「そういう名前」と言われても困る。

女性はすぐに気がついて名刺を出した。

曾　亦依

「あ、なるほど……これで『いい』さんと読むのですか」

名刺には肩書は何もなく、同じ北区内の神谷という町のアパートかマンションらしい住所と携帯電話の番号だけが印刷されている。神谷からなら地下鉄南北線で西ケ原まで五分足らずで来られる。

浅見も肩書のない名刺を渡した。曾亦依嬢は名刺を押しいただいて、食い入るように活字を見つめている。

この店のアイドル的存在である通称「大福おばさん」が、気をきかせて団子とお茶を運んできてくれた。妙に嬉《うれ》しそうな顔をしているのは、浅見家の次男坊に新しいガールフレンドができたとでも、勘違いしているのかもしれない。

「ここは気のおけない店です」

言ってから「気のおけないって、分かりますか?」と訊いた。

「はい分かります。遠慮しないでいい、いう意味ですね」

「そうです。驚きましたねえ、日本語がとてもお上手です。日本は長いのですか?」

「七年になります。最初、大阪にいて、少し関西弁になりました」

確かに関西弁のアクセントがあった。それにしても、七年でこのくらい日本語が堪能《たんのう》になるというのは驚きだ。

　曾亦依嬢は遠慮しない性格なのか、それともよほどお腹が空いていたのか、「いただきます」とお団子とお茶を平らげてから、あらためてひととおり、自己紹介をした。上海出身でことし二十八歳。七年前に上海の大学を卒業して、日本に留学したのだそうだ。

「留学いうても、日本語学校で学ぶ以外は、ほとんどアルバイトばかりしていました。学費や生活費を稼がなければなりませんですので」

「いまは、お仕事は？」

「中国語学校の教師と、それに法廷通訳をしています」

「法廷通訳……」

　初めて耳にする言葉だったが、意味は通じる。警察や裁判所で、事件に関与した外国人を取り調べるために、かなりの数の通訳が必要になってきていると聞いたことがある。

「なるほど、このところ外国人による犯罪が急増していますからね」

「とくに中国人の関係する事件が多いです。残念です」

　蛇頭《じゃとう》と呼ばれる地下組織による、大量不法入国が頻発している。一人当たり二百万円で密入国を斡旋《あっせん》するものである。日本に行けば一攫《いっかく》千金の荒稼ぎができるものと信じて、やってくる。主に中国南部・福建省の貧しい農漁民が多く、彼らにとって二百万円はとほうもない大金だ。一族郎党が金策して、一人の「代表選手」を日本に向けて送り出す。それに見合う「大金鉱脈」が日本にあると信じ、期待するのだ。

「蛇頭」というのは単独の組織ではなく、システム全体の総称なのだそうだ。その分担する業務ごとに、それぞれの「蛇頭」がいるらしい。人集め段階での「蛇頭」、船の手配をする「蛇頭」、日本への上陸を段取りする「蛇頭」、日本での行き先を面倒みる「蛇頭」、仕事を差配する「蛇頭」といった具合だ。

「蛇頭」への支払いは半分が前払い、残りの半分は成功報酬で、雄図《ゆうと》空しく船が難破することもあるし、日本に上陸してからすぐに捕まってしまえば失敗と見なされる。それでも半金の百万円は戻ってこない。

運よく日本上陸が成功し、潜伏先に落ち着いたとしても、故郷で夢見たような一攫千金の仕事など、そうそうあるものではない。日本自体が長い不況で青息吐息状態。完全失業率五・四パーセントというのが、ここ五、六年もつづいている。

ということで、彼らは「荒稼ぎ」の仕事に手を染める以外、生きてゆく道がない。外国人……とくに中国人による犯罪が急増しているのは当然だ。

自動車を盗んでナンバープレートを付け替え、港へ運んで貨物船に積んで香港《ホンコン》辺りへ送り出すのは、犯罪というより一つの事業のように完成されたシステムになっている。銀行や農協などの金融機関が末端に備えている自動支払機を、建物ごと重機で破壊し、現金を盗み去る荒っぽい犯行のほとんどが彼らの仕業だ。ピッキングという、玄関ドアのロックを簡単に破る方法から、偽造カードや変造カードでカード社会を食い物にするような事件などまで、これまでの日本ではあまり見られなかった。

そればかりではない。彼らの手口で恐ろしいのは、殺傷事件が多いことだ。金銭目的で、いとも簡単に人を殺す。新宿歌舞伎町のクラブに押し入り、営業中で客もいる中で日本人マネージャーを刺し殺し、売上金等を奪い去ったのをはじめ、仲間割れと見られる、中国人同士の殺人事件も枚挙にいとまがない。

いや、中国人ばかりではない。アラブ系外国人の犯罪もここ数年、急増している。日本は島国で、国民の気質も行政も外国人の扱いに慣れていない。文化の違いもあるし、思考回路が異なるから、彼らの行動にどう対処すればいいのか、戸惑うことが多い。

これら外国人による犯罪には、かつては世界ナンバーワンを誇った日本警察も完全にお手上げ状態である。最近のデータによれば、犯罪検挙率はわずか二十二パーセント。犯行を重ねる連中の側からいえばやりたい放題といっていい。

法廷通訳という仕事に対しても、亦依嬢の魅力に対しても、大いに興味はあったが、それとこれとは話が違う。当方の事情ははっきりしておかなければならない。浅見はいくぶん毅然《きぜん》とした態度を装って言った。

「えー、最初にお断りしておきますが、僕は独身主義者ではありません。しかし、当分のあいだは結婚する気はない――いや、できないと言うべきなのです。何しろ、いまだに親の家を離れることのできない、甲斐性《かいしょう》なしでありまして、世間ではあけすけに『居候』などと呼ぶ人もいるくらいです。自分の生まれた家にいて居候と呼ばれる筋合いはないと思うのですが、事実がそうなのだから、文句も言えません。しかも僕は日本語以外は中国語どころか英語もろくに喋《しゃべ》れません」

「あのぉ……」

浅見の話が一段落するのを待って、亦依嬢はオズオズと口を挟んだ。

「林先生にお願いしたのは……」

「ええ、林教授には義理がありますから、大抵のことはお引き受けしますが」

「ああ、よかった、ありがとうございます。断られたらどうしよう、思いました」

亦依は心からほっとしたように、肩から力を抜いた。ほとんど涙ぐんでいる。

（参ったな――）

浅見にしてみれば、遠回しながら断る方向で話したつもりだ。それがぜんぜん伝わらないというのは、異文化だからやむを得ないのだろうか。

「林教授は僕のこと、何ておっしゃってたのですか？　すごく美化してお勧めしたのじゃないでしょうね」

「いえ、とても褒《ほ》めていらっしゃいました。背が高くて、ハンサムで、頭がよくて、頼りになる方だって……」

「ははは、それは買い被《かぶ》りというものです。実体はいま僕が言ったような落ちこぼれの甲斐性なしですよ」

「それは確かに、世間的な地位やお金はないけれど、とても優しくて義俠心《ぎきょうしん》に富む、真の英雄とは浅見さんのような人のことを言うって……」

「…………」

浅見は沈黙した。林教授が巧言令色《こうげんれいしょく》の人だとは思わないが、そこまでオーバーに言われては、対応のしようがない。

「ですから、間違いなく上海へ行っていただけるはずだっておっしゃいました」

「えっ、上海へ？……」

何のことだ？――ついさっき、藤田に上海行きを言われ、断ったばかりだ。

「ええ、父の事件のことで、浅見さんに助けていただくようにっておっしゃいました」

「えっ？　えっ？　お父さんの事件といいますと？」

予想外の展開に戸惑った。

「あら、それじゃ、もしかすると浅見さんは事件のことはお聞きになっていないのでしょうか？」

「ええ、聞いていませんよ。林教授には、ただあなたに会うようにと言われただけです。美しい中国人女性だということは聞いていましたが……」

「それはお世辞です」

亦依嬢は顔を赤らめたが、赤面するのは浅見のほうだ。何を勘違いしている――と彼女に思われていたにちがいない。

「改めてお聞きしますが、お父さんの事件というのはどういうことなのですか?」

「父が殺人の容疑で公安局――つまり警察に逮捕されてしまったのです」

「殺人……穏やかではありませんね」

「もちろん無実です。でも、公安局、中国の警察は頑固で硬直化してますから、いったん方針を決めると、何を言っても信じてもらえないのです。このままでは父は死刑になってしまうかもしれません」

「しかし、弁護士さんはいるでしょう」

「います。律師《リュウスウ》といって日本の弁護士と同じです。官選弁護士ですから、頼りになりません。それで、母が林先生にご相談したら、浅見さんにお願いするように言われたのです。浅見さんなら日本で一、二を争う名探偵だから、安心して任せられるっておっしゃいました」

「それは光栄ですが……だけどどういう事件なのかも分からないし、第一、中国の事情がどうなっているのかなんて、僕はまったく知りませんよ。役に立てるとは考えられないけどなあ……林先生はなんだって僕なんかに白羽の矢を立てたんですかね? いや、分かりました、どういう事情なのか先生に聞いてみます。その上でお受けするかどうか、ご連絡しましょう」

そうは言ったものの、浅見は断る方向で腹を括《くく》っていた。それ以外に考えられない。曾亦依はいち早くその気配を察知したのか、不安そうな目で浅見を見つめて、言った。

「あのォ……それとは別に、もう一つ、お願いがあるのですが」

「はあ、何でしょう？」

「私の友人が殺されたのです」

「えっ、お父さんが殺したのはあなたの友人だったのですか？」

「まさか……」

亦依は呆れて口を大きく開け、非難の眼差しで浅見を睨《にら》んだ。

「父が人を殺すはずがないでしょう。そうではなく、殺されたのは新宿にいる私の友人ですよ」

曾亦依の目の中から、林教授ご推薦の探偵に対する信頼が、急速に薄れてゆくように見えた。

## 2

兄から緊急を告げる電話が入った時、曾亦依は賀暁芳《ガショウホウ》の死体の脇に佇《たたず》んでいた。よほど苦しかったのか、ベッドからずり落ちて床に仰向けに横たわり、黒ずんだ顔を天井に向けている。死んでからもう何日も経っているのだろう、半ば閉じられた瞼《まぶた》の奥の眼はとっくに光を失い、ドロンと白濁してコンニャクのようだ。

昨日、暁芳の母親から手紙が届いた。先月、娘から帰って来るという手紙が届いたのにその後、何の連絡もない。マンションに電話をしても繋がらないし、何をしているのか心配でならない。どうしているのか、様子を見に行ってくれないか——というものだった。

そういえば亦依もここひと月ばかり暁芳とは会っていない。一月の末近くに電話で話したきりだ。その時の暁芳は威勢よく「いよいよ上海に帰るわ。結婚が決まったの」と言っていた。

亦依と暁芳とはほぼ同時期に上海を出て日本に来た。同じ街区に住む同士で、小学校から高校までは同じ学校に通った。亦依は上海大学へ進学したが、暁芳は繊維関係の会社に勤めた。進学しなかったのは家が貧しかったこともあるが、もともとあまり勉強が好きなタイプではなかった。それでも、ときどき顔が合うと、大学へ行っている亦依のことを羨《うらや》ましがっていた。

亦依が卒業して間もなく日本へ行くことに決めたのを知って、暁芳は「私も行きたい」と言いだした。若い人々にとって、アメリカやヨーロッパの国々に次いで日本は憧れの国の一つだった。同じ漢字を使う国という親しみもあった。かつての交戦国という意識は、戦争を知らない彼らにはあまり実感としてない。むしろ日本の輝かしい発展ぶりばかりが情報として入ってくる時代だ。何よりも隣国で、飛行機に乗れば三時間程度の距離であるという安心感がある。

とはいっても、亦依の場合はきちんとした目的意識はあったが、暁芳にはそういったものは何もない。ただ亦依に追随する気持ちだけが先行していたようだ。生まれ育った上海以外のことはほとんど知らないで、毎日が惰性のような生活に飽き飽きしていたこともあったのだろう。改革開放が進んだといっても、その頃の中国はまだまだ閉塞《へいそく》的な状況がつづいていた。

誰からともなく入ってくる噂と、暁芳本人の口からも直接聞いて、彼女が複数の男と付き合い、別れたことは亦依も知っていた。勤め先も三度替わったそうだ。そういったもろもろのことが相乗的に作用して、厭世《えんせい》的な気分に落ち込んでいたのかもしれない。暁芳にしてみれば、日本行きはそこから逃れる方便でもあったのだろう。

日本に来てから、亦依は大阪のアパートに住み、暁芳もそこに同居してしばらくは一緒に暮らしていたが、生活の内容がまったく異なることに、亦依よりも暁芳のほうが居たたまれなくなったようだ。

亦依は日本語学校に通いながら、父の知人である林という日本人の大学教授に紹介してもらったアルバイトにも精を出した。スーパーマーケットの裏方の仕事で、時間は短いがかなりハードではあった。学業と労働とで日中も夜も外出していることが多い。暁芳は勤めていた頃の貯金を使い果たすまで、ほとんど遊び暮らしていた。二人が顔を合わすのは深夜から朝までで、時には暁芳が外泊することもあって、丸一日顔を見ない日も次第に増えていった。

そのうちに暁芳はどこで見つけたのか、かなり条件のいい仕事があると言って、亦依の部屋を出て行った。それから何週間かして訪ねて来た時の暁芳は、化粧も衣服も見違えるほど派手になって、いかにも金回りがよさそうに見えた。そういう自分を見せびらかしたかったのかもしれない。

亦依は一目見てすぐに、夜の仕事だな――と分かった。暁芳もクラブで接客の仕事をしていることを認めた。「そんなところに勤めて、大丈夫なの?」と聞くと、「問題ないわよ」と強がって、それからふっと顔を曇らせて「だって、条件のいいところなんて、ほかにないもの」と言った。亦依のように正式に勉強していない彼女は、日本語はほんの片言程度しか喋れない。それで通用する職場がほかにあるとは思えなかった。

勤め先は上海の人に紹介された中国系企業が経営する店で、言葉の面でも楽だし、中国人同士、気心も知れているから、何かにつけて頼りになるという。

「仕事はキツイけど、稼ぎも大きいのよ。母のところにも毎月仕送りできるくらい」

「クラブみたいな店？」

「そうね、そんなところかな」

「いちど、お店に行ってみようかしら」

「だめよ、だめだめ、あなたが来るようなところじゃないわよ。それに、タレントみたいな仕事で、あちこち出張もあるし、いつも店にいるわけじゃないから」

「そう、大変そうね」

「まあね……」

相変わらず仕事内容については、はっきり言いたがらない。「いまは辛《つら》くても、お金を貯めたら、上海に帰って店を開くんだ」と夢を語った。その紹介者の話によると、近頃の上海では女性が会社を興し、大成功をおさめているそうだ。

「そんなのはごく一部のエリートか、よほどの幸運に恵まれた人だけじゃないの？」

「そんなことないわよ。日本と貨幣価値に十倍以上の格差がある中国なら、少しの資本とその気さえあれば何でもできてしまうって、その人は言っていたわ」

見かけは意気軒昂《いきけんこう》を装っているものの、亦依の目からは、会うたびに暁芳が憔悴《しょうすい》してゆくように見えた。べつに病気ではないと言うのだが、それがかえって不安だった。何も原因がなくて病的に衰弱してゆくのには、それなりの理由があるはずだ。亦依は「クスリ、やっているのじゃないでしょうね」と訊いてみた。暁芳は「まさか……」と笑ったが、心なしか表情に張りがないのが気になる。

日本語学校を卒業して、亦依は東京に行くことにした。例の林教授が日本人相手の中国語学校で助手を探しているという話を持ってきてくれた。暁芳は「私も行く」と言い、まるで辞めるきっかけを待っていたかのように、あっさり「条件のいい」仕事を放棄して亦依と行動を共にした。その手の仕事なら、東京に行けばいくらでもあると、お客か同僚の話を聞いたらしい。ただ、辞めるに際しては店側の了解を取りにくい事情があるのか、まるで逃げるように大阪を出たのが気にはなった。

中国語学校は本郷の東京大学のそばにあった。地下鉄南北線が通っていて、その沿線の王子神谷駅に近いアパートに落ち着いた。

それからしばらくすると、暁芳はまた「条件のいい」仕事を見つけてきた。「やっぱり東京ね、大阪よりもっと稼げるわ」と喜んで「お世話になりました」と、亦依のアパートを去って行った。今度の「職場」は新宿にある、前とは別の中国系の会社が経営する店で、会社がその近くのマンションの一室を借りて、格安で入居させてくれるのだそうだ。新宿は外国人にとっては働きやすい場所ではあるけれど、怖い街だ――と聞いたことがある。条件がよければ、それだけ危険度も高いような気がする。しかし、その後もときどき顔を見せる暁芳は、大阪にいる時より元気そうだった。

亦依の勤め先である中国語学校は、日本で中国ブームが巻き起こっているせいか、入学希望者が押すな押すなの盛況だった。亦依は最初の一週間だけ助手を務めただけで、すぐに教師に昇格した。実力的に確かであると認められたこともあるけれど、要するに日本語も喋れる中国人教師の絶対数が少ないのだ。「美人」女性教師というのも人気だとかで、昼過ぎから夜の部まで、亦依は引っ張りだこだった。場所柄、生徒には東大の現役学生も多い。教師の何人かは中国からの留学生で、彼らとの付き合いを通じて、教えるばかりでなく吸収することも少なくない。亦依にとっても有意義な職場になった。

ある日、亦依のアパートの前にあるコンビニエンスストアで万引きがあって、中国人青年が捕まるという現場に、たまたま居合わせた。青年は身の潔白を大声でまくし立てるのだが、店の人間には何を言っているのか伝わらない。そのうちにパトカーが来て、騒ぎはますます大きくなった。

双方とも困り果てているのを見かねて、亦依が通訳に入った。青年の言い分はひいき目に見てもかなり強引で、店員が万引きと判断したほうに分がありそうだった。微罪に近いものだし、将来のこともあるし、ここは穏便にすませてほしいと、亦依は店の人と警察官に頼んだ。

一応、青年は警察に連行されたが、亦依の口添えが功を奏したのか、型通りの取り調べが行われただけで、青年は間もなく説諭の上釈放された。ところがその後、署長が亦依に思いがけない話を持ちかけた。この先、あらためて法廷通訳として契約してほしいというのである。

東京北区は新宿や池袋などの繁華街と地理的に近いせいもあって、このところ中国人の居住者が増えた。それとともに中国人がらみの犯罪が急激に増加した。ところが、警察には中国語のできる職員はほとんど皆無で、取り調べに苦労している。ついては事情聴取や法廷における証言などの場で、通訳を務めてくれないか——という話だ。公的な仕事の割りには報酬もいいらしい。

現在、中国語学校に勤めていて、午前中しかひまはないことを話すと、「あなたの都合に合わせる」と言う。そんなに都合よく事件が発生するわけではないだろうに——と思ったが、たまのことならいいですよと引き受けた。それが「たま」どころではなく、三日に一度ぐらいの頻度で起こることになるとは、予想もしていなかった。亦依の通訳は重宝されて、とどのつまり、北区にある三つの警察署管内で起きた事件について、亦依は可能なかぎり対応することになった。

警察にも感謝されるが、それ以上に被疑者側からの感謝が大きかった。同国人であるだけに、無意識に彼らの側に立った通訳をしてしまう。罪を犯すに到るまでの「やむを得ない事情」など、事実をかなり誇張して語ってやった。情状酌量《じょうじょうしゃくりょう》という点に関して、そのことが重要な役割を果たすことが多い。

中国の刑罰は基本的に重罰主義で、贈収賄や窃盗、強姦《ごうかん》、密輸などでも死刑になることがある。そこへゆくと日本の刑法は犯罪者に甘い。かりに裁判で有罪になっても刑期は短く、中国人で受刑を経験した者に言わせると、刑務所は「三食風呂つきのホテルみたいなもの」で、しかも所内の労働に対しては賃金まで支払ってくれる。

とはいっても、やはり何年も自由を奪われるのは耐えがたい。できることなら短期刑か執行猶予付きの判決を勝ち取りたいものである。言葉が通じないと、何が何やら分からないうちに調書にサインさせられてしまう。亦依が通訳に立つと、被告人に有利なほうへと論調が傾いて、かなり軽減された刑に納まり、救われるケースが少なくなかった。そういう実績（？）はたちまち評判になる。中国人社会の中で「曾先生に頼めば、罪が軽くなる」という噂が広がり、まるで弁護士と間違っているのでは？――と疑いたくなるような依頼が舞い込んでくる。

最後の電話があった数日前、暁芳は思いがけないお金が入ったからと言って、六本木ヒルズに誘ってくれた。高層階にある店で、本格的な上海料理を食べさせるのだそうだ。メニューを見るとかなり高いが、暁芳は「任せておいて」と胸を叩いた。

「仕事辞めたの」

「え？　どうして？」

「上海に帰って、たぶん結婚する。今夜はその前祝いよ」

「よかったわね」と、亦依は祝福した。

「もし本決まりになったら、亦依も上海、帰らない？」

「ううん、私は東京にいる。この街が気に入ってきたし。それに上海に帰っても、仕事があるかどうか分からないもの」

「仕事なら私と一緒にやろうよ。亦依が傍《そば》にいてくれたら心強いわ」

「そう言ってくれるのは嬉しいけど、私は残るわ。おたがい自分の選んだ道を進むのがいいの。年に何度かは上海に帰るし、その時会って、また一緒に飲もうよ」

「そう、そうね……」

暁芳は頷《うなず》いたが、寂しそうだった。

暁芳のマンションを訪ねた時、玄関のドアに鍵《かぎ》はかかっていなかった。何度かチャイムを鳴らしてから、亦依はノブが回るのを確かめてドアを開けた。開けた瞬間、中の空気の冷たさに驚かされた。まだ早春といってもいい時季だが、外気はそれほど寒くない。たぶん十五度くらいはありそうだ。室内からは、まるで真冬の空気を閉じ込めたような冷気が吹き出してきた。

声をかけてから、玄関に入った。ドアを閉めてから暁芳の名前を三度呼んだが返事はない。亦依はその時になって、はっきり不吉な予感を抱いた。客用のスリッパを履き、リビングルームのドアを開けた。暁芳の姿はなく、テーブルの上に飲みさしと思える状態でコーヒーカップが二客載っている。

室内の寒さの原因が分かった。まだ春先だというのに、クーラーが点《つ》けっぱなしになっていた。温度設定が最低になっているから、たぶん冷蔵庫なみの気温だろう。

リビングルームの奥のベッドルームに通じるドアを開けた。そして床に倒れている暁芳を発見した。

ひと目見て、死後かなりの時間を経過していることは分かった。どこからか帰宅したばかりなのか、それともこれから出掛けようとしていたのか、明らかに外出着と分かるブランド物のスーツ姿で、着衣は乱れてはいるけれど、争ったような乱れ方ではない。少なくとも暴漢がこの部屋に潜んでいる気配は感じられなかった。

亦依は悲鳴を上げそうになる気持ちを抑えて、携帯電話で一一〇番通報をした。係の警察官は「現状を荒らさないように注意して、そこにいてください」と言った。「分かりました」と応じたものの、このままどれほど待てばいいのか――と思うと、急に恐ろしくなってきた。

そこへけたたましく着信音が響いたから、今度こそ亦依は心臓が停まりそうだった。警察からの連絡かと思ったが、電話は上海にいる兄亦奇《イキ》からだった。中国の家庭では兄妹の名に「亦」のように共通の文字を使うことが多い。男の子の場合には下に「奇」「健」など、元気で威勢のいい文字を、女の子には「依」「美」など、可憐《かれん》で美しい文字を当てるのが一般的だ。亦奇は挨拶も抜きで、「父さんが大変なんだ」と、うろたえた口調で叫んでいる。こっちのほうがよっぽど大変よ——と言いたいのを抑えて、「何があったの？」と訊いた。

「一昨日から公安局へ行ったきり、帰ってこないのだ」

「公安局へ何しに行ったのよ？」

中国で日本の警察署に相当するのが「公安局」である。日頃から公安嫌いの父の維健が、公安局に関わりあうようなことは思いつかない。

「行ったのではなく、連行されたのだ」

「連行って、何か悪いことでもしたの？」

「そんなこと、父さんがするわけないだろう、不当逮捕に決まってる」

「だけど、逮捕するからには何か理由があるんでしょう。容疑は何なの？」

「馬鹿げた話だが、殺人容疑だ」

「殺人《シャーレン》？……」

思わず大声を上げた時、ドアが開いて男が入ってきた。ギョッとして、思わず身構えたが、男のすぐ背後に制服の巡査がつづいているのが見えた。「あ、刑事さん……」とほっとした拍子に、携帯電話を取り落とした。電話は転がって、暁芳の死体にぶつかったところで止まった。

慌てて電話を取ろうとすると、刑事が「死体に触るな！」と怒鳴った。亦依はムカッときて「死体になんか触りませんよ」と怒鳴り返して、とりあえず携帯電話だけは拾い上げた。通話は切れている。落とした時のショックで壊れたのかもしれない。

「一一〇番通報をしたのはあんたですか」

刑事は死体を覗《のぞ》き込んでから、言った。

「ええ、私です」

「あんた、中国人だね」

「ええ、そうです」

こんな短い会話で見破られるのだから、私の日本語もまだまだね――と思ったのだが、そうではなかった。

「確かいま、あんたはシャーレンと言ってましたね」

「え？　ああ、そう言いました。じゃあ、刑事さんは中国語が分かるのですか？」

「その程度の言葉なら分かるさ。だけどあんた、死体を見ただけで、どうして殺人と分かるんです?」

「それは違いますよ。違う話です」

「違うって、何が違うのかね?……いや、それはまた後で訊こう。とりあえずこれから実況検分を始めるから、あんたはいったん外に出ていてくれませんか」

刑事は失礼にも巡査に亦依の身柄を確保しておくように命じて、部屋から追い出した。

この分だとややこしいことになりそうだ——と、亦依は頭がクラクラしてきた。

3

上海の春は黄砂《こうさ》とともにやってくる。中国大陸北西部の砂漠地帯で発生した気団が、黄色い砂を巻き上げ、偏西風に乗せてはるか東方へ運んでくる。大空いっぱいに広がった砂の雲で、黄色いヴェールをかけたように街が覆われる。三月のなかばを過ぎるころから、五月にかけてそういう日が幾度も訪れ、そのたびに暖かさが増してゆく。

梅の花が咲き、桜の蕾《つぼみ》がふくらむころ、郊外は一面の菜の花畑が、まるで黄色いカーペットを敷きつめたようだ。

そうして万物がすべて春めいてくるのとは裏腹に、曾家には悪魔の息吹のような冷たい不幸が忍び寄っていた。

三月三日の朝のことである。曾維健《ソウイケン》は公園の太極拳《たいきょくけん》から引き揚げてきて、妻の麗文《レイブン》がいれてくれたお茶を楽しんでいた。三年前に一切の職を退いて、いまは悠々自適の日々である。そういうと聞こえはいいが、息子の亦奇と日本に行った娘の亦依からの仕送りに扶《たす》けられる年金生活の身の上では、せいぜいその程度の楽しみしかない。

「上海はどんどん変わってしまうな」

維健はそう述懐した。大げさでなく、毎日見るたびに街の風景は変化している。ついこのあいだまで、マロニエの並木の上にあった青空が、超高層ビルに隠れてしまった。妻を相手に嘆いてもどうなるわけではないけれど、幼い頃には確かにあった、あの穏やかで人に優しい上海はどこへ行ってしまったのだろう。

「時世というものですよ」

麗文は夫よりも老成したように、達観したことを言う。維健が完全に仕事を離れたのと異なり、麗文はまがりなりにも現役だ。午後からのいわば課外授業だが、高等学校の女生徒に西洋風ディナーのマナーを教える講師を務めている。街に出ることも多く、維健よりは世の中の変化を肌で感じ、それなりに受け入れる順応性がある。

「それにしたって、変わりようが激しすぎるのじゃないかね。ビルは建つ、高速道路は走る、挙げ句の果て、リニアモーターカーなるものが通るらしい」

「いいじゃないですか。社会が進歩してゆくのは悪いことではありませんよ」

「それにしても、ものには程度というものがあるだろう。いまの上海はまるで悪魔に取りつかれたか、物狂いでもしているとしか思えないような勢いで変貌を遂げつつある。あのテレビ塔が建った時にも、おかしなものが建ったと思ったが、あれ以来、競いあうようにして異様な姿のビルがニョキニョキと建ち上がる。恐ろしいとは思わないかね」

「あはは……」

麗文は笑ってはぐらかした。維健のいささか硬直した思想には、ときどきついて行けなくなる。

九時を過ぎた頃、チャイムが鳴った。近頃のアパートはどこも大抵、そうだが、一階入口のドアに防犯用のインターホンとオートロックがある。昔はこんなもの、必要はなかった。表通りの混雑がはげしくなって、何かと物騒だからと、公安の指導で備えつけた。実際、通りすがりに侵入して、そこらにある物を持ち去るという事件が頻発していた。

麗文が「どなた?」と訊くと「公安局の者です」と答えた。

「何かしら?」

オートロックをはずしてから、麗文は維健を振り向いた。公安の訪問なんて、あまり嬉しくない。ことに維健は公安嫌いだ。「防犯の注意か何かだろう」と言いながら、鼻の先に皺《しわ》を寄せた。

現れたのは私服の刑事だった。大柄でやや痩《や》せているのと小柄で太りぎみのと、対照的な二人だ。小柄のほうが痛そうに、少し足を引きずりぎみにして入ってきた。こっちのほうが年配で、神経痛でもあるのかと思ったら、二階から三階に上がる踊り場で、壊れた手すりにぶつけたのだそうだ。

「あんなふうに、取れかかったままにしておかないで、直したらどうだ」

玄関に出てドアを開けた維健に、刑事は身分証明でもある警察証を見せただけで、挨拶も自己紹介も抜きに、横柄《おうへい》な口調で文句を言った。

「直しだすと、あっちこっちきりがないのですよ」

「そういえば、おそろしく古い建物だな」

「ええ、戦前から住んでいますからね」

「ふーん、戦前というと、築六十年以上ってところかな」

「それよりもう少し古いと思いますよ。私が生まれたのはこの家ですから」

このアパートが建ったのは一九三〇年だと聞いている。日本との戦争が始まる前だ。イギリス租界《そかい》のある頃で、この建物もイギリス人の手で建てられ、主に外国人と大学教授などの知識人が住んだ。当時としては飛び抜けてモダンだったにちがいないのだが、もはや、いまにも崩れそうに古色蒼然《そうぜん》とした代物になり果てた。

「それにしても古いな。古い上に狭い」

「狭いのは、政府に取られたからですよ」

「取られたって、どういうことだ？」

「文化大革命の時に、学者には広い家は不要だといって、半分接収されました」

「本当かね？」

信じられない顔をした。維健は説明する気にもなれないが、それは事実だ。まったく、あの時の中国社会は高熱にうなされて悪い夢を見たとしか考えられない。まるで子供のような紅衛兵がとつぜん大挙してやってきて、やりたい放題、文化とともに市民の生活と常識を破壊した。抗議を受けつけるどころか質問にも答えないで、名誉を傷つけ財産を没収した。思い出したくもない不愉快で悲しい出来事だが、この「古くて狭い」部屋を眺めるたびに、記憶が蘇る。

「あんたが、曾維健さん？」

刑事は気を取り直したように言った。

「そうです」

「ちょっと静安公安局まで来てもらいたいのだが」

「えっ、いますぐですか？　何かあったのでしょうか？」

「詳しいことは局で話す」

「それにしたって、何の用かぐらいは聞いておきたいですね」

「そうだな……」

刑事はたぶん部下と思える、まだ若い仲間と顔を見合わせた。

「あんた、王孫武《オウソンプ》さんを知っているね」

「ええ、私が大学に勤めていた頃、王さんは建築学部の助教授をしていました。もう教授に昇格していると思いますが」

「いまでも付き合いはあるのかね」

「親しい付き合いはないですが、顔が合えば挨拶ぐらいはしていますよ」

「最近、王さんには会った？」

「え？　王さんがどうかしたんですか？」

維健は不安気に、訊いた。

「死んだ。殺されたようだ」

「えっ……」

維健も妻の麗文も驚きの声を発した。

「どうして……いつ、どこで、誰に殺されたのですか？」

「それが分かれば苦労しないがね。ま、そういうわけだから、とりあえず局まで同行してもらえますかね」

「行くのはいいですが、なぜ私が公安局に行かなければならないのですか？」

「それじゃ訊くが、あんた一昨日の夜はどこにいた？」

「一昨日は外灘《ワイタン》に行きました」

「外灘のどこ？」

外灘は通称を「バンド」という。黄浦江がS字状に大きくカーブを描く、弓なりに凹んだ岸辺にある、かつては租界だった地域だ。向かい側の浦東《プートン》がテレビ塔に象徴される、新開発地域で、維健が嫌う「異様な」高層ビルが建ち並ぶのとは対照的に、租界時代に建てられたゴシック様式やバロック様式、それにアールデコ様式が渾然《こんぜん》一体となったようなクラシカルなビルが、どっしりと落ちついた雰囲気を醸しだして、いまや上海では最高の観光施設のような風景になっている。

「和華飯店です。友人たちと会食をして、そのあと地下のクラブで貴老爵士《ジャズ》楽団の演奏を楽しみましたよ」

貴老爵士楽団は上海の名物の一つだ。一九三〇年代に生まれたジャズ・バンドが、その当時、外灘にいた多くの西洋人の人気を集めた。戦中戦後も細々とつづいていたのだが、五三年に政府の方針で「ブルジョア的」と禁止された。その後、八〇年になって自由化政策に切り替わると同時に、和華飯店の地下クラブで誕生したのが貴老爵士楽団。その名のとおり、メンバー七人はすべてかなりの年配者である。そのメンバーの一人、蔣英銘《ショウエイメイ》が維健と同じ一九三八年生まれで、小学校の頃の友人だった。

その関係もあって、教授時代の仲間が集まって会食する時などは、和華飯店を利用することが多い。

「そうだろうな」

刑事は満足そうに頷いた。

「あんたと王さんが口論しているのを見たと証言をする者がいるのだ」

「証言？……それは確かに、王さんと話をしましたが、それじゃ王さんは和華飯店で？……」

「そうだよ、王さんは和華飯店に宿泊中、殺害された」

「そうですか……しかし、なぜホテルに泊まったのかな？　王さんの自宅はそんなに遠くないのですが」

王孫武の家は長寧区虹橋路にある。このところ急速に増えつづけている、ニュータイプのマンション団地に一室を買ったそうだ。半年ほど前に会った時、「曾先生もお買いになったらどうですか。そんなに高いことありませんよ」と自慢げに話していた。そういう厭《いや》味《み》なことを言うから、維健は王を好きになれなかった。

「なぜホテルに泊まったのかは、これから調べるが、和華飯店で王さんがあんたと言い争っていたことだけははっきりしている」

「争っていたって、それはただ、話をしていただけで……」

「まあ、そういう弁解は公安局へ行ってから聞かせてもらおうか」

「冗談じゃない、弁解も何も、会って話しただけなのだから。それ以上のことは何も知りませんよ」

「とにかく、一緒に来てもらおうか」

横柄な刑事がいっそう居丈高になった。

「しようがないなあ」

維健は振り返った。麗文が不安そうな顔をしているのを見て、無理に笑顔を作った。

「じゃあ、ちょっと行ってくるか。じきに話がつくから、昼飯までには戻るよ」

上着をひっかけて、家を出た。「コートはいりませんか?」と麗文が訊いたのに、「いや、もうすっかり春だよ」と言い置いた。

しかし夕方、そのコートを麗文は公安局に届けなければならなくなった。公安局から電話で、維健が今晩「泊まる」ので、身の回りの物を持参するようにとのことだ。「公安局内は寒いので、コートも欲しいそうだ」と言っている。

「泊まるって、どういうことですか?」

麗文は嚙《か》みつくように訊いた。

「あんたのだんなは、事情聴取にはっきり答えない。証拠隠滅の恐れもあるので、帰宅させるわけにいかない」

冷酷な口調だった。何か言ってやりたいと思ったが、麗文は声も出なかった。勤めから戻った息子の亦奇も驚いたが、とにかく急いで着替えやら洗面用具やらをバッグに詰め込んで届けた。公安局はバスで三つ目の停留場で降りて、すぐ目の前にある。建物は比較的新しいが、局内は冷え冷えとしていて、これでは確かにコートが欲しくなる。

維健は地階にある勾留室《こうりゅう》の入り口のところまで出てきた。手錠などはつけてないが、鉄格子を挟んでの対面しか許されない。

「どういうことなの？」

「いや、私にも分からないよ。公安は何を言っても馬耳東風だ。開放政策から久しくなるというのに、公安の体質はまだまだ変わっていないな」

維健は顔をしかめた。

「刑事はあなたが事情聴取にはっきり答えないって言ってたけど、そうなんですか？」

「答えているさ。ただ、それをまるっきり信じてくれない。最初から疑ってかかっているのだから、ぜんぜん話にならない」

「公安局は、本気であなたが王さんを殺したって思っているのかしら？」

「そこまでは思わないだろうけれどね」

「でも、それならすぐに釈放しそうなものではありませんか」

「そのとおりだ。しかし公安局は道理の通じないところなのさ。まあしかし、明日になれば話はつくだろう。今夜ひと晩、のんびりするつもりだから、心配しなくていいよ」

（呑気《のんき》なことを――）と、麗文は思ったが、その不安は的中した。翌日もその翌日も、維健が帰ってくる様子はなかった。麗文は亦奇と相談して律師《リュウスウ》（弁護士）を頼むことにしたが、律師もあまり頼りにならないことが分かった。検察院が起訴しない段階では、律師の出る幕はないのだそうだ。しかし公安局がいったん起訴したが最後、なかなか引っ繰り返すことは難しいとも聞いている。

律師ばかりか、こんな時に相談相手になってくれそうな維健の友人たちも、殺人事件の被疑者と知るとみんな尻込みする。何よりも驚いたのは、維健がその日、和華飯店で会っていた友人たちですら、見届けていたわけではない「無実」を強調してくれないらしいことだ。「曾さんの行動を逐一、見届けていたわけではない」というのが彼らの言い分だが、公安局の意向に逆らうとろくなことにならないのを恐れているのは間違いない。そういう自己防衛本能的な体質は、文化大革命で紅衛兵に痛めつけられた後遺症のようなものかもしれない。

無為のうちに時間ばかりが経ってゆく。日本にいる亦依に知らせたほうがいいかどうか、母と息子の相談に結論も出ない。維健は「知らせるな」と言っている。

「こんな馬鹿げたことで、あの子に心配かけてはいけない」

そんな時に日本の友人である林教授から電話があった。上海で開かれた心理学の国際シンポジウムに参加したついでに、表敬訪問しようとしたのだが、肝心の維健が公安局に捕まっていると聞いて驚いた。中国の法制度下では、放っておくとよくない結果に繫がることは、林もよく知っていた。急いで、何が起きつつあるのか、できるかぎりの情報集めをして、結論を出した。

「日本の名探偵・浅見光彦氏に頼むといいでしょう。詳しいことは私から話しておきますから、お嬢さんの亦依さんにコンタクトを取るよう連絡してあげてください」

「えっ、日本の人にですか？」

麗文も亦奇も当惑した。国内の律師に頼んでもらちが明かないというのに、中国の事情もよく分からないような外国人に、事件の謎が解けるとは考えられない。

「不案内のことがあっても、通訳をお嬢さんが務めれば何の問題もありません。それに、この事件にかぎり、日本人がタッチしたほうがいいのです。僭越《せんえつ》ながら、旅費その他の費用は私が出します」

「いいえ、とんでもない、そんなご迷惑はおかけできません」

どういう理由で日本人がいいのか分からないが、しかし、ほかに妙案があるわけでもない。半信半疑のまま、とにかくそうすることに決めた。

# 4

「そういうことなのです」

長い話のあいだ中、曾亦依は皿の上の団子の串《くし》を弄《もてあそ》んでいた。たぶん無意識だったのだろう、話し終えてそのことに気づいて、慌てて串を放し、ハンカチで指を拭《ぬぐ》った。

「なるほど、一度に二つの殺人事件が襲ってきたわけですか……それじゃ、お父さんはまだ公安局に？」

「はい、今日で五日目になります」

「日本の法律では、警察の留置場での勾留期間は十日間、最大でも二十日間というのがふつうだけど、中国ではどうなっているのですか？」

「中国もだいたい同じだと思います。でも、公安や検察の判断で、たとえば証拠隠滅のおそれがあるという理由で、延長できるようになっているし、未決のまま拘置所に送る場合もありますから、恣意《しい》的にいくらでも勾留できるのと同じです」

「ああ、その点は日本でも似たようなものですね。勾留期間を延長したいばかりに、無理やり起訴に踏み切って、拘置所送りにしてしまうことがあるそうですよ。いったん起訴に持ち込むと、検察の面子《メンツ》もあるのでかなり強引な取り調べが行われ、被疑者をどうでも真犯人に仕立てようとする。ありもしない証拠をでっち上げたり、自白を強要したり、証言を誘導したり、そんなところから冤罪《えんざい》事件に発展しかねないのですが」

「警察や公安はどこの国も、似たり寄ったりなのかもしれませんね」

亦依はため息をついた。

「それにしても、林先生がなぜ、お父さんの事件を僕のところに相談しろっておっしゃったのか、さっぱり分かりませんねえ」

結論はどうしてもそこに戻ってしまう。

「兄の話によると、詳しいことは林先生から直接、浅見さんのほうにお話ししてくださるそうです。ただ、日本一の名探偵さんだと勧められたと言ってました」

「それ、違いますよ。僕の本職は探偵なんかではなく、フリーのルポライターで……そうそう、あなたに会うほんの少し前に、雑誌社から上海の取材を依頼されて断ったばかりでした」

「でも、林先生は浅見さんのこと、本職はルポライターだけれど、それは世を忍ぶ仮の姿で、その実体は名探偵だとおっしゃっていたそうですよ。とても優しい方で、窮鳥懐《きゅうちょうふところ》に入れば必ず助けてくれますって」

こんなに美しい「窮鳥」なら、懐どころか目の中に入れたいくらいだが、そういうわけにもいかない。

「参ったなあ。確かにときどきは探偵もどきのことはしてますが、それはあくまでも趣味の範疇《はんちゅう》で……いや、だからといって面白半分でやっているというわけではないですよ。つまりその、職業ではないという意味です。それに第一、上海はおろか、外国にもほとんど行ってないに等しいのです。地理はさっぱり分からないし、中国語は你好《ニィハオ》（こんにちは）と謝謝《シェシェ》（ありがとう）と再見《ツァイチエン》（さようなら）ぐらいしか知りません」

「道案内と言葉の問題は、私が通訳でご一緒しますから、心配ありません」

「そう言われても、だめなものはだめなのです」

「どうしてですか？　上海が嫌いなのですか？　中国がお嫌いですか？」

「えっ、いや、上海も中国も嫌いではありませんよ。何といっても中国四千年の歴史ですから、一種の憧れのようなものがあります。日本の文化の源はほとんどが中国から渡来したようなものですしね。蘇州の風景はぜひ一度見たいし、超高層ビルが建ち並ぶ上海にも行きたいのは山々……分かりますか？　山々という意味」

「はい、山のように沢山行きたいという意味ですね」

「まあ、そんなところですが、しかし残念ながら行けません。好きとか嫌いとか言う以前に、そもそも、僕は絶対に飛行機に乗らない主義なのです」

「そのことも聞いてます。でもノー・プロブレムです」

亦依はいともあっさり言った。「飛行機でなく、船で行けばいいのです」

「船？……」

「はい、大阪から上海まで、フェリーが出ています。眠っているうちに東シナ海を渡り、黄浦江を遡《さかのぼ》って、三日目には上海の真ん中に着いています。とても楽チンです」

チンにアクセントをつけた喋り方なので、何だか卑猥な感じがしたが、彼女にはそういうスラングの知識はないのだろう。

「弱ったなあ……」

言いながら、浅見は気持ちが揺れていた。

最大の障害だった「飛行機」問題が失われると、行かない絶対的な理由はない。となると、残るのは旅費の問題だけだ。船の旅は優雅でいいが、二泊三日の乗船料はいくらぐらいなのだろう。それに、上海での宿泊費や交通費はいったいどのくらいかかるものか、見当もつかない。

「旅費は父が用意します」

まるで浅見の胸の裡《うち》を見透《みす》かしたように、亦依は率直な言い方をした。

「船はそんなに高くありません。それに往復の切符を買うと、帰りの料金は半額になります。ただし、スイートのお部屋は無理かもしれませんが」

「部屋なんかどこでもいいですよ。雑魚寝《ざこね》でも何でも構いません」

「雑魚寝……それはだめです」

何を勘違いしたのか、亦依は真っ赤になったが、すぐに、浅見が上海行きを了解したことに気がついた。

「それじゃ、行ってくださるのですね。ありがとうございます」

それまでの緊張が急にほぐれたせいか、紅潮した頰《ほお》に涙が伝った。

「あっ、まだ行くと決めたわけではないですよ。お父さんの事件がどういうものなのかも分からずには行けません。いくら何でも、事件のことを何も知らないのでは、せっかく行ってもお役に立つことができないでしょう。林先生から事情をお聞きしますから、一日だけ返事を待ってください。明日の午後、お電話しますよ」

とりあえず、そういうことで曾亦依嬢にはお引き取り願ったが、今度ばかりは浅見もなかなか踏ん切りがつかなかった。行きたい気持ち半分、尻込みする気持ち半分——といったところである。

事件のことはもちろんだが、中国の世情をまったく知らない自分がノコノコ出かけて行って、いったい何ができるのか見当もつかない。

中国といえば、あの悪名高い紅衛兵の時代や、天安門広場でのデモの鎮圧事件などがまず頭に浮かぶ。ニュースによると、このごろの中国は開放・自由化が急ピッチで進んでいるらしい。上海のめざましい大発展の模様が伝わってくるけれど、本当のところはどうなのだろう。日本領事館に北朝鮮からの脱北者が駆け込んだ事件などから、中国政府や公安組織はいまだヴェールに包まれたように、なかなか見えてこない。

その気になって調べてみると、中国、とくに上海にはいまや世界中の経済人の目が集中していることが分かる。長いあいだ分厚い土の下で眠っていたエネルギーが、一挙に地上に噴き出して、過去の喪《うしな》われた時間を取り戻す勢いで新しい栄光の時代を創出しつつあるらしい。書店には上海関係の書物が溢《あふ》れ、雑誌のグラビアには超高層ビルが林立する上海の新風景が特集されている。

いったん眠りから覚めれば、何しろ国土は広大だし、人口は日本の十倍もある。経済活動も消費活動もケタ違い。GNPの伸び率は毎年二桁《けた》近いそうだ。上海の発展はその象徴といっていいのだろうが、都市の再開発がものすごいスピードで進むのは、土地がほとんどすべて国家の所有であることに理由があるらしい。役所が再開発を決定すれば、人が住んでいようが、有無を言わせず立ち退き命令が出て、旬日のうちに建物が壊され、あっという間に更地《さらち》になってしまう。日本のように、新宿新都心のど真ん中で、ホームレスが段ボールの家に屯《たむろ》しているのを立ち退かせるのでさえ、社会主義者や評論家やマスコミの顔色を窺《うかが》いながらでなければ、ことが運ばないというのとは大違いだ。

その反面、こんなふうに急速な経済発展が進めば、うわべの華々しさの裏側に、さまざまな歪《ひず》みが生じることは想像に難くない。陽光に輝くきらびやかな超高層ビルが、長く大きな影を地上に落としているように、繁栄が創り出す影の中には、得体の知れないものが蠢《うごめ》いているのかもしれない。

曾亦依の父親がどういう事件に巻き込まれたにせよ、あえて日本人の「探偵」に依頼してくるという事情がまったく分からない。紹介した林教授の意図が奈辺《なへん》にあるのかも理解できない。自分の知らないところで、物事が勝手に進められてゆくというのは、あまり気持ちのいいものではなかった。

(どうしようかな――)

夜になってからも、浅見は気持ちが定まらなかった。憧れの上海に行くのはいいが、観光目的ではないのだ。亦依の父親が旅費を出してくれるというけれど、それならばなおのこと、費用に見合うだけの十分な成果を上げられるのでなければならない。しかしそんな自信はさっぱり湧いてこない。

それに、同時進行の形で曾亦依嬢の友人が殺されたというのも薄気味悪かった。単なる偶然にすぎないのかどうか、背後によからぬ画策や陰謀が渦巻いているのでは――などと考えてしまう。何といっても相手は権謀術策の国・中国なのである。一筋縄でゆくとは思えない。

(やはり断ったほうがよさそうだな――)

そう腹を決めた時、お手伝いの須美子が呼びにきた。林教授から電話だという。時刻は十時を過ぎていた。

「やあ、光彦君、林です。夜分どうもすみません」

少し甲高《かんだか》くひびく、特徴のある声でそう言った。

「あっ、林先生、今日、曾亦依さんにお会いしました」

「そうでしたか、いや、いろいろ面倒をおかけしますなあ。じつはついさっき上海から戻ったところでしてね。それで、お引き受けしていただけたのでしょうね」

「いえ、お話だけは伺いましたが、お受けするかどうかは、先生から詳しい事情をお聞きした上でということにしてあります。何でも曾さんのお父さんが警察に殺人の容疑で逮捕されたのだそうですね」

「そうなんですよ、ひどいことになっているようです」

「曾さんと林先生は、どういうご関係なのですか？」

「亦依さんの親父さん、曾維健氏は私と同じユングの研究者でしてね。いまは退官したが上海振興《シンコウ》大学の教授だった人です。学会で一度お目にかかってから、親しくなって、日本にも何度か来たし、私も中国へ行くたびにお邪魔する間柄です。今回、表敬訪問しようと、お宅に電話したら、その彼が公安局に捕まっているというんで、びっくりしました。おまけにどうやら冤罪《えんざい》の危険性もあるらしい。日本の警察もそうだが、中国の公安局も見込み捜査をやりがちで、しかも被疑者の言うことを素直に聞かないという点では、日本より相当上をいっているようですな。夫人でさえなかなか会わせてくれないというのを、裏のほうからいろいろ手を回して、とにかく接見だけは許してもらったのですよ」

「弁護士、中国では律師《リュウスウ》というそうですが、公安局は律師を頼むとか、そういう手配はしてくれないのですか？」

「そう、確かに弁護士もいるにはいますが、官選でしてね、無能かどうかはともかく、あまり熱心には面倒見てくれないのでしょう。このまま起訴されたりすると、本当に有罪判決に持っていかれかねない。それであなたのことを思い出しましてね」

「そのことなのですが、どうして僕みたいな者を推薦なさったのですか？」

「それはもちろん、浅見名探偵の優秀さを買ったのですよ」

「名探偵ってそんな……そうおっしゃってくださるのは光栄ですが、しかし、僕は中国へは行ったこともないし、言葉はもちろん、中国のことは何も知らないようなものです。同じ頼むのなら、中国にも探偵業の人はいるんじゃありませんか」

「いや、浅見さんでなければならない理由があるのです。まあ、百歩譲って日本人でなければならないと言ってもいいですがね。つまり、事件の背景には日本人が絡んでいるらしいのですな」

「えっ、殺されたのは日本人ですか？」

「いや、被害者はかつて、曾氏が大学にいた頃の同僚で、現在は教授をしている男です。その日……というか、事件が起きたのは夜ですが、その晩、被害者も曾氏も同じホテルにいて、二人が会っているのを目撃したのが日本人だったというわけです。ところが公安の調べに対して、曾氏が答えているのと、その証言には食い違いがある。つまり、そいつの証言が曾氏を窮地に陥れているのですな」

証言者のことを林は「そいつ」と、悪《あ》しざまに呼んだ。

「つまり、その日本人が偽証を行《おこな》っているというのですね」

「そうです」

「しかし、偽証かどうか、公安で確認はしないのですか？」

「してはいるのだろうけれど、調べ方が手ぬるいのじゃないですかね。何しろ相手が悪いですから」

「は？　どういう意味ですか？　証言者は何者なのですか？」

「在上海日本総領事館の人間です。外交特権の壁を意識しちゃうのでしょうな」

「領事館員……」

浅見の脳裏に、先年、瀋陽日本総領事館で起きた、北朝鮮家族の亡命未遂事件にまつわる忌まわしい記憶が蘇った。

領事館に逃げこんだ亡命希望の家族たちが中国官憲に連行されるのを、みすみす黙過して、世界中から批判をあびたという出来事だ。

「とにかく、そういうわけですからね、なぜ日本の領事館員が偽証をしなければならなかったのか、それを調べ上げるには、領事館の連中に接触可能な日本人が行くしかないのですよ。ここはやはり、光彦君にひと肌脱いでもらうほかはないのです。ぜひともお願いしますよ」

　そうまで言われては断りようがない。

「曾亦依さんはもう一つの殺人事件にも巻き込まれているそうですが。そのことはご存じでしょうか？」

「ああ、そのようですね。しかし、そっちの事件は日本の警察に任せておけばよろしい。いまは何はともあれ、曾維健氏の危急を救ってあげてください」

　林はそう言って電話を切った。受話器を置くのを待っていたかのように、藤田編集長から電話がかかった。

「おお、浅見ちゃん自ら電話に出るとは珍しいね。須美ちゃんはもう寝たのかい？　よろしく言ってよ」

　妙に愛想がいいのは警戒を要する。

「どうだい浅見ちゃん、昼間の話だけど、思い直してくれないかね。なるべく落ちない飛行機を選ぶし、どうしても心配なら旅行保険をたっぷりかけて行けばいい」

「いや、そういう問題ではないでしょう。自分の死を賭《と》した結果、幸運にも巨額の保険金が出たからって、素直に喜べませんよ。だけど編集長、どうしてそんなに熱心に勧めるのですか？　僕でなくたってよさそうなのに、なんだか怪しいですね。よほど危険の伴う取材なんじゃないかな」

「うーん、べつに危険はないし、取材費も潤沢なんだが……じつはね、これはスポンサーつきの仕事なんだ。そのスポンサー殿が浅見ちゃんをご指名でさ」

「ほうっ、その奇特なスポンサーとはどこですか？」

「外務省」

「は？……」

聞き間違えではないかと思ったが、藤田は自棄糞《やけくそ》のようにもう一度はっきりと「外務省だよ」と言った。

「外務省が何でまた、僕のような人間に白羽の矢を立てたんですか？」

「テキさんの言うには、浅見光彦氏が最も信頼できるルポライターだそうだ」

「ははは、きついジョークですね」

「おれもそう思ったよ。だけど先方は本気なんだな。だいたいマスコミだとかルポライターなんてやつはろくなもんでない。そこへゆくと、浅見刑事局長の弟さんなら、国家の不利益になるようなことはしないだろうという読みらしい。しかし、そういう兄貴の七光におんぶするような話は、浅見ちゃんは大嫌いだったよな。だから黙っていたのだ。領事館の人にアポも取ってあるんだが……よし、分かった、この話はなかったことにしよう。おれも潔く諦《あきら》めるよ」

「いや、受けますよ」

「ん？　いま何て言ったの？」

「受けてもいいです」

「ほんとかね？　だけど飛行機が……」

「船で行きます。少し時間はかかりますが、大阪から上海へ直行する船便があるそうですから」

「なるほど、船という手があったか。せっかちなおれには想像もつかないな。いいね、船でも筏《いかだ》でもいいから、とにかく行ってくれるわけだ。じゃあ頼むよ、明日の朝、先方にはOKを出しておく。ははは、船か、なるほどねえ、渡りに船とはこのことだな」

藤田はご機嫌で電話を切った。

浅見は浅見で、話が急展開したことに驚きながら喜んだ。外務省の依頼なら、領事館にだってフリーパスのはずだ。それこそ渡りに船ではないか。あまりにも都合よく行きすぎて何だか気味が悪い。まるで出来の悪いミステリー小説のような話ではあった。

## 5

時刻は少し遅かったが、早いほうがいいと思って曾亦依の携帯に電話した。「もしもし曾です」と、声に元気がない。

「今晩は、昼間お会いした浅見です」

自分で言いながら、「晩・昼・朝」と続いたのが駄洒落《だじゃれ》のようで、浅見は思わず笑いだしたくなった。それが通じたわけではないだろうけれど、亦依も急に元気を取り戻したように「あ、浅見さんですか」と明るい声を出した。

「警察からいま帰ったところなんです」

「ああ、お友達の事件のことですか」

「ええ、事情聴取で、こっちは犯人でもないのにいろいろ訊かれて、くたびれちゃいました。それに、面影橋から王子まで、チンチン電車って楽しいけど、けっこう時間がかかるんですよね」

亦依の言う「チンチン電車」というのは、正式名称は「都電」。新宿区の早稲田から荒川区の三ノ輪橋まで走る、東京で最後まで残った唯一の市街電車のことである。

「面影橋、というと警察は新宿署じゃなく、戸塚署ですか」

「ええ、殺された友人のマンションは高田馬場駅の近くですから」

「そうだったんですか、戸塚署ですか」

かつて高田馬場駅に近いマンションで起きた奇妙な殺人事件で、浅見は戸塚署の捜査に協力したことがある。その時の記憶が脳裏に蘇った（『平家伝説殺人事件』参照）。

「あそこなら知り合いがいますよ。刑事課長をやってる橋本警視です」

「えっ、ほんとですか？　だったらいまからでもいいですから、浅見さん、助けてくれませんか。このままだと、私まで容疑者になってしまいそうです。父と私が一緒に死刑になったら、母も兄も自殺しちゃいますよ」

冗談で言っているのか本気なのか、亦依の語尾が震えた。

「それに、しばらく東京を離れないようにって、足留めを命じられましたから、当分は上海に帰れそうにありません」

「えっ、それは困りますね。僕のほうはようやく上海へ行く決心がついたのですが……分かりました。それじゃ、明日にでも早速、戸塚署へ行ってみます」

事態はますますややこしくなってきた。何はともあれ、曾亦依を「救出」しないことには、上海の取材も事件捜査も始まらない。

翌朝、亦依を地下鉄西ケ原駅を出たところで拾って、戸塚署を訪れた。刑事課の奥の会議室の入り口に「Wマンション殺人事件捜査本部」の張り紙が出ていた。

橋本刑事課長は浅見の顔を見ると喜色満面で出迎えてくれたが、脇に亦依が寄り添っているのに気づいて、「どういうことです？」と言った。応接室に案内してもらって、それから長い時間をかけて事情を説明した。

「驚きましたなあ、浅見さんが曾さんの知り合いだったとはねえ」

橋本は感にたえないように、しきりに首を振っている。

とりあえず事件の捜査状況を教えてもらったが、かなり難航している様子だ。

「何しろ被害者が中国人でしてね」

橋本はチラッと亦依に視線を走らせて、差し障《さわ》りがあるのを懸念する顔を見せた。

「私のことなら気にしないでください」

亦依は察しよく言った。

「そうですか、それでは遠慮なく言わせてもらいますがね。どうも近頃は中国人が関係した凶悪事件が多すぎる。犯行の手口が従来の日本人同士の犯罪と違って過激です。福岡の一家四人惨殺事件のように、いとも簡単に殺害してしまう。こんなのはいままでなかったでしょう。警察も対応しきれないというのが正直な実感ですな」

「というと、今回の事件も中国人による犯行と見ているのですか」

「まず間違いないでしょうな。直接の死因は絞殺ですがね、事前に大量の睡眠薬を注射している。被害者はもともとヤクをやっていましてね、注射には抵抗がなかったのじゃないかと思われます。被害者が少し前まで勤めていた店というのは、上海に本社のある中国企業の経営で、そこの社長の鄭という男が日本に滞在しているところを掴まえて事情を聴取したのだが、これがなかなかしたたかでしてね。そいつが本ボシでないにしても、何らかの事情を知っているに決まっている。しかし、事情聴取に対しては何も知らないの一点張りです」

「その中国企業というのは、何をやっているところなのですか？」

「一応、表面的には貿易中心にいろいろ手広くやっているみたいですがね、実態は何をやってるかはっきりしない。鄭はまだ三十代という若さで、冷酷で頭の切れる男だから、何かこれまでなかったような犯罪をおっぱじめようとしているのかもしれません。本国と頻《ひん》繁《ぱん》に行き来していることも気に入らねえし、事務所の中にむやみにパソコンに強い連中が揃《そろ》っているのも、得体の知れない感じです。おまけに、鄭の部下で実際に犯行があったと思われる頃に日本を出た、陳《チン》という男がいましてね、聞き込み捜査によると、被害者の部屋をときどき訪れていたらしい。指紋も採取しました。いまのところそいつが最も臭いのだが、決め手はない。何しろ事情聴取もできないのだからどうしようもないのです」

「中国の警察に捜査協力を依頼することはできないのですか？」

「こんな程度の容疑ではだめでしょう。陳が出国したのは害者が死亡したと推定される日よりかなり前だったという証言もありますしね」

橋本課長はお手上げのポーズを取った。

「睡眠薬を注射した上で殺害したというと、完全な謀殺で怨恨《えんこん》によるものだと思いますが、いったいい、被害者の賀さんは、なぜ殺されなければならなかったのか、事件の背景のようなものは分からないのですか？」

「現時点では憶測の域を出ませんが、被害者が事件の直前、曾亦依さんに近々結婚するといっていたことと関係があるかもしれません」

「そうなんです。あんなに幸せそうだったのに……」

亦依が暗澹《あんたん》とした面持ちで言った。ほとんど生まれた時から一緒に上海で育ち、一緒に日本に渡って来た友人の、無惨な最期を聞かされては、泣きたい気持ちだろう。

「あるいは店をやめたり足抜きしたりといったことが動機になっている可能性もあります。その類《たぐい》の裏切りに対する制裁は、あの連中はじつに過酷です。たとえ身内といえども容赦はしない。どうです浅見さん、こういう単純な強行犯の事件では、さすがの浅見さんも手が出ないでしょう。いや、手出しをしてもらっちゃ困るのですがね」

最後に橋本はクギを刺すように言った。確かに橋本の言うとおり、単純で推理の入り込む余地もないような暴力的犯罪に関しては、浅見の出る幕はない。とはいえ、曾亦依は、ひとまず警察から解放された。「後は浅見さんを信用してお任せします」というお墨付きももらえた。

戸塚署を出て、浅見のソアラで帰路につきながら、亦依は「暁芳のお母さんに、どう報告すればいいのでしょう」と呟《つぶや》いた。

賀暁芳の家は貧しく、母親は病身で、娘の訃報《ふほう》に接しても日本に来ることもできなかったのだそうだ。亦依が暁芳の遺骨を抱いて帰る約束になっている。

「暁芳は私について日本に来たのです。もし私がいなければ、彼女は苦労をすることも死ぬこともなかったのに……」

その経緯を考えると、責任を感じてしまって、慰める言葉も思いつかないと言う。

「だけど、同じ中国人同士で、なぜ殺しあったりしなければならないのかしら。それも、故国を離れて暮らしている者同士で。ほんとに馬鹿ですね」

亦依は涙ぐみながら激しい口調で言った。浅見は答える言葉が見つからなかった。素朴な疑問だが、人類永遠の命題でもある。こうして話をしているあいだにも、世界中で同じような理由や原因で、数えきれないほどの人間が殺戮《さつりく》を繰り返している。

「でも、とりあえず上海に帰れることになったのだからよかった」

亦依は気を取り直したように、晴れやかに言った。

「すべて浅見さんのお陰です。ありがとうございました」

「いや、お礼を言ってもらうのはまだ早い。すべてはこれからですよ。西も東も分からない上海で何ができるのか、不安のほうが大きいというのが、僕の実感です。ただ、タイミングよく、雑誌社から上海を取材する仕事が入って、旅費その他の経費の心配がなくなりました」

「でもそれと関係なく、お礼はします」

「それじゃ、成功報酬ということにしましょう。お父さんが無事にお帰りになったら、お祝いをいただきます」

「ということは、父が無事に帰らない可能性もあるという意味ですか？」

「ははは、そういう揚げ足を取るようなことは言わないでください……あ、揚げ足って、分かりますか？」

「いえ、分かりません」

「つまり、大阪でいう『突っ込み』みたいなものかな。とにかくお父さんのことは心配しなくても大丈夫ですよ。最後は正義が勝利するのです」

「そうでしょうか、必ずしも正しい者が勝つとは限らないのが、この世の中の現実だと思いますけど」

「驚いたなあ、あなたがそんな悲観論者だとは」

「悲観論者ではありません。ただ、真っ直ぐ物を見れば、そういう可能性だって見えるのではないでしょうか」

「僕はそうは思いません。真っ直ぐ見れば、正しい物のあるべき姿が見えてくる。そう信じるところからスタートするんです。万一、お父さんに不正があったなら、それも見えてしまいますけどね」

「そんな……父に不正なんて、あるはずがないじゃありませんか！」

亦依は険しい目で浅見を睨んだ。左頬に突き刺すような視線を感じて、浅見はにっこり笑った。

「その気概があれば大丈夫。僕も自信を持って上海に行けます。そうと決まったら、いよいようちの連中に発表しなければならない。とくに兄を説得できるかどうかが、きわめて難しいですからね」

「お兄さんは反対なさるのですか？」

「職務上、建前としてはですね。しかし正義の前に立ちふさがるようなことはしないと思うけど……」

そうは言ったものの、浅見にその時点で、兄を説得できる確信はなかった。

# 第二章　空中楼閣

## 1

ウィークデーの浅見家の食卓に、一家全員が揃《そろ》うことは滅多にない。

家長である陽一郎は警察庁刑事局長の要職にあって、きっちり午前七時になると迎えの車がやって来る。テーブルには母親の雪江未亡人がお相伴《しょうばん》で坐っているだけで、和子夫人はお手伝いの須美子とともに、もっぱらお給仕に徹する。

午前七時頃は、陽一郎の娘の智美《さとみ》も息子の雅人も、ようやく起き出してこようかという時間だ。彼らは雪江と和子と一緒に食事を済ませ、慌ただしく家を出る。

次男坊にして居候である浅見光彦に至っては、ご起床は九時過ぎ。浅見が起き出してくる頃には、食卓には冷えたハムエッグと、ラップしたスープと、トースターにセットすればいいだけのパンが載っている。ただし「光彦坊っちゃま」のお目覚めの気配を察知するやいなや、お手伝いの須美子が、どこで何をしていようと、すぐに現れる。パンをトーストし、ハムエッグとスープを電子レンジで温め、コーヒーをいれてくれる。

昼食時は浅見も留守がちだし、女三人だけで閑散としたものだ。辛うじて夕食時だけ、しばしば賑《にぎ》わいを見せる。とはいっても、休日以外、陽一郎の帰宅は大抵、深夜か午前様になるし、次男坊の浅見は風来坊と化して、旅の空にあることが多い。

この日の夕食のテーブルには、珍しく陽一郎を除く全員が顔を揃え、浅見が船で上海へ行くという話で盛り上がった。大阪港から豪華フェリーに乗って、二晩かけて東シナ海を渡り、長江（揚子江）の河口近くから、支流の黄浦江を上海市街の中心部近くまで遡《さかのぼ》る──という話である。

「あら、いいわねえ」

最初に声を発したのは、意外にも母親の雪江だった。日頃は、そんなふうに人を羨《うらや》むような、はしたないことは、決して言わない主義の彼女が、そう言ったきり、夢見るような目を遠くへ向けている。

「上海へいらっしゃるなら、きっと上海蟹《がに》を召し上がるのね。いいわねえ」

兄嫁の和子が、姑《しゅうとめ》の沈黙をフォローするように言った。

「さあ、どうですかねえ。いまは蟹のシーズンじゃないと思いますけど」

浅見も詳しくはないが、上海蟹はたぶん、秋からが旬《しゅん》だという記憶がある。

「ぼくは北京ダックがいいな」

浅見の兄・陽一郎の息子の雅人が半可通ぶって、生意気なことを言う。

「北京ダックは北京よ。上海はフカヒレですよねえ、叔父さん」

智美が弟の無知を斥《しりぞ》けて、曲がりなりにも旅のライターである叔父の同意を求めた。

「そうだね、上海はやはり海鮮料理のほうがいいのだろうね」

浅見は勿体ぶって答えたが、上海の名物料理がフカヒレであるという説が真実かどうかは、かなり怪しい。

「私はそんな高級なのじゃなくて、本場のラーメンで結構です」

お手伝いの須美子までが言いだした。

「なんですねえ、あなたたちは食べることしか興味がないのかしら」

雪江は嘆かわしそうに首を振った。

「上海といえば、中国最大の都市じゃありませんか。それに文化の花咲く街ですよ。近くには蘇州や杭州といった、文化遺産が沢山あるのよ。大隅の五郎叔父様が、上海はすばらしいって、よく話していらしたわ」

大隅五郎というのは雪江の父方の叔父で、浅見兄弟から見ると大叔父、智美と雅人からいうと大々叔父にあたる。陸軍少将まで昇り詰めたが、中国大陸から南方へ転戦、終戦を目前にして戦死している。

「さっき光彦が黄浦江って言ったでしょう。終戦の前の年に、叔父様がいったん帰国した時、内輪の壮行会で『夕波昏《くら》し黄浦江』って歌ってらしたの、思い出しましたよ。叔父様としては、暗黙のお別れのつもりだったのでしょう。あれは何の歌だったのかしら？　たぶん古い軍歌だと思うのだけれど、寂しいメロディで、とくにその部分を歌う時だけ、なぜかとても悲しそうな顔をしてらしたから、不思議に印象的だったのね」

「お祖母《ばあ》ちゃま、それっていつ頃のことなんですか？」

智美が訊《き》いた。

「そうねえ、わたくしが小学校か女学校の頃だから、かれこれ六十年前ぐらいかしら。日本が中国と戦争していた頃ね」

「ふーん、じゃあ歴史上の出来事なのね」

和子が慌てて「智美」とたしなめた。大胆な発言だから、浅見もヒヤリとしたが、言った当人は気づいていない。

「ほほほ、ほんと、古いお話ですよ」

雪江は屈託なく笑った。さすが「歴史上の人物」ともなると、寛大なものだ。

「その上海へ自由に行けるようになったのだわねえ……」

しみじみと言った。雪江の時代どころか、ほんのつい最近まで「竹のカーテン」と呼ばれ、閉ざされていた中国に、誰でも往来できるとは、思いもよらなかったことだ。

「でも光彦、上海へ行くのはいいけれど、遊び半分の気持ちで行ってはいけませんよ」

怖いほどの真顔で諭《さと》した。

「ええ、あくまでも仕事です。『旅と歴史』から原稿依頼があったのです」

これは事実だから、胸を張って言える。もっとも、半分は探偵業を頼まれたことも事実なのだけれど——。

「仕事でも何でも、謙虚な気持ちで行くことね。それこそ、いまはもう歴史上の出来事になったとはいっても、日本が中国を侵略したことは事実なのですからね」

「はい、分かってます」

浅見は神妙に頷《うなず》いた。

家族には「仕事」を強調したが、遅くなって帰宅した兄の陽一郎には、本来の目的を話しておくことにした。

「ふーん、そうか、領事館員が関与しているのか……」

陽一郎は思ったより驚かなかったが、眉根《まゆね》に皺《しわ》を寄せて難しい顔を作った。北朝鮮を脱出した家族が瀋陽の日本領事館に亡命を求めてきた事件以来、外務省は海外の出先機関での事件事故に神経を尖《とが》らせている。しかも、その時の領事館員の中に、警察からの出向者がいたことで、警察幹部である陽一郎も無関心ではいられないはずだ。

「それは少し厄介だな」

穏やかな口調だが、弟の身を案じるように言う。

「まだ、被疑者の娘さんから、その疑いがあるという話を聞いただけで、現地に行ってみなければ事実関係は分かりません。もし厄介なことになりそうな場合は、すぐに引き揚げてくるつもりです」

「そうか……いや、それはよくないぞ」

「えっ？　よくないって？」

「厄介だからって退却するくらいなら、引き受けるべきではない」

「はあ……」

「かりにその領事館員がシロだったら、何も問題はないし、きみの出る幕はないだろう。しかし、逆にクロだとしたら、中途で撤退するのは身内の不正隠しと見られかねない。日本人全体の信用に関わるよ」

「なるほど……つまり、シロでもクロでも、とにかく真相を追及しろというわけですね。分かりました」

思わず笑みが浮かんだのを、刑事局長は目敏《めざと》く見破った。

「ふん、光彦のことだ。どうせ最初からそのつもりでいたのだろう。それならそれでいいが、ただし、一つだけ忘れてはならないことがある」

「何でしょう？」

「きみも日本人である以上、外国へ行くについては、国益を損なうようなことがあってはならないということだ。愛国心を発揮せよとまでは言わないが、国の評価を貶《おとし》めることだけはしてはならない」

「それは、たとえ不正があったとしても、領事館員を庇《かば》えという意味ですか」

「そうではない、むしろその逆だと言っているだろう。相手が領事館員であろうと身内であろうと、不正があればきびしく糾弾したまえ。理非曲直《りひきょくちょく》を正す道を貫き通すことこそ、わが国の公正さをアピールする結果に繫《つな》がる」

「なるほど……」

浅見はあらためて兄への畏敬《いけい》の念をこめ、深々と頭を下げた。

＊

曾亦依《ソウイイ》嬢とは新大阪で落ち合って、大阪港国際フェリーターミナルへ向かった。唯一の心配は天候だが、上空はよく晴れて、気象情報でもしばらくは安定した状態がつづきそうなことを言っていた。

上海行きのフェリーは「蘇州号」という中国船籍の船で、一万四千トンもある。「豪華客船」とまではいかないけれど、船内設備も整っていて、浅見と亦依はそれぞれシングル用の特別室に入った。上から三番目のランクだが、ビジネスホテルよりはかなり上質な部屋だ。これで二泊の船旅が楽しめて三万八千円。鬼怒川の川下りが四十分で二千四百円だから、それに較べるとずいぶん安い——などと、妙なことを連想した。しかも往復運賃だと、帰りの乗船料は半額になるから、かなりお得だ。もちろん浅見たちも往復のチケットを買った。

トップデッキには、客船には珍しくヘリコプターが発着できる広いスペースが用意されてある。乗客たちはデッキに出て、港の風景や、すぐ近くの関西空港にひっきりなしに離着陸する飛行機を眺めたり、写真を撮ったりしている。乗客の大半は中国人らしいが、明らかに日本人と分かる観光客も少なくない。中には新婚旅行らしいカップルもちらほら見かけた。

正午に出航して、紀伊水道を抜けるまで、浅見と亦依はデッキにいた。寄り添って秘密めいた語らいをつづける二人は、傍目《はため》からはそのたぐいのカップルと見られかねないが、寄り添っているのは会話の内容を他人に聞かれたくないためだ。船内ではどこへ行っても乗客の耳がある。

事件のことはもちろんだが、浅見はそれよりもむしろ、曾家のことや亦依の生い立ち、上海の生活習慣などを知りたかった。中国の街というと、あの壮大な自転車の行列を思い浮かべるが、あれはすでに過去の風景で、いまはバイクや自動車がそれにとって代わっているのだそうだ。

「上海は異常ですよ」

亦依はそういう表現をした。彼女の父親も常日頃からそう言っていたという。

「十年ひと昔――と言いますが、上海の変貌《へんぼう》はここ七、八年で急速に進みました。一年後に行くと、まったく知らない超高層ビルが何本も建っています」

一九八〇年代の後半に為政者が「開放」を宣言するまでの上海では、二十四階建ての国際飯店が最高層のビルだった。一般市民はふつう、「里弄《リーロン》」と呼ばれる二階建て長屋形式の住宅か、幹部役人や大学教師など、少し上級の職種の者はコンクリートのアパートに住んでいた。

「里弄」は十九世紀なかば頃、イギリス人の商人たちによって考案され、中国人用に建設された、和洋折衷ならぬ「華洋折衷」の安価な住宅である。手軽にできて手頃な価格だったために、急速に広まり、やがて上海の街を文字通り「甍《いらか》の波」が大海原のように覆いつくし、独特の風景を創り出した。安普請だから、決して美観とは言えないけれど、それなりに調和の取れた統一性があり、上海の人々にとっては郷愁をそそる、「古き良き時代」の風景であった。

その「里弄」が一気に破壊され、広大な跡地に、信じられないスピードでビル建設が進みつつある。

「そこに住んでいた人たちは、どうなったんですか？」

浅見は驚いて訊いた。

「もちろん、立ち退きをして、べつの場所に引っ越しましたよ」

「立ち退きを拒否する人はいなかったのでしょうか？」

「そんなこと、中国ではありえませんよ。土地は個人の所有物ではないからです。国が必要とすれば、いつでも立ち退かなければなりません」

「なるほど」

理解できないこともない。そもそも、土地などというものは、誰のものでもなかったはずである。土地に個人の所有権があると決まったのは、いったいいつの時代からなのだろう。要するに力のある者が周囲をねじ伏せ、文字通り我が物顔に振る舞って、「これはおれの土地だ」と宣言したのが始まりではないのか。それ以前は、しいていえば「神」のものであった。以来、人類社会では土地を巡る争いが絶えることがない。

中国四千年の歴史も、とどのつまりは、土地と権力を巡る闘争と侵略の歴史といってもいい。『三国志』も万里の長城もその血みどろの戦いから生まれた産物だ。そうして辿《たど》り着いた結論が、土地や財産の個人所有を認めない――という社会主義思想による国創りだったのだが、それも必ずしもうまくはいかなかった。

所詮《しょせん》、人間は欲望の生き物なのである。才能もありよく努力する者と、そうでない怠け者とが、同じ収穫を与えられるというのは、平等のようでいて、決してそうではないことが分かってきた。

貧しくても何でも構わないではないか、世の中、適当にのんびり暮らして一生を終えるのも悪くない——という、良寛《りょうかん》さんみたいに達観した生き方も、それはそれでいいかもしれないが、世の中の全員がそんなロボットのような画一的な考えでいるわけがない。好奇心と欲望の生き物である人間は、絶対にそれでは収まらない。

早い話、やる気のある人間がいくら頑張っても、給料が同じで、しかも怠け者に足を引っ張られ、みんなに嫌われるのでは、たちまちやる気を失うわけだ。そして、国民一人一人に向上心と努力が欠如した社会・国家は停滞し衰退する。

さらに、一党独裁による社会主義体制は、見かけだけは平等をうたい文句にしていながら、「平等」という名の不平等を生み、その一方では、ひと握りの幹部が権力と富を私物化し、堕落する危険性があった。

人々がそれに気づいたことで、ソビエトを始めとする東欧の社会主義国家体制が崩壊した。それに較べると、中国がその轍《てつ》を踏まずに、いち早く自由市場の道へハンドルを切ったのは、時の為政者が柔軟な優れた思考の持ち主だったたからだ。

「でも、自由化といっても、まだまだいろいろな制約があります。中国は十三億という、大変な人口を抱えていますから、それをまとめながら改革を進めなければなりません。とてもむつかしいのです。制約から解放されたとたんに、上海のような急激な変化が進みますでしょう。誰も止められない勢いでどんどん街が発展していて、とてもすばらしいことに見えますけど、これで本当にいいのかどうか心配ですね」

亦依は祖国の将来について、希望と不安をこもごも抱いていると語る。

「官僚の中には立派な人もおりますけど、悪い人もたくさんいます。それは日本もどこの国もおなじですね。でも、日本と違って中国の場合は、ものの考え方が硬直していることが多いのです。融通がきかないのです。いったん方針を決めると、簡単に修正することができない。公安局も同じです。今度の父の事件はそういう、中国の悪い面が出たのでなければいいのですが」

視線を海面に落として、眉をひそめた。若くして祖国を離れ、単身日本へ渡ってきただけあって、しっかりした女性だ。いまの日本に、自分の国のことをこんなふうに憂い、熱っぽく語る若者がどのくらい存在するのだろう。浅見は我が身も含めて、忸怩《じくじ》たるものがあった。

## 2

外洋に出ると、多少のうねりはあったが、まずまず快適な航海だった。水平線に沈む太陽を追って四国沖を走り、やがて夜のとばりが下りて、足摺岬《あしずりみさき》の灯台が見えてきた。

船内の食事は朝の定食は無料だが、夕食と昼食は好みの一品料理を注文する。海老フライ、サバの塩焼き、小籠包《シャオロンポウ》など、素朴だが和洋中華とバラエティに富んでいて、四、五百円と手頃だ。浅見もあまりいけるくちではないが、亦依はアルコールはほとんどだめということで、ビール一缶を半分ずつグラスに注いで乾杯した。
レストランでは「仕事」の話は避けて、もっぱらプライベートな話題を楽しむことにした。亦依は浅見の「探偵」としての体験談を聞きたがった。

しかし浅見は過去の「事件簿」は封印してしまう主義だ。もちろん守秘義務の問題もあるが、それよりも自分の経歴や手柄を吹聴《ふいちょう》するような真似《まね》はしたくない。軽井沢に住むミステリー作家が、勝手に浅見の事件簿を改ざんし、小説仕立てにしてしまうのは、大いに迷惑なのだ。

事件を追って旅をした先々でのエピソードはいくらでもあるし、とくに旨《うま》い物との出会いは楽しいけれど、そういう私的な話題を他人が面白く聞いてくれるとは思えない。むしろ浅見は浅見で、亦依の「法廷通訳」の体験を聞きたかった。

日本で事件を起こし、あるいは巻き込まれた中国人の最大の悩みは言葉の問題である。それは逆に警察の側も同じで、事情聴取をしたくてもさっぱり通じない。中国語に堪能《たんのう》な日本人はきわめて少なく、まして警察には皆無といっていい。

そこで、中国人留学生に通訳のアルバイトを依頼してくる。曾亦依はそうやって駆り出された法廷通訳としては、かなり程度のいいほうだったようだ。外国人による犯罪の急増に悩む警察に大いに重宝された。

「でも、最初の時はびっくりしました。法律の勉強をした経験もないし、自分でも務まるかどうか不安でしたけど、言っていることを伝えればいいというので、引き受けました。でも、やってみるととても勉強になります。警察からも容疑者からも、それに弁護士さんからも感謝されるし、やり甲斐《がい》のある仕事だと思います。ただ、中国人の犯罪がすごく多いことが、とても残念ですし、同じ国の人間として恥ずかしいです」

話題が湿っぽくなって、会話がしばらく途絶えてから、二人が同時に「あの……」と口を開いた。

「あ、曾さんからどうぞ」

「いえ、浅見さんから喋《しゃべ》ってください」

譲りあったが、結局、浅見が先に話すことになった。

「失礼なことを聞くようですが、曾さんはご結婚の予定は？」

「あははは……」

亦依はおかしそうに笑った。

「私も同じこと、聞こうと思いました。浅見さんはまだ結婚しないのですか？」

「僕はまだ当分はだめでしょうね。何しろ、この歳になってもまだ、親と兄の家に居候の身分ですから」

「でも、独立しようと思えば、いつでもできるのでしょう?」

「さあ、どうかなあ。たぶん無理ですね。家賃も食費もろくに出さないのに、ソアラのローンを払うのが精一杯の状態です。まして奥さんをもらうなんて、とてものこと夢のような話ですよ」

「奥さんをもらうのでなく、奥さんにもらっていただけばいいのではありませんか」

「なるほど、そういう手もありますか。しかし、こんな風来坊みたいな男、もらってくれる奇特な女性がいますかね?」

「いますって。たくさんいますよ」

亦依があまりにも熱を込めて言うので、浅見は思わず彼女の顔を見つめた。それに気づいて、亦依は顔を赤らめた。

「僕のことより、曾さんのほうはどうなのですか。中国では結婚適齢期は何歳ぐらいなのでしょうか。僕なんかとっくに適齢期を過ぎちゃったけど」

「中国の女性は昔は若いうちに結婚したのですが、この頃はだんだん遅くなっているみたいです。私の兄もまだ結婚していません。女性の生活力が強くなってきたためかもしれませんね。いま、上海でいちばん輝いているのは、ビジネス・ウーマンです。男性に負けていません」

「それは曾さんを見ていれば、分かるような気がしますよ」

「うそでしょう。私なんかちっとも輝いていませんよ」

「そんなことはない、すごいなあって思いましたよ。しかし、日本も同じかなあ。ウーマン・パワーなんて言葉が流行《はや》ったのは大昔のことで、いまはそれが当たり前になっちゃいましたからね。むしろ男のほうが押されっぱなしです」

「それでも、浅見さんのように立派な人がいるから、やっぱり男性にはかないません」

「えっ、僕が立派ですか？　ははは……」

「どうして笑いますか。おかしいことありませんのに」

亦依はムキになると、日本語の「てにをは」が怪しくなるらしい。

「ところで、お父さんのことですが」

何となく、ふつうの男と女の会話に向かいそうな雰囲気なので、浅見はわざとシリアスな話題を持ち出すことにした。

「まず性格的なことをお聞きしますが、優しい人なのでしょうね」

「そうですね、とても優しい人です。真面目《まじめ》一方で、少し頑固なところがありますけど、母や私には優しいです」

「お母さんとは恋愛結婚ですか」

「さあ、そうだと思いますけど、聞いたことはありません。でも、結婚する時は、誰でも愛し合うのとちがいますか」

「日本ではお見合い結婚というのがありますよ。いまは、お見合いしてからお付き合いが始まって、愛を確かめあうから、まあ恋愛結婚みたいなものだけど、昔は親同士が決めた相手とお見合いして、そのまま結婚するというしきたりでした。お見合いの時も結婚式の時も、ずっと顔を伏せたままだったので、披露宴が終わって二人きりになって、初めて相手の顔を見たという、信じられないようなこともあったそうです」

「へえーっ、ほんとですか？　それで相手の人が不細工だったら、どうするのですか。逃げ出すのですか？」

「ははは、逃げ出すわけにはいかなかったでしょうね。仕方なく一生、我慢しつづけたのじゃないですかね」

「そんなの、かわいそうです」

「しかし、男の真価は顔で決まるわけじゃないですからね」

「それは女性だって同じです。大切なのは中身ですよ。でも、中身も不細工だったら気の毒ですね」

深刻そうに言ってから、急におかしくなって、亦依は笑いだした。

「さいわいなことに、私の母も父も不細工ではありませんでしたから、たぶんお見合いでも大丈夫だったでしょう」

「しかし、お若い頃は熱烈なラブロマンスがあったのかもしれませんよ。美男美女同士なら、ライバルも大勢いたでしょうしね」

「そうですね、今度帰ったら、聞いてみることにします……でも、いつになったら、父とそういう話ができるか、心配ですけど」

そのことを思い出した。彼女の父親は殺人罪の容疑で拘置されている。もしかすると、そのまま永遠に帰宅しないままになってしまうかもしれない。

「大丈夫ですよ。十日間以内には晴れてご自宅に戻れます」

「そうおっしゃってくれるのは嬉《うれ》しいですけど、でも、それは慰めの言葉でしょう？　それとも何か根拠があるのですか？」

「根拠は……それは、この船の帰りの便が、今日から数えて十一日目だからです」

「えっ？　それはどういう意味ですか？」

亦依はポカーンとした顔で固まった。

「蘇州号の次の上海発は、この船が上海に着いた翌々日、つまり、今日からだと五日目ですよね。さすがにそれまでに事件を解決するのは無理だからです」

「それは……もちろんそうでしょうけれど。でも、そうしたら、浅見さんはその次の便で帰国する予定ですか？」

「そのつもりです」

「えっ、ほんとに？　まさか、十日間あれば解決できるという意味なんですか？」

「ええ、たぶん」

「たぶんて……それだと、上海に着いてから正味一週間しかありませんよ。とても無理や思いますけど」

「無理でも何でもそうしなければならないのです。お父さんのためにも、あなたやお母さんのためにも。それに雑誌『旅と歴史』のためにも。曾さんは知らないでしょうけど、わがままな編集長のことですからね、原稿を待ってくれる、それがギリギリのリミットなのです」

「そんな……」

　亦依の表情に、みるみるうちに失望の色が広がった。

（結局は自分の仕事の都合でスケジュールを立てているのか。こんな無責任な男に、殺人容疑のかかった父の運命を委《ゆだ》ねなければよかった――）

　そう後悔している顔であった。

「心配しなくても、大丈夫ですよ」

　浅見はそう言ったが、いちど生まれた亦依の不信感は、そう簡単には晴れそうにない。実際、浅見はまだ事件の内容すら、ほとんど把握してないに等しいのだ。それを、いとも気軽に「正味一週間で」などと大見得を切ったようなことを言えば、亦依でなくても不信の念を抱くにちがいない。それに、浅見の側にも、それを打ち消す材料があるわけでもなかった。

ただ、これまでの経験からいって、どんな難事件でも一週間もあれば真相は解明できる自信はあった。少なくとも謎解きの手掛かりぐらいは摑《つか》めるはずだ。もしそうでなかったら、そもそも自分の手には負えない事件なのだから、諦《あきら》めて中国公安局の組織力に委ねるほかはないと思っている。

（大丈夫なんだけどなあ――）

そう思いながら、亦依の白けた顔をみて、浅見は何も言えなくなった。

気まずい雰囲気で夕食タイムはお開きにして、それぞれのキャビンに引っ込んだ。ゆりかごのようなほどよいピッチングのお蔭で、浅見はふだんよりよく眠れたが、亦依のほうはそれどころではなかったらしい。翌朝のレストランに現れた彼女は、化粧っ気があまりないせいか、まるで幽霊を見たようなそそけ立った顔をしている。食欲もなく、浅見が話しかけても上の空のように、会話が弾まなかった。

日中は部屋に引きこもってしまって、昼食のカフェにも出てこない。浅見のほうもパソコンに向かって原稿書きに励んだから、夕食まで顔を合わせることがないままに過ぎた。浅見が昨夜と同じテーブルについて、ずいぶん待たされてから、亦依はやってきた。浅見が亦依を待って、まだオーダーをしていないと知って、「すみません」と言ったが、気のない口ぶりだった。

食事中はほとんどだんまり状態で、ひたすらナイフとフォークを使う作業に専念した。浅見は元来が寡黙《かもく》で、誰が相手でも心にもないおべんちゃらなど言えない性格だ。そうでなければ、まずまずのルックスなのだから、今頃は稼ぎのいいセールスマンにでもなっていただろう。

ひょっとすると亦依のほうも自分と同様、巧言令色の人ではないのかもしれない——と浅見は思った。日本人の多くは世辞が巧く、また、そうであることが礼儀正しいおとなの素養だとされ、建前と本音がぜんぜん異なっても、喋る側も聞く側も納得ずくというのが社会慣習のようになっている。それは政治家の公約や官庁用語にも生かされ（？）、重大な政策を発表するのにも、いわゆる玉虫色と呼ばれる、ヌエ的な表現で真実を糊塗《こと》したり美化したりする。

浅見はそういうのが苦手だから、つい本音を言っては生意気だと思われたり、相手を本気で怒らせたりして失敗する。いまの亦依とのこじれた状況を巧みに修復するような、スマートな処世術は持ち合わせていない。

食事を終えて、すっかり温《ぬる》くなったウーロン茶を飲んでいた亦依が突然、「浅見さんは夢占いを信じますか？」と言いだした。どういう話題にしても、会話が復活するのは浅見としても歓迎だ。

「そうですねえ、ぜんぜん信じないこともないけれど……何か夢を見たんですか？」

「学生の頃、赤いトカゲの夢を見たんです。ほんの短い夢ですけど、それから八年も経っているのに、ずっと忘れられないのです。色つきの夢って、珍しいでしょう。それも赤いトカゲだなんて、少し不気味ですね。何か未来のことを予言する夢じゃないかと、気になってなりません」

「夢占いだったら、それこそフロイトやユングの世界じゃないですか。お父さんの専門分野だったと、林先生に聞きましたが」

「そのはずですけど、でも父に訊いても、知らないって、あっさり言われました」

「えっ、ぜんぜん考えてもくれなかったのですか？」

「ええ」

「なぜですかねえ？　優しいお父さんにしては、ずいぶん冷たいな」

浅見が怪訝《けげん》そうに首を傾げると、亦依は抗議するように、「いつもは優しいのです」と口を尖らせた。

「ほかの時は、どんな分野の疑問をぶつけても、丁寧に教えてくれました。分からないことは大学の仲間に問い合わせてくれたりもするくらいですから」

「ふーん、それなのに、あっさり知らないっておっしゃったのですか。なぜなのですかねえ？　赤いトカゲの夢より、そのことのほうが不思議な感じがしますけどね」

「でも、本当に知らなかったのなら、仕方ないでしょう」

「しかし、赤いトカゲの夢なんて、イメージが強烈じゃありませんか。たとえすぐには思いつかなくても、どういう意味があるのか、調べてみるくらいの気持ちは抱きそうなものです。しかも愛するお嬢さんから投げかけられた、切実な質問だったのですからね。それをいきなり『知らない』で片付けちゃうっていうのは、やっぱり変ですよ」

「いいです」

亦依は急にそっぽを向いた。

「もうそのことはいいのです。忘れてください。訊いた私がばかでした」

「ばかだなんて、そんなことはないですよ。赤いトカゲの夢は僕だって気になります。たぶん心理学者ならきちんと分析できるのじゃないかな。それだけになぜお父さんが冷たい対応をしたのか、その理由が不可解ですね。なぜなのだろう……」

思案に耽《ふけ》りそうな浅見を拒絶するように、亦依は立ち上がった。

「ごめんなさい、部屋に戻ります。お休みなさい」

慌てて椅子《いす》を立った浅見に、ピョコンと頭を下げて、さっさとレストランを出た。「どうかしましたか?」と声をかけるひまもなかった。

まったく、どうしちゃったのか——と、浅見はあっけに取られた。また何か、彼女を怒らせるようなことを言ったかな——と反省したが、思い当たることはない。唯一、亦依の質問に父親が冷淡に対応したことが理解できないと言ったのが、気に障ったのかもしれない。しかしそれは浅見にしてみれば、当然の疑問であって、父親の人となりを批判したわけではない。

（誤解されたのかな――）

こっちにはそういう意図はなくとも、受け取る側の心の傷に触れてしまうというのは、よくあることだ。それにしても、何が彼女の気にそまなかったのか、浅見にはさっぱり分からない。これだから女性は難しい――と、あらためて思うばかりである。

（赤いトカゲか――）

頭の中に赤いトカゲの映像を、思い浮かべてみた。

浅見はヘビやトカゲのたぐいが苦手だ。爬虫類《はちゅうるい》をペットにしている人の気が知れない。それ以上にミミズ、ゲジゲジといった長虫がだめ。クモも好きになれない。須美子がゴキブリをいとも簡単に退治する英雄的行為を見ると、尊敬してしまう。

赤いトカゲは、沼にいる赤腹イモリを連想させて、基本的には不気味ではあるけれど、何となく可愛らしいイメージもある。必ずしも凶兆という感じはしない。それこそ、フロイトやユングがどう分析するのか、興味が湧《わ》いてくる。それをあっさり「知らない」で済まされたのでは、当事者でなくても不満が残るだろう。

（なぜだろう、なぜ父親は娘の質問に答えようとしなかったのだろう？――）

亦依がどう思おうと、やはり浅見はそのことが不思議だった。ニベもなく「知らない」

と突っぱねた、その時の情景と、父親の心理状態まで想像したくなる。そういうところに妙にこだわるから嫌われるのかな——と反省するのだが、持って生まれた性分だから仕方がない。

「やれやれ……」

浅見は吐息まじりに独り言を言って、グラスに残ったウーロン茶の最後の一滴を喉《のど》に送り込んで、立ち上がった。

海は少し波立ってきたらしい。今夜も安らかに眠れそうだ。

3

朝、海の色が微妙に変わっていた。潮目の向こう側がかすかに白濁している。長江が絶え間なく送り出してくる土砂である。まだ水平線の彼方だが、大陸の近いことを感じさせる。

長江はどこまでが海なのか、どこからが河なのか区別がつかない。貨物船やフェリーなど、大小さまざまな船の往来が次第に繁《しげ》くなってゆくことで、河口へ向かっているのだろうと、漠然と悟るのみである。

考えてみると、小川の状態で海に注ぐ川など、中国大陸にはないのかもしれない。そういう風景は日本なら至る所にあって、珍しくもない。たとえば断崖《だんがい》が海に切れ込んでいる地形のところでは、沢の終末が小さな滝となって海に落ちる。森から流れ出たせせらぎが、そのまま砂浜をサラサラと流れる。

いま眼前に広がる風景は見渡すかぎり平坦《へいたん》で、海の行く手は茫洋《ぼうよう》として陸に溶け込んでいる。この果てしなくうちつづく大地が、中国の歴史を作り文化を産んできたと思えば、日本のそれとの根本的な差異に、何となく得心がゆくような気がしてくる。

午前八時を過ぎて、ようやく陸地が見えてきた。

長江口と呼ばれる河口付近は、地図の上で見ると、おそらく幅が八十キロ近くあるらしい。中央には「崇明島《ツオンミン》」という、中州と呼ぶにはいささか巨大すぎる島があって、川筋を二股《また》に分け、さらに南側の河口は「横沙島《ハンサウ》」と「長興島《ツアンシン》」という連なった二つの島によって分けられている。

船はその二つの島を右舷《うげん》に見ながら、いちばん南寄りの河口を進む。三つある川筋の中ではここが最も広く、幅は二十キロを超える。左舷側は上海の郊外「浦東新区」で、浦東国際空港から離陸する飛行機が上空を過ぎてゆく。

長興島を通過する辺りで、船は大きく左に舵《かじ》を切って、いよいよ黄浦江に入る。大小の船が密集し、岸壁にはクレーンが列をなし、その向こうに斜めの逆光を背にした街が複雑なシルエットを作っている。噂どおり、ペンシルのような超高層ビルが、あたかも人類の傲慢《ごうまん》さを神に主張するように、ニョキニョキと天を突き刺す。

国際フェリーターミナルは、黄浦江を三十キロほど遡った左岸、上海の心臓部に近い辺りにあるのだが、ここでも川幅は四百メートルもある。対岸のすぐ目の前には有名なテレビ塔「東方明珠広播電視塔」をはじめ、最新設計のビルが、妍《けん》を競う。左岸の「外灘《ワイタン》」にはそれと対照的な、二十世紀初頭に建設された堂々たる石造り建築のビルが並ぶ。それぞれが現代と過去を象徴する二つの街の対峙《たいじ》を目《ま》の当たりにするだけで、上海に来たという実感と興奮を覚えた。

ターミナルには亦依の兄・曾亦奇《ソウイキ》が迎えに出ていた。浅見より一つ歳下だそうだが、むしろ三、四歳老成して見える。痩せ型なのは亦依と似ているが、穏やかを通り越して、少し怯《おび》えたように気弱そうなのは、父親の事件のせいだろうか。

タクシーで曾家へ向かう。ターミナルからおよそ三十分、南京西路という街だというのだがどこを走っているのか、浅見にはさっぱり分からない。亦依が地図で示してくれたところによると、外灘の西の方角らしい。

この辺りは「旧市街」という印象で、古い建物が残っているが、それを押し退《の》けるように新しい建物が生まれつつある。デパートや賑やかな商店が並ぶ街でタクシーを降りた。東京でいえば銀座のような繁華街だ。こんな一等地だとは想像もしていなかった。

食料品店と雑貨屋のあいだの路地を入ったところが曾家のあるアパートだった。一応、鉄筋コンクリートの三階建てだが、おそろしく古い。建物全体が埃《ほこり》をかぶったようにくすんだ灰色をしている。浦東地区の超高層ビル群とは比較のしようもないが、表通りの華やかな賑わいとも対照的だ。社会の進化から取り残された陋巷《ろうこう》にしか見えない。

論語の中に「賢なる哉《かな》回や、一箪《いったん》の食《し》、一瓢《いっぴょう》の飲《いん》、陋巷にあり」という文章がある。亦依の両親はともに教職の経験のあるインテリだから、こういうところにこそ賢人が住んでいるということかもしれないが、それにしても粗末すぎる。

もっとも、亦依はそんな問題はまったく意に介さないらしく、平気な顔で階段を上がって行く。日本のとくに東京の人間はとかく見栄を張りたがる。自分の住まいが貧弱だったりすれば、知人を招くのも躊躇《ちゅうちょ》したくなる。亦依のように見栄や虚飾とは無関係で、ありのままの、さっぱりした性格は、中国人の特徴なのだろうか。

先頭を行く亦奇が、妹を振り返って早口で何か言った。「そこの手すり、壊れていますので、気をつけてください」と亦依が通訳した。なるほど、手すりの一カ所が支柱からはずれて階段側に突き出している。知らずに歩くと、太股《ふともも》の辺りをぶつけそうだ。

亦奇がドアを開け、亦依が「どうぞ」と浅見を招じ入れた。建物自体がかなり暗いが、入った瞬間の部屋の暗さにも驚いた。三階の部屋なのに窓からの採光がきわめて悪い。隣にビルが接近しているせいだ。昼間でも電灯をつけなければ、手元の物もろくに見えないほど暗い。

亦依の母・麗文《レイブン》は六十一歳という年齢と、今回の心労にもかかわらず、背筋もシャキッと伸び、毅然《きぜん》とした態度で客を迎えた。浅見は中国語はさっぱりなので、短い挨拶《あいさつ》も亦依の通訳を必要とした。麗文は「よく来てくれました」と謝辞を述べ、林教授に勧められて日本から「浅見先生」を招いた経緯について話した。曾家として、もっとも気掛かりだったのは、費用のことだという。

日本と中国の実質的な貨幣価値は相当な開きがある。とくに人件費に関しては五対一から十対一の格差のようだ。日本のほとんどのメーカーが、その安い労働力に頼って、生産の拠点を中国に移した。消費者は目先の物価の下落を喜び、企業は利益が上がったが、日本経済は猛烈なデフレ不況と失業率の増大に苦しむことになった。そういう状況に対して政治家は何の政策も用意していなかった。メーカーの過酷な条件の下で、細々と収入を得ていた零細な繊維業者などから、このままでは壊滅的打撃を受けるという悲鳴が上がったため、関税障壁によって輸入を制限しようとした。そのとたん、中国側から自動車に巨額の関税を課すと脅され、自動車業界の突き上げもあって、あっさり撤回した。

それはともかくとして、日本から「高名」な探偵先生を招聘《しょうへい》するにあたって、旅費や滞在費などは、おおよその見当がつくけれど、報酬の金額がどれほどになるのか、中国の感覚では想像もつかなかったようだ。

「そのことを申し上げると、林先生は『足りない分は、私のほうから「旅と歴史」の藤田編集長に話を持ち込んで、取材旅行という形式にするように頼んであるので問題ない』とおっしゃいました。それで間違いないのでしょうか」

林と藤田のあいだで、そういう取り決めがあったことは、浅見はまったく知らなかったが、現にそうなっている。

「おっしゃるとおりです、報酬についてはご心配なさらないで結構です。それから、僕は『高名』でも何でもありませんので『先生』などとおっしゃらないでください」

浅見が言ったことを、亦依はそのままは伝えなかったらしい。麗文はその後も「先生」を頻発して浅見を悩ませた。

ともかく、麗文は最大の心配が解決してほっとしたようだ。中国のお茶と月餅《げっぺい》のようなお菓子で接待してくれた。そうして落ち着いたところで、いよいよ事件の内容とその後の経過を説明してもらった。

＊

上海振興《シンコウ》大学建築学部教授の王孫武《オウソンブ》が刺殺死体で発見されたのは和華飯店の414号室。発見者はホテルの部屋係の女性で、通常どおりの時刻——午前十時頃、清掃のために部屋に入った。じつはその時点でまだチェックアウトはしていなかったのだが、部屋のドアに「起こさないでください」のカードが出ていなかったために、一応チャイムを鳴らし、応答がないのを確認してから、ドアを開けた。ドアはオートロック式なので、むろんキーを使用している。

　部屋はスイートではないが、ダブルベッドと応接セットが置かれ、このホテルでは「デラックス・タイプ」と呼ぶ。一般旅行者はもちろんだが、デートの客に好んで利用されているらしい。そう話す時、麗文はいかにも不機嫌そうな顔をした。

　王孫武はそのベッドの上でうつ伏せに倒れていた。ワイシャツ姿の背中から流れた夥《おびただ》しい血がベッドの上で変色して固まっていた。ひと目見て殺人事件であることが分かる現場だ。部屋係の女性は部屋を飛び出し、館内電話でフロントに通報した。

　公安局の実況検分の結果、犯人は背後から鈍器様のもので頭を殴打した後、鋭利な刃物で背中を刺している。ひと刺しで致命傷を与えたこと、さらに凶器や指紋等犯人の手掛りに繋がるような遺留品を残していない点から、当初はプロによる犯行を想像させた。

　ところが、部屋の中や被害者の衣服に物色されたような痕跡《こんせき》がほとんど見られないことが分かってきた。少なくとも、被害者が所持していたバッグや、現金およそ三千元とカードの入った財布等は持ち去られていない。何か盗まれた物があったとしても、金目当ての犯行ではなさそうだ。ということで、がぜん怨恨《えんこん》による殺人のセンが浮上した。

　それに、犯人がどうやって部屋に入ったかを考えると、被害者の顔見知りである可能性がある。

　王孫武はきわめて警戒心の強い人間だったという評判がある。ましてホテルに宿泊するという行為そのものは、あまり他人に知られたくなかったはずだ。訪問者があった時、マジック・アイで確認してからドアを開けただろう。ちなみに、王はルームサービス等は頼んでいない。

そもそも王孫武は何のためにその晩、ホテルに泊まろうとしたのかも問題だ。常識的にいえば、女性とのデート目的と考えるほかはないのだが、それだと訪問者=犯人は女性だったことになる。いくら背後から不意をついたとはいえ、一撃で殴り倒し、一撃で急所を突き刺す腕力と度胸が、はたして女性に備わっているものだろうか。

その手口から、捜査当局は犯人は男と断定した。王孫武と顔見知り以上の親しい男で、武術の心得がある人物――という犯人像を描いた。もちろん王と何らかの利害関係、もしくは怨恨を抱く関係にあったことも想定しなければならない。

中国でもっとも一般的な「武術」といえば太極拳である。太極拳はもともと武器を使わない格闘技として起こった。ゆるやかな動きで体のバランスを保つ効果があり、その後、様式化され、一種の健康法として国が奨励するようになった。そこから転じて、本来の武闘目的に進化したものが「カンフー」と呼ばれる武術だ。日本の空手もその流れの一つといえる。

中国ではほとんどの市民に太極拳の体験がある。学校の体育の授業で教えられるし、街角の公園などでは老人たちが朝な夕な、太極拳に没頭する姿を見ることができる。太極拳を武術と見るなら、多くの中国人に武術の素養が備わっていることになる。

公安局は事件当夜、和華飯店に出入りした人物を特定することから、捜査を開始した。王の死亡推定時刻は午後九時から午前零時までの三時間とされている。その時間帯に和華飯店を利用する客は、宿泊客を除けばごく限られている。宴会場やレストランの客はほとんどが帰ったあとだし、残っているのは地階のクラブの客ぐらいなものだ。

地階のクラブは「貴老爵士楽団」がよく知られ、観光コースの一つになっているので、常連ばかりでなく、いつもお客の数は多い。客の中には、十二時の閉店間際までねばる者もいるが、たいていは午後十一時前には引き上げる。その夜の客の中にレストランの宴会がはねた流れでクラブに立ち寄った五人のグループ客があった。いずれも大学で教鞭《きょうべん》をとった頃から親交のある人々だが、その五人の顔ぶれを、ウェーターの一人が憶《おぼ》えていた。曾維健《イケン》はその一人だった。

警察は被害者の王孫武が上海振興大学教授であるところから、大学関係者に関心を抱いていた。とりわけ王と同じ大学に籍を置いていた曾を重視して、周辺での聞き込みをつづけた。その結果、和華飯店の一階ロビーと四階の廊下で、王と曾が言い争っているところを目撃したという情報を得た。

目撃情報の主は在上海日本総領事館員の井上玲《れい》であった。

# 4

亦依の兄は昼までに会社に戻らなければならないと、ぶつぶつ言い訳をしながら出て行った。事件以来、会社内での風当たりが強いとしきりに嘆いていた。同じ兄妹だが、亦依の気の強さと比較するせいか、どこかひ弱な感じのする男だ。これではなかなか嫁の来手がないだろうな——と、浅見は自分のことを棚に上げて思った。

「井上領事館員とお父さんはお知り合いなのですか？」

浅見は亦依を通じて麗文に尋ねた。

「ぜんぜん分かりません」と亦依は首を横に振った。亦依自身には七年間のブランクがある。ときどき帰国しているとはいっても、そうそう事情に通じているわけではない。ことに父親の外での付き合いがどのようなものかなど、まったく知らないに等しい。

それはしかし、妻である麗文も似たようなものだそうだ。井上領事館員のことが自宅で話題にのぼったことなどまったくなかった。今回の事件が起きて、公安局の事情聴取を受ける中で、初めて井上の名前を知った。差し入れに行った時に聞いてみると、維健も井上とはほんの顔見知り程度で、親しい間柄ではないという。

「どこかの宴会場で誰かに紹介されて、その後、二回か三回会ったことがある程度だと話していました」

　もしそれが事実なら、井上には維健を誣告《ぶこく》するような利害関係がないことになる。それにもかかわらず虚偽の証言をしたとなると、ほかに何らかの理由があると思わなければならない。あるいは維健自身が嘘をついているということも、絶対にないとはいえない。

「公安局は動機についてはどう言っているのでしょうか？」

「動機ですか？」

　亦依は眉根を寄せた。

「動機なんてありません。だいいち、父は王さんを殺していないのですから」

「それは分かっています。公安局の捜査は誤っているとして、しかし逮捕勾留《こうりゅう》したのには理由があるはずです。つまり、公安局はお父さんが王さんを殺害したと疑っている、その犯罪の動機はどのようなものだと言っているのでしょうか？」

　亦依は気が進まない面持ちで、母親に浅見の質問を通訳した。母親の麗文のほうも不愉快極まりない――という顔を見せたが、それでも、亦依に訊かれるまま、身振り手振りを交えてずいぶん長いこと話をしていた。

「大学時代の恨《うら》みだそうです。父は八年前に大学を辞めたのですけど、ほんとうならまだ現役をつづけていられたし、たぶん学長に推薦されていただろう、言います。それを王先生が悪巧《わるだく》みして、父を大学から追い出したのです。父はそれを恨んで王先生を殺したというのです。といっても、あくまでも警察がそう主張しているだけですけども」

亦依はどこで覚えたのか、「悪巧みして」という言い方がたどたどしい。それどころか「悪巧み」そのものが、現在の日本ではほとんど使われていないかもしれない。古めかしく、また新鮮にも聞こえた。

「悪巧みというと、具体的にはどういうことをしたのですか？」

「何度もあるそうです。私が知っているだけでも、不愉快なことはありましたけど、いちばんひどかったのは、ずっと昔、文化大革命の時に、紅衛兵が父のことをブルジョア的だと吊るし上げたのは、王先生があることないこと密告したり、背後で紅衛兵を煽動《せんどう》したためだ、言います。父は公衆の面前でひどく侮辱され、精神的に傷つきましたが、最後まで彼らの言うことを認めずに、自分の信念を貫き通しました。けれども、そのために家を半分取られたり、財産を没収されたりしたのだそうです」

「なるほど……しかし、お父さんは心理学、王さんは建築学と専攻も学部もまったく違うし、文化大革命の頃は学長選出のことなんかが問題になるには早すぎると思うのですが、いったいどういう軋轢《あつれき》があって、王さんはお父さんを排斥しようとしたのでしょうか? 何か個人的な恨みを抱くようなことでもあったのでしょうか?」

「父には何も思い当たることはないと言っています」

（何もないはずはないのだが——）と浅見は言いたかった。文化大革命の終焉《しゅうえん》は三十年近い昔だ。それからいまに到るまで軋轢がつづいていたとなると、怨恨にしてもかなり根が深い。しかし、曾維健が何もないと主張し、妻も娘もそれを否定しないものを、第三者がとやかく言えるわけがない。

いつの間にか正午を過ぎていた。ひとまず質問を切り上げて、食事に出かけることにした。ホテルもどこにするのか、まだ決めていなかった。亦依は「リッツカールトンがいいです」と言った。リッツカールトンは五つ星ホテル。いいに決まっているけれど、懐具合とはまったくのミスマッチだ。

「だめですよ、そんな高級なところは」

「大丈夫、父がお金出します」

「だめだめ、それはだめ」

「いいのです。それが決まりです」

「ははは、そんな決まりはありませんが、それじゃ、和華飯店はどうなのかな？　あそこだってけっこう高級そうですが、だめでしょうかね？」

「だめではありませんが、だけど、あのホテルに泊まるのですか？」

「できればそうしたいですね、お宅からも近いし」

和華飯店のある南京東路は、人民公園をあいだにして南京西路と繋がる。ちなみに、上海の街路は「南京」とか「北京」「四川」といった地名で呼ばれているものが多い。だからといってその道が南京や北京に通じているという意味ではない。単なるネーミングにすぎない。南京東路は上海きっての繁華街の一つ。東の端は黄浦江沿いのバンド（外灘）に突き当たる。そこの角が、王孫武が殺された問題の和華飯店である。

「殺人事件のあったホテルに泊まって、怖いこと、ないですか？」

「ははは、幽霊でも出るなら怖いけど」

浅見は笑ったが、内心は亦依の言うとおり少なからず怖い。飛行機と同じくらい幽霊が苦手な男なのだ。そんなもの、あるはずがないと理性では分かっていながら、夜中にトイレのドアを開ける時、向こうに得体の知れない何か、モヤモヤしたものが佇《たたず》んでいそうな気がしてならない。

建物を出たところで男に声をかけられた。三十代なかばだろうか、白地に紺のチェックが入ったシャツにグレイのラフなジャケット。角張った顔に似合わない丸い黒縁眼鏡。前髪が額に垂れるようなヘアスタイル。ひと目見て、何となく雰囲気でマスコミ関係の人間だと分かる。浅見を一瞥《いちべつ》してから亦依に何か言っている。「あなたは曾さんの娘さんの亦依さんですか？」と訊いたらしい。

亦依は迷惑そうに早口で答え、「行きましょう」と浅見の腕を取って引っ張った。男は浅見に向かって「おお、あなた、日本人ですか」と言った。亦依ほど流暢《りゅうちょう》ではないが日本語は話せるようだ。

「そうです」と浅見は立ち止まって、男を振り返った。亦依が腕を揺すって先を急《せ》かすのを「ちょっと待ってください」と宥《なだ》めた。

「何かご用ですか？」

「曾維健さんの事件のことで、少し話を聞かせてほしいのです」

ポケットからスッと名刺を出した。大きな活字で「許傑《キョケツ》」という名前と「上海世紀新聞」という肩書が読めた。やはり新聞記者のようだ。

浅見が口を開こうとするのを押さえて、亦依が「だめですよ、浅見さん」と言った。

「いや、避けてばかりいてはいけない。きちんと取材に応じたほうがいいでしょう。記者さんのほうから、何かお聞きできるかもしれないし」

亦依も浅見に何か心づもりがあることは理解できたようだ。不安げに眉をひそめながら頷《うなず》いた。「いま、食事に行くところだから、食事をしながらでよければ」と伝え、相手も了解した。

新聞社の車が道路に待たせてあった。乗り込むと、許は運転手に行く先を言い、亦依は（えっ？——）という顔をした。「グランド・ハイアットですって」と耳元で囁《ささや》く。そう言われても何のことか分からないのだが、たぶんホテル、グランド・ハイアットのある巨大ビルなのだろう。そう思ったとおり、世界で何番目だかのノッポビルに連れ込まれた。写真では見たことがあるが、広大な敷地に建つ八十八階・四百二十メートルのビル・金茂大《ジンマオタワー》廈《シャー》である。さすが大中国——と圧倒される。許も自慢なのだろう、「どうだ、日本人」と言いたそうな顔をしている。

「やあ、すごいですねえ」

浅見は正直な感想を言った。ビルもすごいが、周囲の広場に蝟集《いしゅう》した人の数ものすごい。ほとんどが若い人ばかりだ。ビジネスマンというより、観光客か地方からのお上《のぼ》りさんといった雰囲気の人が多い。自分もその一人に見られそうだと思ったが、好奇心は抑えられない。

このビルが出来てから、亦依は一度訪れただけであまり詳しくないらしく、許記者に案内されるままエレベーターに乗った。ものすごいスピードで上り始めてから、浅見は自分が高所恐怖症であることを思い出した。

八十六階まで一気に昇って、むやみに広く立派な中華料理店に入った。天井も高く、グラスウォールの向こうに上海の街を見下ろすロケーションは恐ろしいが素晴らしい。こんな立派な店じゃ、さぞかし料金も高いだろうに——と思ってメニューを見たが、想像を絶するほど安い。「元」と円の換算を錯覚しているのではないかと思ったくらいだ。日本の物価がいかに高いかがよく分かる。

許は「遠慮なく、何でも頼んでください」と勧めたが、亦依が「いいえ、ご馳走《ちそう》してもらう理由はありません」と言ったようだ。マスコミなんかに借りを作ってたまるか——という毅然とした態度だ。浅見は「ラーメンがいいですね」と言った。べつに遠慮したわけではなく、ほんとうに上海のラーメンを食べてみたいと思っていた。日本と同じ「ラーメン」というのはなく、亦依が見繕って「羅漢上素麵《ロウハンスアンスウメン》」というのを注文してくれた。

亦依があらためて許と名刺を交換して、本題に入った。許に「あなたは曾亦依さんとはどういう関係ですか?」と訊かれ、浅見は友人ですと答えた。

「ボーイフレンドですか?」

「そうではなく、純粋に友人です。しかし、そんなことを聞くのが目的ではないのでしょう?」

「ああ、失礼しました。曾維健さんの事件のことについて聞きたいのです」

許は亦依に向き直った。

「だけど、私たちはついさっき日本から来たばかりで、何も分かりません」

亦依は浅見にも会話の内容が理解できるように日本語で喋り、許にもそうしてくれるよう要求したのだが、許のほうはあまり日本語が得意でないので、それではろくな質問もできないと主張して、結局、必要に応じて亦依が通訳しながら話を進めることになった。

しかし、亦依が言ったとおり、彼女には許が望むほど、事件に対する知識はない。むしろ逆に亦依と浅見の側から事件の内容について問いかけるほうが多かった。それで分かったのは、公安局が逮捕・起訴の根拠にしている犯行動機は、上海振興大学の学長選出を巡る争いだということだ。

「父が学長問題になんか、関係するはずがないでしょう」

亦依は怒るというより呆《あき》れて言った。

「父が大学を退職したのは八年前ですよ。いまさらそんなことで争ったり、しかも殺人まで犯すはずがないでしょう」

「ところがですね、公安局はそうは思っていないようです。王孫武氏が学長候補として名前が挙がり、各方面に働きかけていることに曾維健さんはあちこちで不快感を露《あらわ》にしている。あんなやつが学長になったら、この国はお終《しま》いだというような……」

「そんなこと言うはずがないでしょう」

亦依は浅見に通訳するのを忘れて、思わず声が大きくなった。それから慌てて、浅見に話の趣旨を伝えた。

「父がそういう下品な喋り方をするはずがないんです」

「そうですね、僕がこれまで仕入れたお父さんのイメージからは、何かの間違いとしか考えられません」

浅見は彼女とは対照的に、物静かな口調で言った。

「公安局の発表がそうなのか、それとも証言者が脚色したのかは分かりませんが、たぶんそれは誇張して伝わっているのでしょう。しかし、もしお父さんに王さんは学長に相応《ふさわ》しい人材でないという信念がおありなら、学長就任を絶対に阻止すべきだという意味のことを、誰かに話された可能性はありますよ」

「じゃあ、その誰かがそういう誇張した証言をして、父を陥れたいうことですか」

その可能性について、公安局やマスコミはどう考えているのか、許に質問した。しかし公安局からは公式には何の発表もないということだ。ただ、非公式に誰かが情報をリークしているのか、噂話として前述のような話が伝わってくるらしい。

「公安局は最初から、曾維健さん以外に容疑を向ける対象はいないと、決めつけているのでしょうか？」

「そのようですね。日本の警察はどうか知りませんが、中国の公安局はいったん方針を定めるとトコトンその線で突き詰めるのです。現在、捜査が難航しているのは、曾維健さんが真実を話していないからだと信じ込んでいるはずですよ」

「ばかばかしい……」と、亦依は思わず日本語で口走った。

「そんなことは言わないほうがいいです」と、許もつられて日本語で言った。

「視点や見方を変えることはしないのでしょうか。王さんが殺された動機が怨恨だとしても、まったく別のものである可能性だってあり得るじゃないですか。たとえば愛人との感情のもつれだとか」

浅見が訊いた。

「もちろん公安局はその線も調べているし、王さんの愛人が誰かも特定できています。しかし王さんとその女性とのあいだはうまくいっていて、王さんを殺害する動機はありません。それに犯行時刻に、彼女には確かなアリバイがありました」

「その夜、その女性は和華飯店の王さんの部屋に行く予定だったのでしょうか？」

「そういう予定はなかったそうです」

「だとすると、王さんはなぜその夜、和華飯店に部屋を取ったのですか？」

「それは分かりません。ほかの女性とデートするつもりだったのかもしれないし、それ以外に目的があったのか、それとも単に自宅に戻るのが億劫《おっくう》だったのかもしれません」

「そんなに沢山の可能性がある中で、どうして曾さんだけに絞ることができたのでしょうか？　それも事件が起きてからかなり早い時点で逮捕しているわけでしょう？　日本だったら不当逮捕だと騒がれますよ」

「ここは日本ではありませんからな」

許記者は憮然《ぶぜん》として天井を仰いだ。

「日本であろうと中国であろうと、本当の正義に変わりはないとおもいますが」

浅見は努めて穏やかな口調で言った。許は（？――）という目を、自分より少し若そうな日本人に向けた。

「たとえ公安局がどうであれ、社会の木鐸《ぼくたく》である新聞までがそれをよしとして、見過ごしてしまうのは、悲しむべきことではないでしょうか」

許はしばらく黙っていたが、「そのとおりです」と頷いた。

「失礼ですが、あらためてお訊きします。浅見さんはどういう方ですか?」

浅見が何か言う前に、亦依がじれったそうに「新聞記者なのに、浅見さんのことも知らないのですか?」と口走った。

「浅見さんは日本一の名探偵です」

制止するひまもなかった。

# 第三章　不倶戴天

## 1

新聞社の「取材」を終えて、グランド・ハイアットを出ると、浅見は日本総領事館へ行くことにした。先方との約束は午後三時前後とゆるやかなものにしてもらっている。もちろん交通に関しては西も東も分からない。タクシーで行くにしても言葉に不安がある。行く先が伝わらないのならともかく、以前、何かの雑誌で、分かっている癖にわざと遠回りする運転手がいるという体験談を読んだことがある。通常の五倍も払う羽目になったという話だった。そんな悪質なやつにぶつかったら災難だ。亦《イ》依《イ》が「私がご案内します」と言ってくれてほっとした。

「でも、いきなり乗り込んで行って、大丈夫ですか？」

亦依は、外務省筋から浅見に、領事館がらみのルポルタージュを書くようにとの依頼があったことなど知らないから、当然、浅見の目的は父親を誣告《ぶこく》した領事館員の井上玲と会って話を聞くことだと思っている。

「今回はとりあえず、どんな人物なのか、様子を見に行くだけです」

浅見もそういうことにしておいた。

日本総領事館は上海動物園の東、約一・五キロ辺りにある。上海駅や上海南駅、それに虹橋空港からも比較的近い。周辺には銀行や貿易関係のビルが建ち、緑地も多く環境のいいところだ。上海を代表する「上海餐庁《シャンハイツアンティン》」などの中華レストランはもちろん、日本料理の店も多いらしいが、どこも高級で貧乏旅行の浅見には関係がなさそうだ。

タクシーを降りた後、亦依は帰りを心配して、待っていましょうかと言ってくれたが、時間がどれくらいかかるものか判断がつかないので、ひとまずここで別れることにした。

「タクシーを頼みますから、何とかなりますよ。今日はゆっくりお母さん孝行して下さい」

と言った。「はい」と頷《うなず》いた亦依の表情が、心なしか寂しげだった。

領事館はまだ真新しい白亜の二階建て。周辺の超高層ビルと対照的で、敷地面積との比率を考えると却《かえ》って贅沢《ぜいたく》な感じがする。いかめしい鉄柵の嵌《は》まった門から車寄せまでのあいだの前庭には芝生や植え込みがある。門扉《もんぴ》は要人が車で出入りする場合以外はいつも閉じたままらしい。高く巡らされた塀の上には、泥棒返しが鋭い牙《きば》を剝《む》いている。例の瀋陽市での脱北者騒ぎがあって以来、警戒が厳重になっているようだ。

門の右側に道路から直接建物に入って行ける通用口があって、そこには守衛が詰めている。浅見が来意を告げると、館内と連絡を取って「どうぞ」と守衛の一人が先に立って案内した。廊下の突き当たりを左に折れて、玄関ロビーに行くと別の職員が待機していて「浅見さんです」とバトンタッチした。ずいぶん手回しがいい。

職員は浅見より若く、ガッシリして、見るからに強そうな男だ。渡された名刺には「三等書記官　田丸友安《たまるともやす》」とある。肩書は何も書いてないが、「自分は警備担当です」と言ったから、たぶん警察からの派遣職員なのだろう。むかしなら「武官」といったところか。

「どうぞこちらへ」と案内された先は意外にも総領事室だった。

部屋は広く、賓客を迎えるにふさわしい程度に調度品も整っている。ひじ掛け椅子《いす》もソファーも大振りで、田丸に勧められるまま、坐ったが、何だか大物になったような錯覚に陥りそうだ。いや錯覚ではなく、政府のエリートは若い頃からこういうのに慣れっこになって、「大物」としての道を歩むことになるにちがいない。

総領事はたまたま来客中だとかで、しばらく待たされた。その間、田丸は自ら紅茶を出して労をねぎらったり、日本からの船旅の様子を尋ねたり、如才がない。今回の「取材」の要点を尋ねると、それは総領事から直接お聞きくださいと躱《かわ》された。

まもなく現れた総領事は五十歳くらいだろうか。想像していたのより意外に若い。細身で浅見より少し低い程度の、この年代としては長身といっていい。「やあ、遠いところご苦労さんです」と優しい口調で言った。挙措《きょそ》も声音《こわね》もゆったりしている。名刺に「伏見定訓《ふしみさだのり》」とあるから、「伏見宮家とご関係でも」と訊《き》くと「いやいや」とあいまいに手を横に振った。しかし、かつては皇族に連なるような名前を勝手に使えなかったはずだから、本当に何か、旧宮家と姻戚《いんせき》関係があるのかもしれない。

「しばらく電話も繋《つな》がないように」と出丸を退出させて、応接セットに落ち着いてから、伏見は「陽一郎君と和子夫人はお元気ですかな」と訊いた。実年齢よりも老成した感じの口ぶりだ。

「あ、兄たちをご存じですか」

「ああ、あなたのことも知っておりますよ。覚えておいでではないかな。だいぶ若い頃のことですが」

「兄とは大学でご一緒だったのですか？」

陽一郎の学友はかなり大勢、浅見家に来ている。その中の一人かと思った。

「いや、兄上は東大、私は学習院のほうでした。ご一緒したのは軽井沢で、和子さんともテニス仲間でした。和子さんはわれわれのマドンナでしたよ。結局は陽一郎君に攫《さら》われましたがね。お宅の別荘へも二、三度伺ったかな。あなたは小学生でしたか、よく自転車で走り回っていたが」

浅見に伏見の言うような、はっきりした記憶はないが、軽井沢では自転車を乗り回していたから、そう言われると、そんなことがあった気はする。

「そうしますと、今回のこれは兄の紹介なのでしょうか？」

陽一郎は何も言っていなかったのだが、兄の七光で仕事をもらったとあっては、いくぶん沽券《こけん》にかかわる。

「いやいや、私の一存で考えついたものですよ。失礼ながら、あなたのことはかなり有名な探偵さんだとお聞きしている。以前その話を陽一郎君にしたことがあるが、彼は『それは違う、ルポライターである』と言い張りましてね。実際、日常のお仕事はそのようですな。私としては、対外的にいってむしろそのほうが好都合なのでしてね。あくまでも表向きはルポルタージュの仕事としてやっていただくことになります」

「とおっしゃると、じつはそうではないという意味ですか」

「そういうことです」

伏見総領事は前屈《まえかが》みになって、声をひそめた。

「じつは、いま、うちの人間が妙な事件に巻き込まれておりましてね」

「大学教授の王孫武《オウソンブ》氏が殺された事件のことでしょうか」

「ほうっ、ご存じでしたか。さすがに早耳ですな。しかし、どこからお聞きになったのかな？　公式には警察庁にも伝わっていないはずなのだが……陽一郎君ですか？」

「いえ、兄は何も言ってません。こちらに伺う前に、話をしましたが、少なくとも僕に対しては何も聞いていない様子でした。もっとも、本当のところは分かりません。兄はしばしばタヌキになりますからね。その件はたまたま、ほかの筋から耳に入りました。井上さんとおっしゃる方が、事件の目撃証言をしているそうですね」

「それもご存じとは……いや、それなら話は早い。確かに井上君が公安局にそういう証言をしているのは事実です。それ自体は何ら問題はないのだが、外部からいささか気になる情報が入ってきましてね。井上君がきわめて微妙な立場にあるのです」

「つまり証言の信憑性《しんぴょうせい》について問題があるといったことですか」

「端的に言えばそういうことです。ご存じかもしれませんが、この事件の容疑者は、被害者の王氏とかつて同じ大学で教鞭《きょうべん》を執ったことのある人物なのです。その当時の同僚には上海経済界の大物がいましてね、井上君の証言に難癖をつけてきた。要するに、井上君の証言は偽証、もしくは誣告であるというわけですな」

「根拠はあるのですか？」

「井上君が王氏と容疑者が話しているところを目撃したと言っている時間には、その人物は容疑者と一緒にいたと主張しているのだそうです」

「どちらかが偽証か、そうでなければ錯覚しているということですね。警察、公安局はどう判断しているのですか」

「容疑者が留置されたままになっているところを見ると、井上君の証言を採用しているということなのでしょうな。井上君には日本領事館員という肩書きがあるものだから、信憑性もあると認められているようです。もちろん誣告する動機もありませんしね」

「しかし、それでしたら何も問題ないと思いますが」

「ところが厄介なことに、容疑者側に立って証言している経済界の大物なる人物は、わが国産業界ときわめて密接な友好関係にありましてね、とくに上海市内及び郊外の都市再開発に関する問題について、決定権を握っているのですよ。その人物が偽証を行ったとなると、大げさに言えば中国国内の権力構造が崩れかねないというわけです」

「その人は失脚する危険性を冒してまで、曾《ソウ》氏の弁護をしようというのですか」

「そういうこと……ん？　あなたいま、曾氏と言いましたね。では容疑者の名前も知っているのですか」

「ええ、一応それくらいの予備知識は仕込んできました。上海振興大学で心理学を教えていたと聞きました。確か、殺された王氏は建築学が専門でしたね」

「ほう、詳しいですな。そこまで知っているのなら、私からあまり説明する必要もなさそうですな」

「事件の概略については、ですね。しかし細かい事情等に関してはほとんど何も分かっていません。たとえば王氏がその都市再開発の利権にからんで、何か得るものがあったのかどうか。また日本企業と大物氏とのあいだに癒着の構造があるのかどうか……」

「ちょっと待ってください」

伏見総領事は手を挙げて制止した。

「その辺りのことになると、非常にデリケートな問題を含んでおりますのでね、いますぐにお答えするわけにはいきません。当方としても、あなたのことをそれほどよく知っているわけではありませんしね」

「なるほど……」と、浅見は軽く頭を下げたが、毅然《きぜん》として言った。

「日本を発《た》つ時、兄から二つの点に留意するよう命じられています。一つは日本の権益に抵触するようなことはするな。もう一つは正義を行えと。私もそのつもりでいます。このことが総領事にとって都合が悪いとおっしゃるのなら、あるいは、それを信じていただけないのなら、この仕事からは降ろさせていただきます」

「ははは……」

伏見は笑った。

「いかにも陽一郎さんが言いそうなことですな。それにしても、あなたはお父上そっくりですなあ。お父上は短気で理非曲直がじつにはっきりしておられた。私が学生の頃、将来の進路についてお話ししたことがあります。お父上は『外務省に入れ』とおっしゃった。おまえさんは日本人には珍しく気が長いから外交が合っているというのです。そうかもしれない。何しろ日本はかつて国際連盟を脱退するという短慮で、国の進路を誤りましたからね。しかし、そうおっしゃるお父上のほうは、ご自分の短気を認めておられましたよ。大蔵は悠長なことは言っていられない、世界経済の動きはますますスピードアップするだろう。その瞬間瞬間に即応しなければ、置いてけぼりを食うとおっしゃったが、まさにそのとおりになりましたね」

伏見は笑顔を収めて、しばらく考えてから言った。

「日本の権益を守ることと正義を行うこととは、しばしば二律背反する場合がある。外交の難しさはそこにありましてね。時にはヌエ的にならざるをえないのです」

「それは十分理解しているつもりです。しかし、今回は急を要するのではありませんか。中国の裁判は厳罰主義で、しかも判決までのスピードがかなり早いと聞いております。のんびり構えていると、容疑者が無実のまま死刑になりかねません」

「おっしゃるとおりです。そのために無理を言ってあなたにお越し願ったのだが……それで、浅見さんはどのようにしたいと言われるのですか」

「もし、双方の顔を潰《つぶ》すことに配慮しなくても構わないのであれば、問題は非常に簡単なのです。どちらかが嘘をついているというだけのことですから。万一、井上さんが偽証をしたのだとしても、総領事のお立場としては、井上さんを切り捨てるわけにはいかないのでしょうね」

「それは……そのようなことはないと思いますがね」

「ですから、万一と申し上げました」

「最悪、ということであれば、それはまあ、ことと次第によってはそういう選択肢も考えられますが。あなたはその方向で進めるおつもりかな？」

「予見は持たないつもりです。井上さんのお人柄も何も知らないいまの時点では、何とも言えません。ただし、公安局は一方的に曾氏をクロと決めつけていますから、バランスを取る意味から言って、井上さんに疑惑の目を向けることになるでしょうね。それに、公安局内に手出しができない以上、差し当たって井上さんに接触する以外、方法はないのですから」

「それはそうですな。分かりました、とにかく井上と会ってみてください。ただし、言うまでもないことだが、あくまでも取材という立場で、ですがね」

「承知しております。とはいっても、何を取材することになっているのかも知らないのですが」

「テーマは『大発展する上海は日本の脅威なのか……』といったことでいかがですか。井上にはそう話してあります」

「えっ、というと、取材相手は井上さんなのですか？」

「彼もその一人とご理解ください。街の案内はさっきの田丸という男がお付き合いしますが、邪魔な場合は追い払っていただいてけっこう。役に立つ男ではありますがね」

細かい指示は田丸にということで、伏見総領事との会談はひとまず終わった。すぐに井上一等書記官が呼ばれた。井上は四十二歳、紹介を済ませると「厄年ですよ」と本人から言いだした。「そのせいか、今年はろくなことがありません」

中肉中背、丸顔で細い銀縁の眼鏡をかけたいかにも日本人——といった風貌《ふうぼう》の男だ。西洋人の評する「不可解な笑い」を、いつも湛《たた》えているところも日本人らしい。

「何か悪いことでもあったのですか?」

浅見はとぼけて訊いた。井上がまともに答えようとするのを、伏見が「まあ、そういうプライベートな話は後にして」と遮った。自分はあくまでも事件の埒外《らちがい》にいるという立場をはっきりさせておきたいらしい。

井上書記官の運転するマイカーで、ホテルにチェックインすることにした。まだホテルを決めていないと知って、井上は「どこかご希望のホテルはありますか?」と訊いた。

「和華飯店にしようかと思っていました」

そう言うと井上は「とんでもない」と、ワイパーのように手を振った。

「あそこはやめたほうがいいです」

「上海で最も有名なホテルだと聞いたのですが」

「いや、確かに有名ですがね。何しろ建物も設備も古い。観光施設としてならいいが、泊まるにはあまり快適とはいえませんよ。ご希望がなければ、いつも領事館で使っているところがいいでしょう」

領事館からも比較的近いガーデンホテルというところに入った。中国流に言うと「花《ファ》園《ユアン》飯《ファン》店《ディエン》」だそうだ。地上四十階ぐらいはありそうな高層建築だが、いまの上海ではこの程度の高さはごくふつうだという。しかしこの辺りは浦東のような急速な再開発は進《しん》捗《ちょく》していないらしく、案内された二十四階の部屋から眺めると、少し先の地上には「里《リー》弄《ロン》」と呼ばれる、古い華洋折衷の長屋形式の民家が並ぶ街が広がっている。

「あそこに見える建物が国際飯店というホテルで、つい十数年前までは上海随一の高層ビルだったのですよ」

部屋までついてきた井上が、窓の彼方を指さした。二十数階建てのくすんだようなベージュのビルが見える。建てられたのは一九三三年だそうだから、それ以来五十数年間というもの、上海ばかりでなく中国全土を見ても、およそ資本主義的な経済活動を象徴するような建造物は生まれなかったということなのだろう。

「開放改革が言われたとたん、上海の再開発ブームに火がつきました。それにしてもここまで変貌するとは、誰も予想しなかったでしょうけどね。とくに日本人の多くは戦争の犯罪意識と文化大革命当時の記憶にばかり囚《とら》われていたから、中国に対する認識が遅れました。いまの中国では文革世代以降に育った若い連中が大発展の担い手ですよ」

「つまり、僕ぐらいの年代の人々というわけですか」

浅見は曾亦依もまた彼らにつづく世代であることを思った。

彼女のバイタリティ溢《あふ》れる行動力の根っこには、中国四千年の歴史と同時に、長いこと溜《た》まっていたエネルギーの爆発が感じられる。

井上はひとまず引き上げ、夕方になって迎えに来た。「いま上海で最も流行《はや》っている庶民の味をご紹介しますよ」という触れ込みで、むやみに大きな料理屋へ連れて行かれた。看板に「火鍋《フウグウ》」とある。太鼓の巴《ともえ》型に仕切って、赤と白のスープを煮立て、肉やツミレのようなものや野菜などを、しゃぶしゃぶ風にして食べる料理だ。これが上海では爆発的な人気なのだという。

「じつはですね、このスープにはケシの実が入っていて、それで中毒になって、一度食べたらやめられないという説もあるのです。もちろんかなり眉唾《まゆつば》な話ですがね」

遠来の客を案内しただけのことはあって、「火鍋」はなかなかの美味だった。車だからアルコール抜きだが、素面《しらふ》のわりに井上はよく喋《しゃべ》った。

井上は在上海の日本企業に対して、総領事館の窓口的役割を果たしているそうだ。

「中国という巨大マーケットを目指して、このところの企業の進出ぶりはいささか過熱ぎみでしてね、中国国内企業とはもとより、外国資本同士の軋轢《あつれき》がものすごい。そうなると中国人はしたたかですからねえ。放置していると、いいように手玉に取られかねない。とくに日本は先の戦争の記憶を引きずっているので、どこか腰の引けたところがある。若い人たちにはそういう意識はないけれど、政治家や企業トップくらいの年代の人たちには、まだそれがあります。すべてをフランクに割り切ることができないのですな。それにしてはよくやってますよ。上海の日本人はすでに二万人を超えていますからね。政府よりもむしろ民間主導で突き進んでいるといっていいでしょう。それだけに、危なっかしい点もないではありませんがね」

そういう前ふりで、井上は日本企業の奮戦ぶりをぜひ取材して、政府がいかにそれをバックアップしているかを伝えていただきたいと注文した。日本政府はプロパガンダがあまり得意でない。瀋陽の事件など、マイナスイメージばかりが報じられるのは不本意なことだと嘆いた。

取材先の企業をいくつか挙げて、すでにアポイントは取ってあるということであった。話を聞くかぎり、井上が悪い人間であるようには感じ取れない。曾亦依から聞いた話は何かの間違いではないかと、次第に自信を喪失しそうな気分だった。

## 2

翌朝九時過ぎに井上が迎えに来た。日本企業が活躍している現場を見学させるという。

部屋を出る前に、浅見は曾家に電話した。亦依は留守だったので、母親の麗文に頼りない英語でホテル名と部屋番号だけを伝えておいた。

それから高速道路を西へ一時間以上走り、上海と蘇州とのあいだにある日本企業の工場へ向かった。市街地を抜けた辺りから田園地帯がつづき、ところどころにかつての日本の公団住宅のような団地が軒を連ねる。しかしまだ居住者が入っている様子はない。水道や電気など、周辺のインフラが整備されていないのだそうだ。

道々、井上は日本企業の上海への進出ぶりを解説した。ここ一、二年で対中国投資は年間五十億ドルを超えるという。ことに製造業の進出は目ざましい。というより、中国の豊富で低廉な労働力に依存する以外、日本の企業の生きるすべはなかったのだ。空洞化と言われリストラによる失業者問題が起きても、企業は競って拠点を中国に移し、日本政府もそれをバックアップするほかはない。

「中国は豊富な労働力ばかりでなく、無限といっていい巨大マーケットですからね、われわれはできうる限りスムーズに日本企業を受け入れてもらえるよう、中国との良好な関係を維持することに腐心しているのです」

井上は熱っぽく語る。そういう様子を見ると、彼も国を愛する有能な外交官のように思えてしまう。

訪れたのはカジュアルな衣料品メーカーとして有名なU社ブランドの製品を作る縫製工

場だった。といってもU社直轄の工場ではなく、オーナーは中国人だそうだ。井上書記官の訪問とあって、日本本社から派遣されている技術顧問が案内してくれた。

工場内に一歩足を踏み入れたとたん、ミシンの音と猛烈な熱気に圧倒された。ここだけで従業員数千五百人というから、日本国内のメーカーでは考えられない規模だ。ワンフロアに三百人あまりの女性たちが流れ作業でミシンを操っている光景は壮観だ。一つのラインが三十人で構成され、壁のボードには「一日の目標四百枚」と表示されている。それぞれのラインがその目標に向かって競争し、達成率に即した給料が支払われる出来高払い制である。

月給は日本円に換算しておよそ一万五千円というから十分の一以下。これでは日本の下請け製造業者は太刀打ちできない。労働者の勤労意欲も比較しようがないほど旺盛で、朝は七時半始業、夜九時頃までの残業は珍しくない。むしろ残業代が増えることが歓迎され、残業のない工場は嫌われるそうだ。

「単に労賃が低いことだけが長所というわけではなく、手先の器用さを生かした技術力も高いのです。労働条件さえよければ、勤勉な従業員がいくらでも集まって来ますから、同一アイテムの製品を、毎月何十万単位でどんどん送り出すことが可能です。父親から聞いた話によると、高度成長期の日本がそうだったようですね」

技術顧問氏は四十歳前後だろうか。上海周辺にはU社ブランド製品を作るこういう工場が五、六十カ所あり、十数名の顧問が手分けして指導に当たっているという。日本のメーカーが生産拠点を外国に移しているということは、浅見のような経済音痴でもよく知っているけれど、現実にどういう仕組みなのかをこの目で見ると、日本の将来に漠然と不安を覚える。

「この分でゆくと、日本の労働力はますます余ってしまいませんか?」

井上書記官にこっそり訊いてみた。

「その可能性はあるでしょうね。しかし企業は中国進出によって経営が改善されました。決算報告を見ると、ほとんどの企業で収益が前年を大幅に上回っています。後はそれを国内消費の拡大にどうやって結びつけるかでしょう。そうでないと、貿易黒字ばかりが膨らんで、またぞろジャパン・バッシングに繋がりかねません」

その辺りのことになると、もはや浅見の守備範囲ではない。「なるほど、なるほど」と卓説を拝聴してメモを取るばかりだ。

上海市内に戻った頃には、すっかり夕景になっていた。ホテルのフロントに亦依からの伝言が届いていた。自宅にいるので電話を欲しいということだ。また井上は夕食をご一緒したいと言ってくれたが、「先約がありますので」と断った。

亦依はベルが一回鳴っただけで、すぐに電話に出て、いきなり「遠くまで行っていたのですか」と不満そうな口ぶりで訊いた。昨日から連絡が途絶えていたせいか、よほど待ちかねていたらしい。浅見は状況を説明して、これから食事を――と誘った。

「できれば和華飯店がいいのですが」

事件の捜査を兼ねてという意図が込められているから、亦依は機嫌を直した。

「でしたら、七階に中華料理の店がありますから、そこにしましょう。タクシーで迎えに行きます」

和華飯店のある外灘と花園飯店のある陝西南路の位置関係は、曾家のあるところからだとまるで逆方向なのだが、浅見にはあまりよく分からない。下手に動くと迷子になりそうなので、亦依に指示されたとおり、部屋で待っていることにした。

ほんの五分ほどで電話が鳴ったので、受話器を取って「早かったですね……」と言いかけたが、相手が違った。

「昨日、領事館でお会いした田丸です」

三等書記官の田丸友安だ。

「今、下のロビーにいるんですが、食事をご一緒しながら、上海公安局の人間を紹介したいのですが」

「あ、それは残念、いましがた先約が出来てしまいました」

「どなたですか？」

「曾亦依さんという女性です。和華飯店で食事をすることになりました」

「それはもしかすると、曾維健《イケン》氏の娘さんではありませんか」

「そのとおりです」

「そうですか……どうでしょう、われわれも同席させていただけませんか。自分も和華飯店をお勧めするつもりでした。むろん現場検証を兼ねてということです」

　迎えに来た亦依とロビーで落ち合って、田丸書記官を紹介した。田丸の脇には浅見と同年輩の中国人男性がいる。自ら「康威《コウイ》です」と名乗り、名刺をくれた。「上海市公安局二級警督」という肩書がある。私服だから、刑事なのかもしれない。

「二級警督というのは、日本の警部に当たる階級です」

　田丸が解説した。中国公安の階級は日本の警察庁長官に相当するのが「総警監」、以下警視総監が「副総警監」、警視監が「一級警監」、警視長が「二級警監」、警視正が「三級警監」、警視が「一級警督」、警部が「二、三級警督」、警部補、巡査部長、巡査長がそれぞれ「一、二、三警司」、巡査が「一、二警員」となっている。康の「二級警督」は日本警察の警部に相当するわけで、ローカル署の課長クラスだろう。かなりのエリートと言ってよさそうだ。

「あなたのお兄さんは一級警監なのだそうですね。わが国でもナンバー3です」

　康は流暢《りゅうちょう》な日本語を話す。日本留学の経歴があるそうだ。亦依に対しても親しみを込めた挨拶《あいさつ》をしたが、亦依のほうは相手が公安局の人間だと知って、あからさまに警戒の色を見せた。

田丸は車で来ていて、駐車場から車を取ってくると、康警部と二人で先にロビーを出ていった。二人だけになると、亦依はすぐ浅見に、「どうしてあんな人たちと食事をしなければならないのですか」と訊いた。かなり不満そうだ。

「亦依さんからの電話の後、思いがけなく訪ねて来たのです。しかし、事件の詳しい話を聞くためにはいいチャンスでしょう」

そう答えたものの、浅見にも田丸書記官の意図が摑《つか》めないでいる。最初から和華飯店に行くつもりで来たようだから、王孫武殺害事件と無関係とは考えられない。康ははたして味方なのか敵なのかも分からない。車に乗ってからは言葉数も少なかった。

和華飯店は井上が言っていたとおり、古色蒼然《そうぜん》としたホテルだった。エレベーターのドアは、大昔の映画「死刑台のエレベーター」に出てきたような、ガチャガチャガチャンと鉄柵が閉まる、向こうが透けて見えるスタイルのやつだ。七階で止まった時、床とエレベーターの床に二センチほどの落差があって、少し不気味だった。

中華レストランも、造作や調度品類の古さには年代を感じさせたが、窓の外にライトアップされた黄浦江とバンドの夜景が楽しめるし、何よりも料理が旨《うま》かった。康が万事承知して、アラカルトの料理をコースメニューのように組み立てて注文した。材料はそれほど違うとは思えないのだが、日本の店の料理とはまったく異なる味つけで、さすが本場の上海料理――と堪能《たんのう》した。

「康さんは浅見さんの『取材』の便宜《べんぎ》を図ってくれます。公安局はなかなかガードの固い役所で、外国人に対してはとくに警戒感を抱いてますが、事件捜査の状況などを知りたかったり、何かトラブって公安局と折衝する必要が生じた場合には、康さんに連絡するといいでしょう」

食事の合間に、田丸は康警部の「利用法」を教えてくれた。公安局のどういうセクションにいるのか分からないが、若い割に実力はあるのだろう。康も「どうぞご遠慮なく」と言ってくれる。日本通で、田丸に何か言い含められているせいか、浅見に対してかなり好意的な様子だが、基本的には警察の人間であることに変わりはない。ときどき見せる目つきの鋭さは、やはり刑事そのものだ。

「曾さんはもちろん、お父さんの無実を信じているのでしょうね？」

康は青島ビールを自分のグラスに注ぎ足しながら、亦依の顔を見ないようにして切り出した。浅見の存在に敬意を払うためか、日本語を使っている。

「もちろんですよ」

亦依も日本語で返した。

「父が殺人なんて、そんなとんでもない罪を犯すはずがありません。公安局は井上さんとかいう人の証言だけで、父を勾留しているそうですね」

「いや、必ずしもそれだけではないのです。公安局としても、それなりに最善を尽くしているると思ってください」

「とてもそうは思えませんよ。母が父と会って聞いた話では、父が何を言っても聞いてもらえないそうではありませんか。放っておくとそのまま起訴に持ち込んで、死刑にしてしまうつもりなのではありませんか？」

「それに対してはお答えする立場にないが、ただ、どちらにしても結論を出さなければならないタイムリミットが迫っていることは確かです。容疑者の勾留は十五日間以内と決まっていますからね。残りは四日間です」

　中国公安局の規定では、証拠のない被疑者は二十四時間以内、証拠のある場合には十五日間の勾留が認められている。もっとも、日本の警察と同様、証拠などというのは、ごく不確かなもの、たとえば伝聞などによる証言でもでっち上げることができるから、かなり恣意《しい》的だ。

「じゃあ、四日後には父は戻って来るのですね」

「それは何とも言えません。場合によっては勾留延長の請求を行うことも可能です」

「場合って？」

「証拠隠滅の恐れがあると判断した場合などがそうです」

「そんなこと、するわけないでしょう」

亦依は目を剝いて怒ったが、康警部は微《かす》かに笑みを浮かべただけで、ほとんど反応を見せない。

「曾維健さんの勾留には、容疑とは別の意図があるのですか？」

浅見はボソッと呟《つぶや》くように訊いた。田丸と康には思いがけない質問だったとみえて、二人は口を丸くすぼめ、驚いたように顔を見合わせた。

「いや、いま言ったように、法の定める十五日間の勾留権を行使しているだけです」

康は無表情に否定したが、田丸は興味深そうに「そうおっしゃるのは、浅見さんに何かお考えがあるのでしょうか？」と訊いた。

「僕は中国の警察のシステムはよく分かりませんが、いくら社会主義国だからといって、目撃証言だけで長期間の勾留が許されるとは、どうしても考えられないのです。本筋の殺人容疑とは別の理由なり目的なりがあって、身柄を確保している……というよりも、むしろ、保護しているのではないかと思ったのですが」

「ほほう、面白いことをおっしゃる」

田丸はまた康と顔を見合わせた。面白いと言いながら、顔は笑っていない。

食事を終えると、地下のクラブへ下りて貴老爵士楽団の演奏を楽しむことにした。薄暗い店内は日本人を含む外国人観光客で、ほぼ満員の盛況だった。田丸はちゃんとテーブルをリザーブしてあって、四人は壁際の目立たない席に坐った。田丸は車の運転があるし、浅見も亦依もあまり飲まないクチだし、康はなかば勤務中というので、四人ともソフトドリンクを注文した。浅見は最近知ったシャーリー・テンプルという、昔のハリウッドの名子役と同じ名前の飲み物を頼んだ。

楽団はお世辞にも上手とは言えないが、独特の雰囲気がある。お客のリクエストに応じて、それぞれのお国にちなんだ曲をジャズ風にアレンジして聞かせてくれる。日本人の比率が多いのか、「北国の春」や「川の流れのように」といった定番のナツメロが次々に演奏された。

「曾維健さんたちのグループ五人は、この辺りのテーブルにいたそうです」

康警部が言った。

「王さんの死亡推定時刻とちょうど重なる時刻、五人は一時間半ほどここにいました。その間に何人かはトイレに立っています。したがって、曾さんのアリバイは完全とは言えないのです」

「犯行のあった部屋は何階ですか？」

「四階です。四階の４１４号室」

「四階までは歩いて上がったのか、それともエレベーターを使ったのでしょうか」

「いや、それについては、曾さんは犯行そのものを否定しています。残念ながら、どちらについても目撃者はおりません」

「井上書記官が曾さんと王さんが一緒のところを目撃したのは、どの辺りですか？」

「一回目はロビーだそうです。たまたま電話ボックスの中にいて自宅に電話しようとしていた時、ロビーの隅で曾さんと王さんが口論をしているような様子を目撃しています。もう一度は、井上さんがさっきの中華レストランで食事を終えてエレベーターで降りて行く途中、四階を通過する時に、廊下を歩いて行く二人を目撃したそうです」

「それは犯行時刻――死亡推定時刻とどう結びつくのでしょうか？」

「一回目は時間的には、死亡推定時刻よりかなり前です。二度目に目撃したのは、ほとんど死亡推定時刻と重なります」

「井上さんがエレベーターから目撃した際、曾さんと王さんは、四階の廊下を歩いていたのですね」

「そうです」

「廊下のどちらからどちらへ歩いていたのでしょうか？」

「は？」

「つまり、エレベーターの前を歩いて行ったとして、右から左へ行ったのか、それとも左から右へ向かっていたのか――です」

「さあ……それは聞いていませんが、どちらからでも、大したことではないのではありませんか？」

「まあ、それはそうですが……」

浅見はあっさり頷いて、シャーリー・テンプルの赤い液体を旨そうに飲んだ。

気を利かせたつもりなのか、田丸は時計を見て、「われわれは先に失礼します」と、康を促して引き揚げて行った。

「さっき浅見さんがおっしゃった、公安局が父を保護しているとかいう、あれはどういう意味だったのですか？」

亦依は二人の姿がクラブから消えるのを待って、訊いた。

「それはあの時の言葉どおりです。井上氏の証言だけで勾留をつづけられるはずはないでしょう。何か別の証拠があると考えたくなるじゃありませんか」

「証拠なんかなくても、そんなの、中国の警察ではふつうですよ。日本みたいに甘くないのです」

日本の警察ばかりでなく、浅見自身が甘っちょろい――と聞こえるような口ぶりだ。浅見はあえて逆らわず、「犯行現場を見に行きませんか」と誘った。

エレベーターを四階で降りて、廊下の左右を窺《うかが》う。経費削減のためなのか、廊下の照明は極端に落としている。

「どっちからどっちへ歩いていたのでしょうかねえ」

「そんなの、目撃したという井上書記官の話が嘘なのだから、歩いていないに決まってるじゃないですか」

「確かに。しかし、嘘だとしても、どっちからどっちへ歩いていたのかなあ……」

(何をおかしなことを——)と呆《あき》れて足を停めた亦依を置き去りにして、浅見は殺人事件のあった部屋のルームナンバーを確かめに向かった。

## 3

曾維健の「アリバイ」を証言している人物は、和華飯店で曾と貴老爵士楽団を楽しんでいた仲間四人のうちの一人だ。大手鉄鋼メーカーの幹部で、同時に中国共産党の中堅党員だという。中国のほとんどの大企業がそうであるように、鉄鋼メーカーは半官半民で日本なら「親方日の丸」、中国ではさしずめ「親方五星紅旗《ごせいこうき》」といったところか。

上海訪問三日目の朝、浅見は康警部の携帯電話に連絡を取って、その人物に会う手筈《てはず》を整えてくれるよう頼んだ。康は自分も同行すると、快く応じた。突然の申し出にもかかわらず面倒を見てくれるというのは、組織の中でも了解済みであることを思わせる。

鉄鋼メーカーの本社は浦東地区の「上海保林大厦」という高層ビルの中にあった。グランド・ハイアット上海ほどではないが、六、七十階はある建物のうちの、半分近いフロアをそのメーカーのオフィスが占めているのだそうだ。

建物の外観は壮大で威圧感があるが、インテリアは案外簡素で、無駄な装飾を省いているらしい。とはいえ、こういうビルがニョキニョキ建っているのだから、上海のほうがなまじの資本主義国家よりも資本主義自由経済が進んでいるような気がする。

案内された応接室は五十六階にあった。広々として、部屋の中央にある大振りの応接セットがミニチュアのように小さく見える。窓からの景色も素晴らしいが、浅見は窓際近くまで行って下界を見下ろしたとたん、足が竦《すく》んだ。ふだんはずいぶん度胸が据わっているように見える康警部も、この雰囲気には圧倒され緊張するのか、革張りのソファーに浅く坐って、背筋を伸ばし、キョロキョロと落ち着かない。

五分ほど待たせてから、秘書らしい男に先導されて、問題の人物が入ってきた。大柄な初老の男だ。薄い笑みを浮かべ、中国語で挨拶した。浅見は「ニイハオ」程度しか喋れないので、康警部に万事を委《ゆだ》ねた。

名刺に「副総裁　廖和安《リョウワアン》」とある。副総裁は日本でいう専務取締役、この会社のナンバー3だそうだ。浅見のことは、曾維健に依頼されて、日本から来た探偵であると、ほぼありのままに紹介された。

「私がブリュッセルの国際会議に参加している留守のあいだに、曾さんが気の毒なことになってしまって、ひどい話です。あの時いた連中の誰一人として曾さんの無実を証明して上げないのだから情けない」

二人の客の来意を知ると、廖は早口で慨嘆《がいたん》した。康警部が忙しげに通訳するところによると、廖は曾維健と大学での同僚だった。若い頃からの党員だったこともあって、文革の「被害」も軽微で済んだ。改革開放政策とともに党中央からの依頼で、いわばヘッドハンティングで、現在の鉄鋼メーカーの創設に参加したという。

「大学では彼は心理学、私は工学が専攻。本来なら直接の付き合いはないはずだが、曾さんはすばらしい学者であると同時に、尊敬に値する人格者ですよ。私のような俗物と違い清貧を貫いておられる。もし文化大革命がなければ、当然学長になって不思議はない人です。その曾さんが王孫武ごとき小物を殺害するような愚かなことはしません」

王教授を「小物」扱いするのだから、廖の大物ぶりは推測できる。

「それにしても、廖さん以外の三人の人たちが、なぜ曾さんのアリバイを証明しなかったのでしょうか？」

浅見は訊いた。

「確かに、断固としてアリバイを主張する証言をしなかったのは残念の極みですが、真の問題はアリバイではないのです。要は考え方の問題ですな。王を殺害してテーブルに戻るのに必要な時間は、最短なら五分もあれば可能でしょう。トイレに立つ時間もあれば十分です。だから厳密な意味でアリバイを証明できるかと言われればノーと答えるしかありませんよ。しかし、そんなことを言えば、われわれ全員、いや、あの夜あのホテルにいた人間全員にアリバイがないことになる。それにもかかわらず曾さんが逮捕されたのは、公安局の考え方が誤っているからです。最初から曾さんに焦点を絞ってしまった。過去に確執があったことと、あの夜、曾さんが王と会っていたという目撃談を取り上げて、犯人は曾さんだと決めつけた。日本の警察も同じかもしれませんが、公安がいったんこうと決めたら、それを引っ繰り返すのは容易ではないのです」

「その目撃談ですが、日本総領事館の井上書記官がその証言をしたというのをご存じですか?」

「もちろん聞いております。私も井上さんには何度かお会いしているが、悪い人だとは思っておりません。あの井上さんがなぜそのような嘘をついたのかが分からない」

「嘘と断定的におっしゃるのですね」

「そうです、嘘に決まっている。曾さんが王にクレームをつけることはあったかもしれないが、ましてわざわざ部屋を訪ねて行って、しかも殺害するなどというのは馬鹿げた話ですなあ……いったい公安局は何を考えているのです?」

最後の質問の矛先は康警部に向けられたので、康は通訳を中断して当惑げに弁解をしている。中国語は理解できないが、そういうことが話されているらしいことは、浅見にも伝わった。

「それともう一つ、王孫武には愛人がいて、ホテルに部屋を取ったのはそのためではないかと思われるのだが、そっちのほうの捜査はどうなっているのです？」

「王氏の愛人は胡鳳芝《ゴフウジ》という女性ですが、その日は杭州のほうに行っていて、王氏の死亡推定時刻にはアリバイがありました」

「だとすると、王は何の目的でホテルに泊まろうとしたのかね？」

「それはまだ分かっておりません。胡鳳芝が深夜に上海に来る予定になっていた可能性はあります。事実、王氏の部屋に何度か女性からの電話が入ったという記録が残っておりました。ただし、その電話が胡鳳芝からのものかどうかは分かりません」

「なるほど。だとすると、いくら電話しても留守なので、予定を変更して来なかったということも考えられるのですな」

「はい、そうですね」

このやり取りは、浅見をそっちのけで交わされた後で、康警部からダイジェストして説明された。

「曾さんの犯行ではなく、胡鳳芝さんも犯行の可能性がないとすると、まったく別の視点から事件を見直さなければなりませんが、廖さんは王さんが殺害されるような事件の背景に、ほかにどのような動機があるのか、想像はつきませんか？」

浅見は訊いた。

廖は「そうですなあ、ないわけではないが……」としばらく躊躇《ためら》ってから、「あくまでも、勝手な想像ということで聞いていただきたい」と前置きした。康からその旨を通訳されて、浅見は黙って深く頷いた。

「王は学者でありながら、経済に関してはひどく鼻の利く男でしてね。上海近郊の再開発計画にも首を突っ込んで、これはあくまでも噂にすぎませんが、一説によると某社からの賄賂《わいろ》がかなりの額になるそうです。現在、上海と杭州を結ぶ高速鉄道計画が実行段階に入っており、同時に高層住宅団地の計画も、日本を含む国際的事業として、政府レベルで進行しつつあると言われます。それに王が関わっているというのです。彼が大学で教えた学生の多くは、卒業後、政府や上海市役所に入っていて、建設関係の事業の許認可を出すセクションに就いています。もちろん建設各社にも卒業生は少なくない。わが国では文化大革命という騒動がありましてね、その十年間のブランクがあったために、文革以降に社会に出たその連中が、いまや重要ポストを占めるようになっている。王はそういうネットワークを駆使して、再開発事業を勝手気ままに私物化しているのですな……といっても、あくまでも噂ですがね」

「つまり、その企業と利害関係が対立している企業側から見ると、王氏は不倶戴天《ふぐたいてん》の敵というわけですか」

康警部の日本語知識に「フグタイテン」がないらしく、「は?」と聞き返すので、浅見はメモ用紙に漢字を綴《つづ》った。康も廖も（なーんだ——）という顔で笑った。とりわけ廖は「なるほど、日本も漢字の国でしたな」と喜んでくれた。

浅見も笑いながら「その対立する企業の一つが御社でもありますね」と言った。康が言いにくそうにその趣旨を伝えると、とたんに廖は渋い顔になった。

「だからといって、当社が事件に関与しているなどとは思わないでいただきたい」

「もちろん承知しております。しかし、どの会社にしても、いくら不倶戴天だからといって、殺害に及ぶところまではいかないのではないでしょうか。それとも、中国ではこういう過激な犯罪は珍しくないのですか？」

「そんなことはありませんよ」

康が言下に否定した。廖が「いま、何て言った？」と訊いたのに康が答えると、廖のほうはそれにはすぐには同調せずに、しばらく考えてから、また早口で何かまくし立てた。康が通訳を渋っているところを見ると、どうやら過激な犯罪が起きていないわけでもないようだ。廖がじれったそうに催促して、康はようやく重い口を開いた。

「浅見さんは中国の裏事情をご存じないようですが、中国には『黒社会』と呼ばれる反社会的な組織があるのです」

「あ、そのことはこのあいだ聞きました。蛇頭というのですね」

「いや、蛇頭は主として密航を仕切るグループで、黒社会の一部です。黒社会の資金源は以前は黄（売春）、毒（麻薬）、賭（賭博）が主流でした」

康は紙に文字を書いて示した。

「そこに近年になって蛇（密航）、槍（銃器の密売）、陀（取り立て）、殺（殺人の請け負い）、拐（誘拐）が加わって、より広範囲に、より組織的になっているのです」

「日本の暴力団のようなものですか」

「それとは少し違います。日本のヤクザはヤクザを職業としているのですが、黒社会――いわゆるチャイニーズ・マフィアは正業に就いている人間が、その時々に組織犯罪に参加するのです。ここに書いた以外にも、盗掘、美術品の売買、列車強盗、人身売買など、個人では成功しにくいとされる犯罪のすべてに手を出していると考えられます」

「人身売買もですか……」

浅見は眉をひそめた。日本でもかつて、農村の貧しい時代には婦女子の人身売買が行われていたことがある。それ以前の欧米では、奴隷制度が公然と存在していた歴史もある。しかし、近代国家社会で人身売買などという言葉が通用しているとは、あまり信じたくない気分だ。康警部が話したがらなかった理由も国家の恥になると思ったからだろう。

「そうすると、王さんが殺された事件も、そういう黒社会の人間による犯行という可能性もあるのですね？」

「可能性としては考えられないことはありませんが、しかしああいう状況で襲って目的を達することができるかどうかは疑問です。ドアスコープもあるし、王氏は用心深い性格だったそうですから、顔見知りによる犯行と考えて間違いないでしょう」

「顔見知りがじつは黒社会の人間である可能性もありますね」

「まあ、それはそうですが」

「曾維健さんが黒社会に関係しているとは考えられませんが」

「もちろん曾氏は関係ないでしょう」

「だとすると、容疑を曾さんに絞ったのは早とちりではないのでしょうか」

早とちりの意味も康は理解していた。

「しかし、直前に井上さんが、四階の廊下を歩いていた王さんと曾さんの二人を目撃している事実は無視できません」

「その目撃証言は間違っていますよ。おそらく井上さんの勘違いでしょう。でなければ、さっき廖さんがおっしゃったように、嘘をついているのです」

浅見の言ったことを康が通訳すると、廖は我が意を得たりとばかりに「そのとおり!」と膝《ひざ》を叩いた。中国人はけっこうオーバーアクションだ。

「しかし、その根拠は?」

康が訊いた。

「昨夜あれから和華飯店で、もう一度エレベーターに乗って、中から四階の廊下を見ました。あのホテルの階段はエレベーターを出て右の方向にあります。ところで、王氏の部屋414号室も同じ右方向にありました」

浅見は廖にも事情が分かりやすいように、簡単な図面を描いた。

「二人が連れ立ってエレベーターの前を通過して行ったのは、どっちの方角から歩いて来たのでしょうか？　もし右方向から来たのだとすると、部屋を出て階段とエレベーターを通り過ぎ、同じフロアのどこかへ行くつもりだったことになります。また、逆に左方向から来たとすると、どこから来たのか……説明がつかないことになりませんか」

康は視線を天井に向けて、しばらくその状況を思い浮かべていたが、「確かに……」と頷いた。廖に説明すると、廖は「得了！」とまた膝を打って、感嘆しきりといった様子で康に何か言っている。

「浅見さんは反体制派か、それとも共産党員かと言っておられるのですが」

「は？　なぜですか？」

浅見は面食らった。

「つまり、自国の領事館員を嘘つき呼ばわりしているからです」

「ははは、僕は反体制派でもないし、どこの党派にも宗教にも属していません。是々非々で、思ったことを言っているだけです」

念のため、紙に「是々非々」と書いた。廖は大いに満足したらしいが、少し眉をひそめて、「信念を貫くのはいいが、それは危険を伴うのではないか」と言った。

「大丈夫です。僕は臆病《おくびょう》で、君子危うきに近寄らずを実践していますから」

今度は書かなくても、康に通じた。

「しかし、もし浅見さんの言うとおりだとして、井上さんはなぜ嘘をつく必要があったのでしょう?」

康警部は公安局の人間として、簡単に後には引けないのだろう。

「嘘かどうかは分かりません。明日か明後日になると、勾留期間を延長するか、それとも起訴に持ち込むかを決定するための手続きがあるはずですね。その際、いま僕が言ったような推測を突きつけて、もう一度確認を求めれば、たぶん井上さんは勘違いだったと言うでしょう」

「えっ、本当ですか?」

「たぶん」

「そんなに簡単に前言を翻しますかね」

「たぶん……井上さんはそうなることを待っているのです。僕が指摘したことなど、誰でも、嘘か間違いであると気がつくに決まってますからね。なんでしたら、康さんご自身が訊問《じんもん》してみてください」

「いや、私には訊問の権限はないが……そうですか、そうなりますかねえ」

康は疑わしそうな目で浅見を見つめた。話の内容を聞いて、廖も「そんなことがありますかね？」と首を傾《かし》げた。

「みえみえの嘘をついて、偽証や誣告の罪に問われかねないようなことを、領事館員ともあろう人がするとは思えないが」

康は廖の言葉を通訳して、「私も同じように思います」と付け加えた。

「中国の法律がどうなっているのかは知りませんが、井上さんが罪に問われることはないと思います。みえみえで、あまりにも他愛ないから、嘘ではなく勘違いであると、あっさり訂正できるのです。ちょっと考えれば分かるはずでしょう。それを相手が領事館員であるという理由だけで、ろくに追及しないで信用して、無実の人間を逮捕勾留した公安当局の不手際ということで片がつきます」

浅見の言ったことを聞いて、廖はますます感に堪えない——とばかりに唸《うな》った。

「うーん、なるほど。いや、浅見さんの言うとおりかもしれません」

「ただし、井上さんに対する最終審問を行わないと危険です。井上さんのほうから公安局に出向いて行くとは考えにくいので、ぜひとも召喚して再確認の訊問をするよう、働きかけてください」

康警部はなおも難色を示したが、廖は胸を叩いて「よろしい、引き受けましょう」と言った。

# 4

帰り道、康威警部はしきりに「ダイジョブかな」と首をひねっている。

「何かご心配ですか?」と浅見は訊いた。

「廖さんが政界に顔の利く人であることは分かっていますが、公安局に無理を通すと、対立関係にある人物にとってはあまり愉快ではないでしょう。あんな風に安請け合いしてくれたのはいいが、そっちのほうの面子《メンツ》を潰して、あとあと尾を引くようなことになりそうな気がします。中国人は面子を重んじる国民性ですので」

「なるほど、しかし今回は大丈夫だと思いますよ。井上さんの証言そのものが、そうなるであろうというシナリオがあってのことなのですから」

「うーん……浅見さんはそうおっしゃるが、そのとおりになればいいのですけどねえ」

康の車でホテルまで送ってもらった。浅見はあらためて、急に呼び出したことを詫《わ》び、礼を言った。

「どういたしまして。これからも何かあったら、いつでも遠慮なく電話してください。それが私の役目です」

田丸書記官が言っていたように、領事館と康とは何らかの契約ができているらしい。

部屋に戻ると、浅見は東京の自宅に電話を入れた。須美子が「あら、坊っちゃま」と地獄で仏に会ったような歓声を上げた。

「ご無事ですか？　ちっともご連絡がないから、大奥様がご心配していらっしゃいましたよ。船は沈まなかったのですね」

「ははは、沈んでたら電話はできないよ。それより、何か変わったことはない？」

「はい、お電話がありました。藤田編集長様から、どうなっているかという。いつもどおり、たぶんお原稿の催促かと思いますけど、お電話が二度と、それから戸塚の橋本様とおっしゃる方から、至急お電話いただきたいとのことです」

「それだけ？」

「はい、それだけですけど。あの、大奥様をお呼びしましょうか？」

「いや、おふくろさんはいいよ」

慌てて電話を切った。藤田のほうは放っておけばいいが、戸塚署の橋本刑事課長の用件が気にかかった。受話器を持ち替えて、すぐにダイアルした。橋本は浅見が名乗ったとたん、「浅見さん、どうなってるんです？」と非難の声を発した。

「曾亦依が出国しちゃったそうじゃないですか。本事件の、いわば重要参考人が消えてしまっては困るのですがねえ。こういう慌ただしい出国ということは、やはり彼女が何か事件の背景を知っていると考えられます。自分としては、浅見さんがついていると思ったから、信用していたのだが……」

　黙っていると際限なく文句を言いそうな気配だ。

「大丈夫ですよ、曾さんなら、僕がちゃんと所在を摑んでいます」

「しかし浅見さん、曾亦依はすでに中国に行っちまったんですよ」

「ですから、僕も彼女を追って上海に来ています」

「えっ？　上海？　ほんとですか？」

「ははは、追って来たというのは嘘ですが、一緒に上海に来たことは事実です。必要とあれば、彼女本人から電話をさせますが」

「そうですか、上海ですか……というと、上海で何か事件ですか？」

「いや、取材目的の出張ですよ。橋本さん、困りますよ、何でもかんでも事件がらみだと決めつけるのは」

「ははは、どうも浅見さんの行くところ、事件があるものと思ってましてね。しかし、曾亦依と一緒というのなら話は違います。彼女のことは浅見さんに任せますが、その代わりついでと言ってはなんですけどね、浅見さんが上海にいるのなら、ぜひ頼みたいことがあります」

「はあ、何でしょうか？」

「じつは例の新宿の殺人事件で、事件直後に出国したやつがいるって話したでしょう。そいつの所在が判明したのです。陳建鋼《チンケンコウ》といって、上海市荊州路っていうところなんですがね。判明したのはいいが、容疑者と決まったわけではないので、中国の公安当局に捜査を依頼するのは難しい。つまり事情聴取したくとも手が出せないのです。そこでですね、浅見さんがせっかく上海にいるのなら、ちょっと陳の身辺を探ってみてくれませんか。場合によっては本人と接触してみてください。もちろん、相手は殺人事件の犯人であるかもしれないので、危険なことをしてもらっては困りますがね」

橋本は一方的にまくし立てて、「メモしてください」と、改めて陳建鋼なる人物の住所と、基礎的なプロフィールを告げた。年齢は二十六歳。五年前に就学生として来日、新宿にある中国系の貿易会社に勤めていたが、賀暁芳が殺害されたのとほぼ同じ頃というタイミングで、成田空港から出国した。

「この前も話したように、その貿易会社なるものが眉唾でしてね。裏では密輸や地下銀行みたいなものを営業しているという噂があって、本庁の捜査二課と四課でもマークしています。ただし陳建鋼本人には前歴はないし、住んでいるアパート周辺での聞き込みではごく真面目《まじめ》な青年で通っているみたいですが、ほんとのところは分かりません。被害者のマンションの住人が、陳を何度か目撃していることと、室内から陳のものと思われる指紋が採取されている点から言って、事件と何らかの関係はあるでしょうな。とにかく出国の慌ただしさが尋常ではない。その辺りの事情を確かめていただけるとありがたい。よろしくお願いします」

電話を切ってから、浅見は「やれやれ」と年寄りじみた独り言を呟いた。曾維健の事件のほうがまだ片づかないところに、さらに厄介な話が持ち上がったものだ。おまけに、相手は橋本自身が言っていたように、殺人事件の犯人かもしれない物騒な人物だ。

ガイドブックの地図を広げて、橋本が言った「荊州路」という住所を探したが、さっぱり見つからない。上海のどの辺りなのか見当もつかない。上海の町名は日本の京都のように道路ごとに名付けられているらしいことは分かるのだが、京都の碁盤の目のような区画ではなく、曲がりくねった道が錯綜《さくそう》しているから分かりにくい。「虹橋路」「延安中路」「南京西路」「中山東一路」といった幹線道路はなんとか発見できるが、細かい住所名は虫メガネが必要だ。

浅見はじきに諦《あきら》めて、曾家に電話した。生憎《あいにく》留守らしく、ベルを十回鳴らしたが誰も出なかった。総領事館に電話すると田丸書記官は在席していた。こっちが名乗る前に声だけで分かったらしく、「やあ浅見さん、昨夜はあの後どうでした?」と訊いた。一瞬、亦依のことか――と思ったのだが、そういうわけではなかった。

「浅見さんのことだから、たぶん和華飯店を調べるのではないかと思ったのですが」

その口ぶりだと、康警部からは、まだ廖を訪問したことについての報告はいっていないようだ。

「ご明察どおりです。ちょっと調べてみて、いろいろ分かってきました。ところできょうは井上さんはいらっしゃいますか？」

「たぶんいると思いますよ。電話、回しましょうか？」

「いえ、そうではなく、ひょっとすると明日か明後日辺り、井上さんに公安局から呼び出しがかかるかもしれません」

「ほう、何かありましたか？」

「ええ、ちょっと……それはともかく、田丸さんは荊州路というのはどの辺りか、ご存じありませんか？」

「荊州路……それがどうかしたのですか」

「ある人物を訪ねたいのです」

「荊州路に住んでいるのですか」

「ええ」

「お知り合いですか」

「いや、違います。日本で起きたある事件の参考人として、話を聞きたいのです」

「浅見さん一人で？」

「そうですが、何か？」

「それはやめたほうがいいでしょう。荊州路というのは、治安上問題がある地区ですよ。

単独で行くのは危険が伴いますね。もしどうしても行かなければならないというのなら、私がご一緒しましょう。そろそろランチタイムですから、私がお迎えがてらホテルまで行きます。それまで動かないで待っていてください」

こっちの単独行動を本気で心配している。その様子だと、荊州路という街はよほど剣呑《けんのん》なところらしい。

田丸はすぐにやって来て、ホテルの和食レストランに入った。店の造作も和服姿の日本女性のウェートレスもメニューも、ここは日本かと錯覚するほどの雰囲気だ。浅見は久しぶりに天丼《てんどん》を注文した。

「荊州路というのはここです」

田丸が地図を広げて指さしたところは、蘇州号が接岸した黄浦江のフェリーターミナルからそう遠くないところだ。岸壁に連なるフェリーターミナルや貨物船専用ターミナルの後背地といっていい。船のデッキからチラッと見た程度だが、対岸の浦東地区と対照的な未開発地区で、「里弄《リーロン》」と呼ばれる昔ながらの貧しげな西洋長屋が犇《ひしめ》いている風景が脳裏に蘇《よみがえ》った。

「かつてはいわゆる『租界』の外側にあった庶民の街でした。港に近いせいもあるのでしょうけれど、昔から密輸や密入国の温床のようなところだったそうです。中国マフィア発祥の地といってもいいかもしれません」

「租界」は一八四〇年から四二年にかけて起こった「アヘン戦争」で清国がイギリスに敗れた結果、不平等条約によって誕生した租借地のようなものである。アヘン戦争というのは、アヘン（阿片）によって国民が心身ともに蝕《むしば》まれ、国家が荒廃してゆくのを危惧《きぐ》し、アヘンの輸入禁止を定めた清国を、近代兵器を駆使したイギリス軍がねじ伏せ、輸入を認めさせたという、昨今の麻薬密売どころの騒ぎではない、まことに理不尽な侵略戦争そのものだ。

アヘン戦争後、どさくさまぎれのように、イギリスにつづいてフランス、アメリカなど欧米の列強が上海に土地を借り、一種の治外法権的な「領土」を構えた。自分たちは西洋風の豪華な建物に住み、中国人を奴隷のごとく使った。現在、外灘地区に観光施設のごとく建ち並ぶ、ゴシック様式やネオ・バロック様式、アールデコ様式の建物は、その当時の遺物である。

この「租界」の風景を幕末の志士・高杉晋作が見ている。一八六二年のことである。高杉は上海を訪れ、「東洋の眠れる獅子」と言われた清国でさえ、哀れな有り様を強いられているのを目のあたりにして、改めて欧米列強による植民地主義の脅威を実感したにちがいない。

このままでは小国日本など、欧米の属国になりかねない。明治時代から一貫して日本政府が掲げてきた「富国強兵」政策は、じつはこの時にすでに定まっていたといえる。その後、日本自身が侵略戦争に手を染めることになるのだが、皮肉なことに、太平洋戦争の勃《ぼっ》発《ぱつ》が、結果的に、中国にとって屈辱のシンボルであった「租界」を終焉《しゅうえん》させた。

日本の戦争犯罪は犯罪として、インドシナ、マレー、シンガポール、フィリピン、インドネシアなどを侵食していた欧米の植民地政策を一掃したことだけは、唯一、太平洋戦争の「功績」と言えないこともない。

久しぶりの天丼は旨かった。メニューにはざる蕎麦《そば》や寿司なども並んでいるから、明日からの食生活をいろいろ思い描ける。

「浅見さんが訪ねたいという、その荊州路の人物は何者ですか？」

お茶で口を濯《すす》ぎながら、田丸が言った。

「じつは、一カ月ばかり前に新宿で殺人事件が起きたのですが、その前後に出国した中国人の青年なのです」

橋本刑事課長から聞いた話を、かいつまんで伝えた。その事件現場の第一発見者が曾亦依だと聞いて、田丸は驚いた。

「じゃあ、浅見さんと曾亦依さんはその事件を追いかけて上海に？」

「いや、そういうわけではありません。陳建鋼のことは降って湧《わ》いたような話です。その人物が容疑者かどうかも分かっていないのです。参考人として事情聴取ができればという程度のことです」

「しかし、新宿のその貿易会社が裏で怪しげなことをやっているとすると、黒社会との繋がりを想定したほうがよさそうですよ。あ、浅見さんはご存じですか、中国には黒社会というのがあるのを」

「ええ、たまたま今朝、康さんの紹介で上海市保林鋼鉄集団公司の廖和安という人物と会ったのですが、その際に廖氏と康さんからレクチャーを受けました」

「ああ、廖氏に会いましたか。彼が井上さんの証言を否定しているのですが……そうでしたか、それなら話は早い。その新宿の事件も黒社会がらみかもしれませんよ。現在日本で発生している外国人——ことに中国人による犯罪のほとんどが、中国マフィア、いわゆる黒社会の連中によるものだと考えて間違いないのです。連中はきわめて組織化されておりましてね、たとえば狙う先の情報を仕入れる係と、実行犯の分担も決まっている。例のピッキングというドアの鍵を開ける仕事は、中国本土から駆り出された『鍵師』、本来はまともな鍵職人なんですがね、その連中がピッキングの片棒を担いでいます。黒社会が鍵師を募集して、技術者は日本に行って稼げると吹き込むのです。応募者は引きも切らないそうですよ。中にはろくすっぽ技術もないのに応募して、いざ現場に行った時にまったく役に立たないやつもいる。そういうのは即座にこれです」

田丸は右手で首を切る仕種をした。クビを切られるという意味だが、たとえ話でなく、本当に首を切られそうな気がした。

「日本にはATM、現金自動預払い機が金融機関の前などに設置されているでしょう。あれなんか、彼らにしてみれば金庫が野ざらしになっている——ぐらいにしか思わないという感覚です。でかいショベルカーを持って行って、建物ごとガシャンとやってしまう。盗まれた物より壊された物のほうが高価なのだから、被害者のほうはたまったものじゃないでしょうね。警備システムが作動してから警察が駆けつけるまでの時間もちゃんと計算しています。連中はそれを『ヒット・アンド・アウェイ』と呼んでいますが、そういうのはこれまでの日本人の常識にはなかったですよねえ。車を盗んで船積みして海外へ売り飛ばすスピードも、組織的に行うから驚くべき速さです。やることが荒っぽいし、既成概念や常識は通用しません。九州で中国人留学生が世話になった日本人老夫婦を殺傷して金を盗んだ事件など、倫理観や宗教心がまったくないとしか考えられない。一家四人を殺して港に沈めた事件もありましたが、殺《や》っておいて、ヤバイとなるとさっさと中国に逃げ帰ってしまう。今回の新宿の事件も似たような手口ですね。まったく、やりたい放題です」

喋っているうちに、田丸はだんだん激昂《げっこう》してきて、顔が海老《えび》のように赤くなった。

「まだその人物が犯人と決まったわけではありません」

浅見は宥《なだ》めるように言った。さすがに田丸も、「ははは、少し言い過ぎましたか」と苦笑いをした。

田丸によると、日本に中国人による犯罪の温床が育ち始めたのは、一九八三年に時の首相が中国に対して「留学生十万人受け入れ」を表明した時だそうだ。九〇年にはそれに加えて「就学生制度」を発足させた。早く言えば働きながら日本語学校などに入学できる制度である。留学生より質《たち》の悪い、「日本に行けばひと稼ぎできる」タイプの青年がどっと押し寄せた。当時の日本はバブル景気の最中で、とくに「３Ｋ」と呼ばれる業種などでは、慢性的な労働者不足に悩んでいた。ある高名な評論家でさえ、労働力を安価な外国人で賄《まかな》えばいい――と発言したほどだ。

そのツケが、いまになってしっぺ返しとなって戻ってきたと言える。就学生の質の悪さというより、受け入れた日本側の甘さが彼らの犯罪者化を助長させた面も多分にある。そしてその状況を「黒社会」の組織が巧みに操った。犯罪検挙率が二十二パーセントという警察の能力低下がそれに拍車をかけた。いまや日本は犯罪者たちにとって、安全かつ効率のいい泥棒天国のようなものだ。

「荊州路へ行くなら私だけでなく、康さんも連れて行ったほうがいいですね。私の中国語はあまり上手くない」

「はあ、しかし、康さんにはけさお世話になったばかりですから」

「それは気にすることはありませんよ。ちょっと待っていてください」

田丸は携帯電話を手に店を出て、康警部と連絡をつけてきた。

「ＯＫだそうです。さて、それではヒット・アンド・アウェイをやらかした選手のベンチへ行ってみますか」

白棄糞《やけくそ》のようなジョークを言って、天井の伝票を摑んだ。

# 第四章　外柔内剛

## 1

ロビーで待つ間もなく康《コウ》警部がマイカーで迎えに来た。マイカーといえども、青色灯を屋根に装着すれば、とたんに覆面パトカーに変身する。

「駐車違反の心配もないし、このほうが何かと便利なのです」と康は笑った。

さすがに康は地理に詳しい。荊州路××弄○○号――が陳建鋼《チンケンコウ》の実家の住所だ。車は東長治路という、わりと広さのあるメインの通りを右折して、ひどく貧しげな街に入って行く。黄浦江を挟んでつい目と鼻の先の浦東地区に、高層ビルを林立させて発展し繁栄する上海の風景とは、まるっきり異質の空気がそこには漂っている。

浅見はまたしても「陋巷《ろうこう》」という文字を思い浮かべた。曾《ソウ》家も相当な「陋巷」だが、あちらは曲がりなりにも鉄筋コンクリートのアパートだ。それと較べればこっちのほうが、まさに「一箪《いったん》の食《し》、一瓢《いっぴょう》の飲《いん》、陋巷にありて……」という、その「陋巷」がぴったりくる貧しげな街である。いまにも回おじさんが瓢箪《ひょうたん》を下げて現れそうな雰囲気だ。

それにしても建ち並ぶ西洋長屋を「里弄《リーロン》」と呼ぶが、「弄」という字は日本ではふつう「もてあそぶ」という意味で使う。「翻弄」や「愚弄」を連想させて、あまりいいイメージではないが、漢字の本来の意味の中には「巷《ちまた》」という意味もあるらしい。

長屋といっても、日本の落語に出てくるようなかつての長屋より、はるかに立派だし、白壁の上に、少し反《そ》りの入った瓦《かわら》屋根が波のようにうちつづく様は、圧倒的な統一感がある。戦前、中国に住んだという年配者が、上海に郷愁を感じると語るのは、こういう風景かもしれない。

とはいえいかにも古い。壁も屋根も埃《ほこり》に塗《まみ》れ、憂鬱《ゆううつ》なねずみ色にくすみ、ぞんざいな文字で「理髪店《リーファアウテン》」だとか「猪肉《ヅウロウ》」などと書いた看板もそろそろ朽ちかけている。子細に見ると壁も土台も傷みがきて、とっくに手入れを必要としていそうだ。しかし、そう遠くないうちに再開発の対象になって壊される街だとすると、補修工事は無駄になる。

二階の軒下から突き出した棒の先に洗濯物がぶら下がっているから、住人はいるはずだが、道を歩く人はごく少ない。家の中は暗く、ときどきそこから顔を出す老人の様子にも精彩がない。何よりも街に子供たちの姿がないのが気になった。子供どころか、若い男女も少ないらしい。中国には一人っ子政策というのがあって、第二子は原則として認められないのだそうだから、日本以上に老人天国になりつつあるのだろうか。

野良猫ばかりが目立つ狭い道にノロノロと車を進め、陳の家の住所を探した。人けのないような街であるにもかかわらず、どこからか常に誰かが見ている気配を感じるのが不気味だ。

家の前の石畳の、ちょっとしたスペースに椅子を出して、ナマズのような細く白い髭《ひげ》を生やした老人がのんびり坐っている。九十歳前後か、一見してかなりの高齢であることが分かる。紺色のズボンを穿《は》き、ダウンジャケットを着て、年季の入った籐椅子《とういす》にそっくり返り、長煙管《キセル》をふかした姿は、これぞ上海の原風景——と言えそうな雰囲気がある。

三人は車を降り老人に近づいて、康が陳の家はどこか訊《き》いた。老人は公安局の人間であると見抜いたのか、仏頂面をしていたが、田丸と浅見を交互に見て、何本か残った黄色い歯を剝《む》き出しにしてニヤリと笑い、「アンタタチ、日本人カ」と言った。亦依《イイ》ほどではないが、かなりしっかりした日本語だ。戦前か戦時中に日本と付き合いのあった人物の、いわば生き残りかもしれない。

「あ、日本語が分かるのですね」

田丸は嬉《うれ》しそうにお辞儀をして、陳建鋼の名前と住所を書いたメモを示した。老人はすぐに分かったようだ。椅子から立ち上がって「アノ電信柱ノトコロガソウダ」と、十数軒先の辺りを指さして、「モシ、マダ生キテイレバナ」と付け足した。

「亡くなったかもしれないのですか?」

浅見が訊いた。

「アシタノ命ノコトハ、タレニモ分カラナイネ」

哲学的なことを言って、目を瞑《つぶ》った。

「まったく、じいさんの言うとおりです」

車に戻ると、康は残念そうに言った。

「この街では、本当に明日のいのちのことは保証されませんからね」

陳家は以前は何か商売をやっていたのか、ショーウインドウの名残のような出窓のある建物だった。いまは見る影もなく、出窓はカーテンで覆われ、間口三メートルほどの店先も板囲いに変わり、隙間《すきま》だらけのドアが半開きになっている。

「人が住んでいるのかな?」

田丸は言ったが、康は「住んでいます」と自信ありげにドアを引いた。

「有人嗎《ユウリエンマー》?(ごめんください)」

薄暗い屋内に向かって怒鳴った。

「是誰啊《スウスエア》」

思いがけない近さで声がして、元ショーウインドウのカーテンが開いた。窓の中には初老の女が突っ立って、胡散《うさん》臭そうな目をこっちに向けている。古びたデスクの上に古びたミシンが載っている。昔は仕立屋だったのかもしれない。中国人の洋服屋は腕のよさで世界的に有名だったそうだ。

　女は亦依の母親よりいくらか歳上なのだろうか、白いものの混じった薄い髪を後ろに束ねて、年齢にはふさわしくない派手な花柄の上着に、黒のズボンを穿いている。それほど上等とはいえないが、まだ新しいこざっぱりした服装だ。

　康だけがドアの中に入って、女と話した。「陳建鋼さんはいますか？」と訊き、女は首を横に振った。ここにはいないと言っているらしい。そういうやり取りが窓の外から、芝居を見ているように見える。しばらく話してから康が出てきた。

「彼女は陳建鋼の祖母でした。孫は日本留学から帰ってきたが、土産を沢山置いてすぐ出ていった。いまはここには住んでいないと言っています。祖母の自慢話ですからあてにはなりませんが、陳は近所でも評判の真面目《まじめ》で優しい好青年だそうです」

　振り返ると、女は窓からこっちの様子を窺《うかが》っている。康は手を振って、「あの派手な洋服は孫の土産ですよ」と笑った。康の声が聞こえているはずはないが、女もつられたように笑った。

　康はメモってきた陳の現住所を眺めて、しきりに首を傾《かし》げる。

「長寧区剣河路――蘇州河畔の新興高級住宅街もその辺りですが、まさかそんなところに住んでいるわけはないでしょう」

長寧区は上海市街の西のはずれ近い。首都高速のような延安西路で行けば三十分程度の距離だ。この辺りはつい最近まで田園地帯だったところで、現在も緑が豊かだ。そこを再開発して住宅地に変身させた。

捜し当てた陳の新住所には、康警部がジョークで言ったのが的中して、本当に新築の庭付き一戸建てがあった。道路からは短いながら石畳のエントランスがある。

「陳は確か、まだ二十六か七でしたね」

康は建物の前に車を停めたものの、何かの間違いではないか――と、しばらく躊躇《ためら》っている。さっき見た荊州路の陋屋とはあまりにも違いすぎる。しかし、いつまで考えていても始まらないので、また三人が連れ立って訪問することになった。

玄関のチャイムボタンを押すと、家の中でキンコーンという大仰な音がして、ドアの向こうに、こっちの様子を窺っているらしい人の気配がした。三人は無意識に作り笑いを浮かべた。インターホンから「你尊姓《ニーツンシン》（どなたですか）？」と、青年のものとは思えない、少し嗄《しわが》れたような声が出た。

康はドスを利かせた声で「警察です」と言った。中国の警察は日本の刑事のように手帳を示したりはしないらしい。

ドアが開いて、男が顔を出した。声から想像したとおり、中年を過ぎようかという年格好だ。建鋼の父親で「陳正栄《チンセイエイ》」と名乗った。ヒョロッとしたおとなしそうな男だ。赤、青、白のタータンチェックのような柄のシャツを着ている。さっきの祖母といい、陳家の人間は派手好きらしい。

彼の顔をチラッと見た瞬間、浅見は（誰かに似ている——）と思ったのだが、誰なのかまでは思い出せなかった。

建鋼は留守で、新天地の店に行っているということだ。「息子に何かあったので？」と父親は不安そうに訊いたが、康は「いや、帰国者の状況を調べているだけです」と答えている。

「ずいぶんいいお宅ですね」と、田丸書記官がたどたどしい中国語で言った。

「最近買ったのですか？」

「ああ、息子が日本で稼いで買ってくれたのですよ」

「息子さんのお仕事は何ですか？」

「日本では貿易関係の仕事をしていたと聞きました。いまはその会社が新天地に喫茶店を出して、そこを任されているそうです。詳しいことは知りませんけど」

父親の態度は終始おどおどして、見ているだけで何か後ろ暗いことでもあるのでは——と邪推したくなる。

しかし彼自身は見た目どおり、ごくふつうの人間で、小心者でもあるらしい。これ以上訊いても収穫はなさそうだ。

「お祖母さんはまだ荊州路に住んでいるのですね？」

浅見は康に訊いてもらった。

「そうです、母はあの街が好きだから、離れたくないと言っております。もうじき取り壊されるので、いずれは出なければならないのですが」

そういえば、あの白髭の老人も満足げに煙管を銜《くわ》えていた。老人にとっては、あの汚い街も居心地のいい塒《ねぐら》なのだろう。


新天地というのは、上海に比較的最近できて人気を呼んでいる、街の一ブロックをそっくりそのまま、一九三〇年代──古きよき時代の上海の佇《たたず》まいに作り変えたものだ。「新天地」というより、むしろ「旧天地」と言ったほうがいい。一種のテーマパークだが、入場料が必要なわけではない。

康は道路に車を停め、青色灯を屋根に載せた。職務遂行中というわけだ。

確かに「新天地」はよくできている。町並みはまさに旧時代の雰囲気で、魯迅《ロジン》のエピソードで有名な「内山書店」なども再現されている。喫茶店もレストランも外観は郷愁を誘うような建物に見えるが、中に入ると居心地のいい近代設備が整っている。

陳建鋼の「店」もそういう喫茶店の一つだった。昼間だが、観光客や若い人たちでかなり混んでいる。白と黒のユニフォーム姿のウェーターやウェートレスが忙しげに動き回っていた。三人が店に入ると、マネージャーが寄ってきて、テーブルに案内しかけた。

「警察だが、陳建鋼さんはいますか？」

康警部が言うと、マネージャーはとたんに「えっ？」という顔になって、慌てふためいた様子で「ちょっとお待ちください」と奥へ引っ込んだ。それっきり、いつまでも現れない。康が業をにやして手近のところにいるウェーターを摑《つか》まえて、「陳さんはどこかね」と怒鳴った。

ウェーターはびっくりして何か答えた。

「あの野郎……」

康は口を歪《ゆが》めて罵《ののし》った。言葉は分からないが、明らかにそういう口ぶりだった。

「さっきのマネージャーが陳建鋼だったのじゃありませんか？」

浅見が訊くと、苦々しい顔で頷《うなず》き、いまいましげに舌打ちをした。

「裏口から出ていったそうです。逃げられたのです。警察と名乗ったのが失敗でした」

「まあいいじゃないですか、逃げだしたことで、自らクロであると白状したようなものです。せっかくですから、コーヒーでも飲みませんか」

ウェーターに案内させ、窓際のテーブルについた。ここからだと街の通りが見渡せる。通りは広く、石畳の舗道は清潔で情緒があって、行き交う人々さえも映画の一シーンを構成する点景のように見える。

「人間というのは、まったく不思議な生き物ですね」

浅見はしみじみとした口調で言った。田丸と康は（どういう意味？——）という目を向けた。

「浦東地区の、ひたすら未来志向の目ざましい発展を見ると、上海人のエネルギーを感じて、それはそれで素晴らしいと思いますが、それと同じ上海人が、一方ではこういう詩情溢《あふ》れる空間を創り出す懐旧の情念も持ち合わせている。このバランス感覚が何とも言えません」

「なるほど」と田丸が優しい目をした。

「浅見さんは根っから人間が好きみたいですね」

「ええ、確かに……」

浅見は照れてコーヒーを口に運んだ。

ふと視線を上げた先に、さっきのマネージャーがこっちに向かって来るのが見えた。

「陳さんが戻って来ましたよ」

「えっ」

振り返った二人に、ばつの悪そうな顔をした陳建鋼が近づいて、康警部にペコペコ頭を下げている。田丸の通訳によると、「すみません、お待たせしました」と謝ったらしい。

陳は百八十センチ近くはありそうな、しっかりした体型の持ち主で、しかもなかなかのハンサムである。こういう店を仕切るにはうってつけだろう。女性客が多いのは、陳を目当てに来るのかもしれない。

康は長身の相手を見上げて、居丈高に文句を言った。「お待たせしましたじゃねえだろう」ぐらいのことは言ったにちがいない。陳はクドクドと何かしきりに弁解している。田丸が「駐車違反をしている車を移動しに行ったのだそうです」と、浅見の耳に囁《ささや》いた。康が「警察」を名乗ったとたんに、てっきりそのことで摘発されると思い込み、頭が真っ白になったという。

「中国では、道徳的にはかなり阿漕《あこぎ》なことをする者も、法律違反には非常に用心深いのです。信号無視や駐車違反に対する摘発は逃げようがなく、罰則も重いですからね。違反はしないがマナーは悪い」

そういえばタクシーで道路を走っていて、自転車で前を塞《ふさ》がれることがしょっちゅうある。運転手は苛立《いらだ》ってクラクションを鳴らすのだが、ビクともしない。知らん顔でのんびり走り、適当なところで脇に逸れてゆく。それも狭い道ならともかく、片側三車線もある大通りでだ。あれなど、自転車の側には交通違反をしているという意識はないからにちがいない。むしろタクシーのクラクション騒音を規制しているらしく、音がおもちゃのラッパほども鳴らないのがおかしい。

店先では具合が悪いというので、陳に案内されるまま奥の事務所に入った。

「あんた、日本にいたんだね？」

康の訊問《じんもん》はそこから始まった。陳はむろん中国語で話しているが、日本語も多少はできるらしい。「日常会話程度です」と言い、確かに難しい会話になるとまったく通じない。事情聴取はもっぱら康が行い、必要に応じて通訳してくれた。

陳は上海の高校を卒業すると同時に世界遊友商務株式公司という会社に就職した。一年間、見習いのようなことをやって、徹底的に業務を覚えさせられた。会社は建前は一応、貿易関係になっているが、要するに儲《もう》かることなら何でもやるというものだそうだ。主に日本との交易を中心にして、中国産品の安い物資（主として繊維製品）を日本に送り、日本からは家電製品、中古自動車（解体したものを中国に持ち込んで組み立てる）等の輸入で順調に業績を伸ばしてきた。現在はそこから発展して、こういう飲食店や店舗、広告業にまで手を広げているという。

五年前に、陳は日本に送り出され、東京支社に勤めた後、今年に入って上海に移り、この店のマネージャーになった。

略歴に関する陳の説明は淀《よど》みないが、それがかえって、まるで丸暗記しているような、通り一遍のものに聞こえる。康もうんざりしたのか、ズバリ核心に触れた。

「ところで、あんた、賀暁芳《ガショウホウ》さんを知っているね」

「賀暁芳はうちの社の東京支社にいた女性ですけど、私がここに移って間もなく、彼女は死にましたよ。それも、殺されたのです」

　恐ろしげに眉《まゆ》をひそめたものの、べつに動揺する様子も見せずに言った。

「賀さんが殺された時、あんたはどこにいたのかね？」

「さあ……私は賀さんの事件が起こる前にここに転勤しましたので、詳しいことは何も知らないのです。事件のこともつい最近知り、びっくりしました」

「確かに、あんたが日本を離れたのは、賀さんの遺体が発見されるかなり前だが、しかし、賀さんが殺されたのは二月の上旬だ。まだあんたは東京にいたのじゃないのかね、その頃、あんたはどこで何をしていたのかね？」

「分かりません。たぶん上海に帰っていたと思うのですが、暁芳が亡くなったのは二月の何日なのですか？」

「あんたが日本を逃げ出す前の日頃じゃないかと思われる」

「えっ、嘘でしょう。私がこっちに戻ったのは、二月二日、彼女が死ぬ前ですよ」

「ふーん、賀さんがいつ死んだかも知らないのに、なぜそんなことが分かるのだね？」

「だって、私が成田空港から電話した時、暁芳は生きていましたから」

「本当かね？」

「本当ですよ」

　康はチラッと浅見を振り返って、訊いた。

「賀さんのマンションに行ったことは？」

　重要な質問だ。賀暁芳の部屋には陳の指紋が残っているのだから、「行っていない」などと言おうものなら、それだけで容疑が固まりかねない。

　とたんに陳の口が重くなった。

「それは……あります。暁芳に誘われて、部屋にも行きました。彼女、美人だったし、おたがい外国に行っていると寂しいこともあるし、何て言うか、友人関係の延長っていうか……」

「肉体関係もあったというわけだ」

「はあ、まあ……」

「結婚の約束もしたのだろう？」

「まあ、一応はそういう話も……」

「一応とはどういうことだ？」

「それはあれです、話の成り行きみたいなっていうか……その時は私もそのつもりになったりして……」

　歯切れの悪い答え方だが、同じテンポで田丸が通訳してくれた。

「あんたは一応でも、賀さんのほうは結婚するつもりだったのじゃないのか」

「それは分かりません。もし彼女がそう思い込んでいたとしても、私は正式な婚約なんかしていません」

「最後に賀さんと会ったのはいつ？」

「さあ、いつだったか……一月の末頃ではなかったかと思います」

「その時の賀さんの様子に、いつもと変わったところはなかったかね？」

「べつに変わったところはありませんでしたけど」

「どういう話をしたんだ？」

「どうって、べつに……」

「嘘をつくな！　あんたが上海に戻るっていう話をしただろう」

「ああ、それはしました」

「だったら、賀さんはショックを受けたのじゃないのか。彼女はあんたと結婚するつもりでいたのだからな」

「それは……そうかもしれませんが、しかし私はそんな約束はしてませんから」

「だが、賀さんのほうはそのつもりでいた。つまり、それで別れ話になって、賀さんが騒いだために殺したんじゃないのか？」

康警部が鋭く突っ込むと、陳は「勿是《ウスウ》！（違いますよ）」と悲鳴をあげて、椅子から尻をはずすほど驚いた。芝居だとしたら上出来なほうだ。

「何度も言うとおり、正式な婚約をしたわけでもないし、私を引き止める権利は暁芳にだってありませんから、べつに文句も言わなかったし、分かってくれましたよ」

「ふん、やけにあっさりしたもんだな。女が全部、そんなふうに物分かりがよければ、男は苦労しないがね」

康は皮肉を言ったが、それが精一杯で、これ以上追及するには手駒《てごま》不足だ。浅見に「どうします？」と訊いた。

「ずいぶんいい家に住んでいますが、そのことを訊いてみてください」

康が代弁すると、陳は得意そうに「日本で稼ぎましたから」と背を反らせた。

「けっこう貯金があったし、中国は日本と比較にならないくらい物価が安いので、私でも自分の家が持てるのです。それに足りない分は社長が助けてくれました」

「いくら物価水準が違うといっても、住宅はそれなりの価格がするはずだ。あの家はいくらぐらいしたのか？」

「百万元ぐらいです」

「百万！……」と、康は目を丸くしたが、日本円にすると千四、五百万程度だ。そのくらいなら浅見はともかく、日本のサラリーマンでも買えるかもしれない。

## 2

翌日、陳の名刺に印刷されている「世界遊友商務株式公司」上海本社がある、外郎家橋街に向かった。外郎家橋街というのは旧上海県城の東、黄浦江とのあいだにある街だ。

上海の地図を開くと、「南市区」というところに歪《いびつ》な円を描く道路があることに気がつく。円の中に縦横に道路が走っているから、亀の甲羅のように見える。この円形がかつての城壁の名残である。十六世紀に作られ、二十世紀に入って間もなく撤去されるまで、壮大な城壁が上海市街を守っていた。

この亀の甲羅地域の一隅には上海随一、中国の史跡文化財の中でもトップクラスの「豫《イエ》園《イエン》」がある。現在、この旧城内地域は「豫園エリア」と呼ばれ、史跡保護地区に指定されている。高層ビル群がどんどん増える中で、近代化の波を見えない城壁で防いでいるかのように、円形の道路の内側には昔のままの佇まいを見ることができる。

城郭の北側には租界が広がって、外灘の景観が生まれたのだが、東南側の黄浦江とのあいだの地域には、かつては城内に入りきれない、あまり裕福でない市民の住居や商店などが展開していた。それだけに、体制に取り込まれない自由で雑駁《ざっぱく》な気風が漂う街としての歴史がある。近代的なビルが建っても、住む人が変わっても、そういう気風はなかなか変わらないものだ。

世界遊友商務株式公司本社の入っているビルは十五階建て、浦東地区の高層ビル群に比べると、かなり見劣りがするが、この辺りでは新しい建物に属す。そのビルの五階が「世界遊友」のオフィスだった。

ドアを開けると二、三十人ほどの社員がデスクを並べていて、その奥に両開きのドアがある。いちばん手前にいる若い社員が見知らぬ三人連れの客を見とがめるように立ってきた。康が警察の人間であることと、「社長さんに会いたい」と告げると、当惑げに「いま出掛けています」という答えが返った。

「陳建鋼さんのことで、聞きたいことがあるのだが。社長さんの代わりの人でいい」

「少し待ってください」

若い社員は奥のドアの向こうから、年配の小柄な男を連れてきた。総務関係のセクションの幹部か、いずれにしてもある程度は責任のある人間なのだろう。

康警部はその男としばらく言葉を交わしていたが、苛立たしそうに振り向いた。

「陳建鋼は最近になって日本から新天地のあの店に赴任したので、本社の人間は誰も知らない、社長がいないと、何も分からないと言っているのですが」

「社長は何時頃戻って来るのでしょう?」

浅見が訊いた。

「それもさっぱり分からないらしい」

「しようがないですね」

　おそらく社内には、何事によらず箝口令《かんこうれい》が敷かれているのだろう。少なくとも「余計なことは喋《しゃべ》るな」ぐらいのことは言われているにちがいない。そういう秘密めいた胡散臭さが、このオフィスの空気から感じ取れる。社員の服装はまちまちで、稀《まれ》にジャケットにネクタイというのもいるが、黒いシャツに革ジャンパー、上下ともジーンズ、中には半袖《はんそで》のTシャツ姿の者もいる。少し規模の大きな暴力団事務所といった雰囲気だ。

　そこに屯《たむろ》する連中の誰もが、視線は向こうに向けたままだが、明らかにこっちの様子を意識して、何となくとげとげしい気配を発散している。

　押し問答をしていても埒《らち》があかないので、三人は諦《あきら》めてオフィスを出た。

「さて、どうしますかね？」

　康は時計を気にしながら訊いた。いくら好意的な彼でも、日本の警察から正式な国際手配や捜査依頼があったわけでもない事件に、あまり長くかかずらっているわけにもいかないのだろう。浅見は礼を言い、ホテルまで送ってもらって、そこでひとまず解散することにした。

　ホテルの玄関前で車を降りる時になって、「あ、そうそう」と康は思い出した。

「昨日の例の件は廖氏のコネを使って上のほうに通じておきました。すぐに結果が出るかどうかは分かりませんが……このことは田丸さんには？」

「いいえ、まだ詳しいことはお話ししていません。公安局の様子がはっきりしてからと思っていました」

「井上氏のことですか？」

田丸が察して言った。

「そうです。さっきお電話した時にちょっと言いかけたのですが、井上さんに公安局のほうからもういちど事情聴取をしてもらうよう、康さんにお願いしたのです」

「必ずそうなるかどうかは分かりません」

康はまだ半信半疑の様子だ。

二人と別れてフロントでキーを受け取る時に、曾亦依の伝言を渡された。そういえば亦依とは昨夜来、連絡が取れていなかった。メモには電話番号だけが書いてある。プリペイドの携帯電話を買ったらしい。

部屋に戻って電話すると、「ああ浅見さん、よかった」と、いつも電話を待ちわびている須美子と同じような声を発した。

「何かありましたか？」

「そうじゃないですけど、連絡がつかないと心配です。昨日から、どこで何をしていたのですか？」

何となく、遊び歩いていたのでは——と疑うような口ぶりなので、浅見は電話のこっちで苦笑した。

「いろいろと忙しく働いていましたよ」

康警部と一緒に廖氏を訪問したことと、陳建鋼に会い、世界遊友商務株式公司を訪ねたことを話した。

陳が殺された賀暁芳と付き合いがあり、戸塚警察署の捜査本部で「本命」として追っている人物であること。その陳が新宿で勤めていた会社が世界遊友商務であり、その本社が上海にあること。事件発生直前、陳は上海に舞い戻って、現在は新天地の喫茶店でマネージャーをやっていること……ただし、橋本刑事課長が、亦依を容疑者に擬していたという話はしないでおいた。

「すごい！……いつの間にか、もうそこまで調べ上げているなんて、やっぱり浅見さんて名探偵なんですね」

亦依は感動の声を上げて、浅見を照れさせた。女性はどうも感情の起伏が激しい。

「私は昨日、暁芳の家を訪ねました。お母さんに泣かれて、困りました。日本に行く時には一緒に元気に出掛けたのにって……そんなこと言われてもねえ」

「賀さんからお母さんのところに、手紙など事件に関係するような連絡はなかったのでしょうか？」

「さあ、どうかしら……あ、それ、訊けばよかったんですね。早く逃げだすことばかり考えていて、ちっとも気がつきませんでした。もういちど行ってみます。そや、浅見さんも一緒に行きましょう、そのほうがいいです。これから迎えに行きます」

一方的に宣言して電話を切った。中国人の気質なのか、それとも亦依特有の癖なのか、彼女はこうと決めたら即決し、即行動に移るところがある。ああいう女性と結婚したら一生、尻を叩かれ煽《あお》られっぱなしだろうな——と思う。

賀暁芳の家は曾家からそう遠くない。繁華街の裏手の侘《わび》しい集合住宅——中国では「老《ロウ》房子《ファンツ》」と呼ぶのだそうだが——というのもよく似た生活環境だ。暁芳の父親は、彼女が幼い頃に死別した。一人いる姉がマッサージの技術を習得して、小さな店を開いているそうだ。母親もレストランの雑用係をしているのだが、娘の悲報を聞いて以来、体調を崩して臥《ふ》せりがちだという。

それでも遠来の客を迎え、こざっぱりした身なりを整え、お茶と月餅《げっぺい》のような菓子でもてなしてくれた。

「暁芳はここ一年ばかりは電話もくれなかったし、たまに手紙があるだけだった」

母親は辛《つら》そうに語る。

「日本でどうやって暮らしているのか、いつも心配ばかりしてたわねえ。あの子は亦依さんと違って、勉強も得意ではなかったし、美人でもなかったし……」

「そんなことないですよ」

亦依はほとんどムキになって言った。

「学校の頃、私なんかより、暁芳さんのほうがもてていました」

「それはそうだけど、付き合っているのはいつも不良ばかりだったよ。亦依さんと一緒に日本へ行ってくれるって聞いた時には、ああよかった、これで悪い仲間との縁が切れると思ったもんだ」

そういう会話の骨子を、亦依はときどき浅見に通訳する。

「暁芳さんからの手紙が手元にあるかどうか、訊いてください」

浅見に催促されて、亦依はようやく本来の目的を伝えた。暁芳の母親は手箱の中から大切そうに取り出してきて、テーブルの上にそっと置いた。

手紙は三通あった。もちろん中国語で、パソコンで書かれたものだ。暁芳は悪筆を気に病んでいたから、パソコンの習熟が早かったらしい。亦依が手紙を読んで、通訳した。

最初の手紙は去年の秋に出されたもので、国慶節を祝う文章が綴《つづ》られていた。母親の誕生日もちょうどその頃で、併せて「おめでとう」という内容の通り一遍のものだ。別便で誕生日プレゼントを送ると書いてある。

ところが、母親に訊くと、実際には何も届かなかったそうだ。

中国の郵便小包は郵便局から直接配達されるのではなく、通知がきて、局まで取りに行くシステムである。その通知がこなかった。「途中で何か事故でもあったのだろうって思った」と、母親はあまり気にしていないらしい。

かつての中国では国内郵便でもそういう事故は珍しくなかった。まして外国からの小包が届かなくてもいちいちめくじらを立てることはないというのだが、「改革開放前のことは知らないけれど、いまはもう、そんなことはないですよ」と亦依は呆《あき》れている。

二通目の手紙は去年の暮れの日付で、とても順調で幸せであるという現況報告と、日本の正月休みは短いから帰国できないけれど、旧正月には帰りたい。もしかするとそのままずっと上海に住むことになるかも——といった内容だった。

そうして最後の手紙は二月七日の消印があるもので、「もうじき上海に帰ります。お金を沢山持って帰ります。いろいろ苦労したが、ようやく幸せになれそう。お母さんにも楽をさせて上げます。弋さんは元気ですか。いま、陳建鋼という人と付き合っていて、たぶん結婚すると思います。お母さんも早く孫の顔を見たいでしょう。いちど陳さんの実家に挨拶《あいさつ》に行ってください」などと書いてある。

陳家の住所も書いてあるのだが、母親に訊くと、まだ訪問する機会のないまま、悲劇を迎えてしまったそうだ。

どの手紙にも共通しているのは、現在がとても幸せであるという点だ。とくに最後の手紙は良いことずくめ。賀暁芳は希望と幸福感を抱えて祖国に帰る日の近いことを確信していたのだろう。それが一転して悲劇的な最期を迎えた。

「事件を予感させるような文章は、何も書いてありませんか」

「ええ、何もありません。すごく幸せそうなことばかりです」

上辺《うわべ》は幸せそうでも、実際は何か切羽詰まった事情があったかもしれない。

浅見は亦依の手から手紙を受け取り、紙背に徹すような目でしばらく眺めた。もちろん漢字だけの手紙で、しかも見慣れない「簡体字」が頻出しているから、漢文には多少、自信があるつもりの浅見にもちんぷんかんぷんだ。宛名書きの肉筆を見れば漢字の国の人間にしては文字が下手なのは一目で分かるが、亦依が日本語でこっそり解説したところによると、文章もあまり上手くないらしい。

解読を諦めて便箋《びんせん》を折り畳み、封筒に収めようとして、ふと気がついた。封筒のいわゆるベロの部分に、不自然な皺《しわ》がある。いったん糊付けしたのを湯気で無理に剝がした時にできる痕跡《こんせき》のように見えた。一度封をしたあと、書き損じを思い出したのだろうか。念のためにほかの二通も確かめた。それらには開封された形跡はなかった。

「中国では私信の検閲が行われているのでしょうか?」

「えっ、どういうことですか? 大昔ならともかく、現代の中国でそんなことはありませんよ」

憤然とする亦依も、浅見から理由を聞き、封書を見て「確かに」と納得した。

「そしたら、誰かが暁芳の手紙を開封したっていうことですね」

「現実にその形跡があるのです。暁芳さんの手紙は何者かの検閲を受けていたことは確かです。中国国内に入ってからの検閲ではないとすると、投函する前の段階でチェックされていたのでしょう」

「だけど、どうして？」

「一般的にいえば、組織や人間にとって都合の悪いことが書かれていないかどうかを確かめる目的で検閲が行われます。暁芳さんもそういう環境に置かれていた可能性はありますね。たえず誰かに監視されていて、手紙を出す自由もなかったとか」

「じゃあ、この陳建鋼ですね。陳が検閲したということですか？」

「陳氏がそうかどうかは分かりません。かりにそうだとしても、陳建鋼個人ではなく、あくまでも何かの組織の一員として監視をし、検閲をしたのでしょうけど」

いずれにしても、そういう観点に立って、改めて手紙を読みなおすと何か新しい発見があるのではないかと浅見は思った。しかし亦依はいくら文面を読み返しても何も見えてこないという。

「そうだとすると、陳建鋼と結婚するかもしれないと書いてあるのが、気にはなりますけど」

「そうですね。もし陳氏がこの手紙を検閲したのだとすると、彼は自分のことを書いた内容を見過ごしたわけです。それにもかかわらず犯行に及んだのは、容疑が自分に向けられることを恐れなかったのでしょうか。ちょっとおかしいですね」

言いながら、ほかにもおかしなところに気づいた。

「陳さんの実家の住所ですが、こういう書き方もあるのですか？」

浅見は［荊州路××升］の［升］の字を指さした。

「実際はこうのはずですが」

メモ帳に［弄］と書いて、「弄を升と書く場合もあるのですか」と訊いた。

「いいえ、弄は弄です。簡体字ではないし、升とはぜんぜん意味が違いますよ。単なる間違いでしょう」

「そうですかねえ、そんな間違いをするものかなあ……」

浅見は急に重苦しい胸騒ぎに襲われた。しばしば起こる現象で、何かを着想する前触れのようなものだ。

「これは単純な間違いではなく、暁芳さんが故意に間違えたという可能性はありませんかね」

「えっ？　わざと……ですか？　どうしてそんなことをする必要があるのですか？」

「手紙が検閲されていることに気づいて、検閲の網をくぐり抜けようと考えた……というのはどうでしょう」

「というと、暗号みたいなものですか？」

「そうかもしれないけど……」

もう一度、手紙の全文を子細に眺めた。漢字ばかりというのがとっつきにくいが、それだけに意味に囚《とら》われず、冷徹な目で、無機質な文字の羅列として眺めることができる。亦依に言わせると文章は下手だそうだが、暗号文ではないか——と疑ってかかると、その下手さ自体に何か意図があるのではないかと思えてきた。

「［弄］とするべきところを［升］と間違えたなどというのは、文章の上手下手以前の問題じゃないですかねえ。［弄］から［王］を取ったことに、何かの意図を感じませんか」

亦依は「はっ」と胸を衝《つ》かれたような表情を見せた。

「この［孫］という字も変でしょう。その字だけ、書体をゴシックにしているのも気になります。［王］と［孫］から連想されるものがあるせいかもしれませんが」

「王孫武《オウソンブ》……ですか」

亦依は絞り出すような声で、父親が「殺した」被害者の名前を言った。

「だけど、偶然ということも考えられるのではありませんか。暁芳がお孫さんのことを書いたのも、ごく自然ですし、それに、［武］という字がないじゃありませんか」

「いやパソコンで書体を変えるのは、偶然ではありえませんよ。それに［武］の字もちゃんとありますよ」

「えっ、どこにですか？」

「この［弋］さんという人に心当たりがあるかどうか、暁芳さんのお母さんに訊いてみてください」

「さあ、そんなおかしな名前の人はいないと思いますけど」

首をひねりながら、亦依は暁芳の母親に確かめた。

「やっぱり知らないそうですよ。何かの字と間違えたのじゃないかって言ってます」

「しかし、間違える理由がないでしょう。そうではなく、暁芳さんはわざとこの字を使ったのですよ、きっと。もう一つ気になるのは［正］という字です。［孫］と同じように書体を変えている。［弋］の字と組み合わせると［武］になります」

「あっ、ほんま……」

驚いた時に思わず出る関西弁が、亦依の口から漏れた。しばらくそのままの表情で手紙を見つめて、「だけど、どうして？」と浅見を振り向いた。

「暁芳が王孫武のことを、どうしてこんなふうに、暗号みたいにして手紙に書かなければならなかったのですか？」

「さあ、なぜですかねえ」

浅見は微苦笑を浮かべた。賀暁芳と王孫武に接点があるなどとは想像もしていなかったことだ。いったい彼らのあいだに何があったのだろう。

## 3

王孫武が日本へ行ったかどうかは、すぐに調べがついた。王は二月二日に浦東空港から日本へ向かっていた。成田空港から先の足どりを辿《たど》るには、多少の時間がかかるだろうけれど、東京へ行き、新宿へ行った可能性は十分、ある。また、王が上海に戻ったのは二月五日であることも判明した。

浅見は康警部から提供された王孫武の指紋を、戸塚署の橋本刑事課長にファックス送信した。それと賀暁芳の部屋に遺されていた指紋の中に、一致するものがなかったか、確認してくれるよう頼んだ。

橋本からの回答は翌日の朝、届いた。予想したとおり、それまで不明とされていた指紋のうちじつに十三個までが、はっきり王の指紋と一致することが分かった。王は暁芳の部屋を訪問しただけでなく、トイレやベッドなど、かなり広範囲に「活動」していたことが証明された。

「念のために、あらためてマンションの聞き込みをやったところ、きわめてあやふやではありますが、それらしい人物を目撃したという話も出てきました。二月初旬という程度の記憶で、人相風体等もはっきりしないのですが、年齢だけはほぼ該当しそうです。ところで、いったいそいつは何者ですか？」

「王孫武氏は上海の大学教授ですよ。いや教授だったと言うべきですが」

「というと？」

「王氏は半月ほど前に殺害されました」

浅見が王孫武殺害事件の経緯を話すと、橋本は驚いてしばらく声が出なかった。

「つまり、賀暁芳の死体が発見された時点では、王孫武は殺されていたわけですか」

「そうですね。しかも、賀さんの死体の第一発見者である曾亦依さんの父親・曾維健《イケン》という人が、王さん殺害容疑で上海公安局に逮捕されています」

「えっ、えっ？　どういうこと？　何だってまた……動機は何だったのです？」

橋本は混乱したような声を発した。

「動機とは、王さん殺害の動機ですか？　いや、曾維健さんは無実ですよ。明らかに公安局の誤認逮捕です。じつは僕はその事件を解決するために上海に来ました」

「えっ、そうなんですか、それで上海へ……うーん、驚きましたなあ……まあ、無実かどうかはともかくとして、二つの事件はどこかで繋《つな》がっているってことですか。それとも単なる偶然ですか？」

「分かりません。たぶん偶然だとは思いますが、もし仕組まれたものだとしたら、下手な推理小説よりよく出来た話ですね」

「そんな呑気《のんき》なことを言っている場合ではないでしょう。そっちの、何と言ったかな……曾さんの親父さんの潔白は間違いないのでしょうな」

「間違いなく冤罪《えんざい》です」

「それならいいですけどね。中国の警察はかなり強引だそうじゃないですか。浅見さんまでパクられるようなことにならなきゃいいが」

「ははは、それは心配ありませんよ」

「ならいいですがね……だけど皮肉なもんですなあ。死体が発見される前に殺されちまったってのはねえ……因果は巡るってやつですか。となると、賀暁芳殺害の犯人は、やっぱり王ですかね」

「さあ、それはどうでしょうか。仮にも大学教授ともあろう人が、すぐに足がつきそうな単純な罪を犯すとは、ちょっと考えられません」

「いや、そんなことはない。大学教授だろうと政治家の先生だろうと、やる時はやるもんです。ものの弾《はず》みみたいなこともありますからね。王がそういう趣味だったってことも考えられますよ」

「そういう趣味とは、サディスティックな……という意味ですか？　しかし、確か睡眠薬を注射しているのでしたよね。だとすると少なくとも、ものの弾みというようなことではないと思いますが」

「それはまあそうですがね」

「いずれにしても、王孫武氏が賀暁芳さんと会っていたのなら、それ以前に出国した陳建鋼氏はシロということになりますね」

「なるほど、それだと、ウチとしては陳を追いかける手間が省けるわけだが……やっぱりホシは王じゃないのですかなあ。そうであってくれれば、いっぺんで楽になる。どうもね、中国人の犯罪というのは、これまでの常識では推し量れないところがあって、手に負えんのですよ」

　橋本の愚痴は正直な述懐なのだろう。ホシが陳であろうと王であろうと、どのみち追いかけてゆくわけにもいかず、中国の公安当局の応援を求める条件も整わないとあっては、手の出しようがない事件だった。

「王氏が帰国したのは二月五日なのですが、その二日後に賀暁芳さんは母親に手紙を出しているのですよ」

「ほうっ、じゃあ王は殺してないってことですか」

「いや、そうとも限りません。それだけを見れば、王氏は犯人ではないことになりますが、手紙を投函したのが賀さん自身ではなかったかもしれません」

「なるほど、共犯者がいますか」

「賀さんの手紙は投函される前に開封されていたフシがあるのです。手紙には賀さん本人の書いた日付はありませんし、そのことからいって、王氏が帰国した時はすでに賀暁芳さんは殺害されていて、手紙は王氏以外の何者かの手によって投函されたものと考えられます」

暁芳の死亡推定日時は概ね二月上旬であろうとされた程度で、厳密なものではない。最低温度に設定されたエアコンによって室内が異常なほど冷やされていたために、死後経過が特定しにくかったのだ。それにしても、曾亦依が訪ねて死体を発見するまで、およそ一カ月のあいだ誰一人、彼女の死に気づかなかったというのは、なんと寂しいことか。

それにしても、そもそも王が東京に何をしに行ったのかが問題だ。まさか若い女性を買うことが目的だったとは思えない。現在進行しつつある上海の開発事業に関係する何かの利権に絡んで、日本の企業体とコンタクトを取りに行ったものと思える。廖和安によると、王は目端の利いた男で、行政の若手エリートたちとのネットワークを持っているということだ。それを背景に、日本企業と上海の開発事業とを結び付ける工作のために訪日したと考えていい。

賀暁芳の死、それにつづく王の死は、その時の王の訪日と無縁ではないにちがいない。暁芳殺害は、王自身の犯行ではないにしても、暁芳と王とのあいだで何かがあって、そのことが事件の背景であり、その事件が後の王孫武殺害に繋がっていた可能性が強い。

浅見は王孫武が暁芳を「訪問」した事実を亦依に話すべきかどうか、迷った。亦依の親友を貶《おと》めることになるのもそうだが、それ以前に、若い異国の女性に面と向かってこの手の生々しい話題を持ち出すこと自体に抵抗を感じてしまう。

しかし、躊躇している場合ではなかった。浅見は思い切って受話器を取って、その事実を亦依に伝えた。

最初、亦依は思ったほど驚かなかった。すでに暁芳がそういう「職業」に就いていることを承知していたようだ。しかし、和華飯店の事件の被害者・王孫武が暁芳の「客」であった事実には仰天した。

「どういうことですか？　暁芳は王孫武に殺されたのでしょうか？」

やはりそういう疑惑に結びつく。王が中国に戻ったのは二月五日であり、暁芳の手紙のスタンプの日付が二月七日であったことを説明すると、浅見と同じようにその裏には何か作為があるのではないかと疑った。

「そのことはともかくとして、王氏と賀さんはその時が初対面――日本式に言うと『イチゲン』の客だったのでしょうかね。僕はそうは思えないのです。初めて会って殺してしまう……王氏はかりにも大学教授ですからね。そんな短絡的な犯行に走るはずはない。それ以前から付き合いがあったのではないでしょうか。たとえば大阪にいる頃からの知り合いとか」

ほんの仮説を言っただけだが、「あっ……」と、亦依は突然、大きな声を出した。

「そうやわ、あれは王さんやったんと違うかしら……」

また関西弁が飛び出した。

「何がどうしたんですか？」

浅見は驚いて、訊いた。

「暁芳と一緒に日本に行って、大阪に住んだ時、暁芳が就職したのは、たぶんクラブみたいなところだったと思うのですけど、そのお店を紹介したのが『王』っていう人だったんです。暁芳から、上海の人で、日本の中国人社会の業界にも顔が利く人だって聞いてました。その『王』さんが王孫武だって、考えられませんか」

「なるほど、あり得ますね。暁芳さんが勝手に店を辞めて行方をくらませたことを怒っていた王氏が、暁芳さんの居場所を探し当て、制裁を加えた……それならば王氏の背後にある組織の共犯関係も説明できます」

「組織というと、蛇頭とかですか？」

「そうですね、いろいろ考えられますね。康警部によると、蛇頭よりも巨大な『黒社会』というようなものが中国には存在するそうですよ。蛇頭はその一部だということです」

「ああ、その話は聞いたことがあります。じゃあ、王孫武もその黒社会の一員っていうことですか」

「おそらく。ひょっとすると、暁芳さんがいた会社も、べつの黒社会に関係があるのかもしれません」

「そしたら、私の父は黒社会に嵌《は》められたわけですよね。父を陥れたあの日本領事館の人も黒社会の人間ですか」

「いや、井上書記官は違うと思いますよ」

「なぜですか？　どうして違うって分かるのですか？」

「それは、たぶんそのことは今日の午後になればはっきりするでしょう」

浅見が予言したとおり、新聞記者の許傑から電話が入った。「中国のマスコミは報じませんが、先程、曾維健氏が釈放されました」と言っている。そのこと自体にはそれほど驚かなかったが、このホテルに居ることをどうやって突き止めたのか、不思議だった。

「ははは、日本の諺《ことわざ》に『蛇の道は蛇』というのがありますね。浅見名探偵の居場所くらい、すぐに発見しますよ」

許は笑ったが、急に声をひそめるようにして、「ただし、気をつけないといけません」と言った。

「王孫武氏には黒社会の人脈がありますからね。曾維健氏救出を実現したあなたに一矢を報いようとする不穏な動きもあるのです。くれぐれも身辺には注意してください」

新聞記事にできなかったにもかかわらず、忠告してくれる許に、浅見は友情を感じた。

その電話を切って間もなく、亦依が電話してきた。急《せ》き込んだ声で「浅見さん……」と言い、一瞬、喉《のど》を詰まらせてから、「父が帰ってきました」と言った。まだ昼前のことだ。廖和安の行政組織に対する影響力が、浅見の想像以上のものであることが分かった。

「ほんとに浅見さんの言うとおりになったんですね。これから両親と一緒にそちらへ行きます。待っていてください」

ロビーに下りて待っていると、三十分後には親子三人が現れた。

曾維健は丸顔の見るからに穏やかそうな風貌《ふうぼう》で、眼鏡の奥の目はいつも笑っている。ひどい仕打ちに遭ったというのに、元気そうだし、さほど傷ついたようにも、怒っているようにも見えない。初対面の挨拶を交わしてからそのことを言うと、「昔、もっとひどい目に遭いましたからね」と笑った。文化大革命の時のことを言っているのだろう。

維健はごく幼い頃に覚えた日本語の記憶があるという。「アリガト」と「コンニチハ」程度のもので、浅見が「謝謝《シェシェ》」と「你好《ニィハオ》」を知っているのと似たり寄ったりだ。亦依が巧みに通訳を務めた。

「日本総領事館の井上さんが、和華飯店で四階の廊下を、私と王氏が連れ立って歩いていたと証言したのは、思い違いだったと言ってくれたそうです。たぶん浅見さんがご配慮してくださったおかげだと思います。ありがとうございました」

亦依は「私の下手な翻訳では、父の感謝の気持ちは伝わらないと思いますけど」と付け加えた。

ちょうど昼どきだったので、ホテルの中華レストランに入った。簡単な飲茶料理だけだったが、いろいろな種類の餃子やスープ、饅頭等々を、維健の解説付きで勧めてくれた。上海蟹《がに》の季節でないことを、しきりに残念がっている。

「ところで、警察……公安局の調べはどういうものだったのでしょうか？」

浅見はかたちを正して、訊いた。

「それがじつに単純なものでしてね」と維健は首を傾げながら言った。

「公安は終始、私がその夜和華飯店で、王孫武氏と言い争っていたことと、その後部屋に行っただろうということを追及するばかりで、反論は受け付けないし、さりとて新事実を提示するわけでもないし、まことに芸のない取り調べでした。驚いたのは、釈放に際しても何も理由を明らかにしないつもりのようだったことです。私が少しゴネて問いただすと、井上書記官が証言を撤回したことを教えてくれただけで、さっさと出てゆけといった態度でしたよ」

相変わらず温和な表情で笑った。

「なるほど……」と浅見は頷いた。

「そういう結果になることは、最初から分かりきっていたはずです。公安局としても、井上さんの証言以外、容疑を裏付ける明確な証拠など何もなかったのですから」

「確かにそうかもしれませんが、尋問は単純だが厳しいものでした。肉体的な拷問はなかったが、精神的にはかなり参りましたよ。ふつうの神経の人間なら、やってもいない犯罪を自白させられたかもしれない。浅見さんの救出があと一日遅れていたら、私だってどうなったか分かりません」

曾維健はあらためて頭を下げた。

感謝されるのは気分がいいが、浅見は必ずしもそうは思っていない。井上領事館員が「勘違い」を申し出たことも含めて、もともと、曾維健逮捕に到る過程には相当な無理がある。曾を釈放せざるをえないことは、少なくとも公安局幹部のあいだではうすうす読めていた結末だったにちがいない。もしも当局が本気で取り組んでいたとすれば、いくら廖和安の働きかけがあったにせよ、そうそう簡単に釈放の運びにはならないだろう。

## 4

三時過ぎ頃、康警部から電話が入った。曾維健の釈放のことはすでに知っていた。

「やはり廖氏の力は大したものですね」

浅見が言うと、「いや、氏の力のせいばかりではなさそうです」と、意外なことを言った。

「捜査本部の刑事に聞いたところによると、再訊問に対して、井上氏は、あれは単なる見間違いかもしれない――と、いとも簡単に証言を翻《ひるがえ》しているのです。まるで再訊問を待っていたかのようだったそうですよ。とにかく浅見さんが言っていたようになったことは確かです。これで私の役目は終わりということになります。いずれ領事館の田丸さんからも連絡が入ると思いますが、とりあえず私のほうからの報告は以上です。また何かありましたら、遠慮なく言ってください。では失礼します」

浅見が慌てて「お世話になりました」と言ったのが間に合わないくらいの素っ気なさで、電話は切れた。

その直後、田丸三等書記官から同じ趣旨のことを言ってきた。浅見が曾一家の訪問を受けた話をすると、「あ、それではもう、私から申し上げることはありません」と、情報源も言わず、井上一等書記官が動いたのかどうかも明言は避けた。詳しい点については、正式に伏見総領事のほうからお話があると思うとのことだ。

要件を言った後、今夜の食事を誘ってくれた。六時半に迎えに行くと言い、少し口ごもって「あの、一人、女性を連れて行ってもいいでしょうか」と訊いた。「もちろんです」と言うと、「恐縮です。それでは六時半に参ります」と、電話の向こうで挙手の礼でもしていそうな声を出した。

田丸がやって来るまでの短い時間、浅見はパソコンに向かい、本来の目的である『旅と歴史』用の原稿に手を染めた。

井上と一緒に行った工場の取材を通して、日本企業の中国での展開のありようを紹介する文章に仕立てるつもりだ。資本投入だけではなく、中国の地元資本と協力する仕組みを築き上げ、新たな雇用を創出し、新しいマーケットを開拓してゆくやり方には、経済音痴の浅見にも共鳴できるものがある。ただし、そういったことはこれまでに経済評論家などがさんざん書いているだろうから、それだけではいまさらのようで物足りない。

そう思っているせいか、廖や康を通じて知識を仕入れた中国「黒社会」の影のようなものが、胸のうちに妙に燻《くすぶ》ってならない。見かけは華やかな新開発事業や高速交通網の建設などの背景に、文字どおりの「黒い社会」があって、得体の知れぬ怪物どもが蠢《うごめ》いているのが見え隠れするような気がする。

日本の高度成長を支えた国家規模の多くの事業が、ほとんど全てといって間違いがないほど、さまざまな形の利権が絡み汚職に塗《まみ》れていたのと同じように、社会主義国家の中国でも、改革開放の美名に隠れ、利権に群がり不善を為《な》す人々が存在するはずだ。

その人々が黒社会と結びついた状況を想像すると、空恐ろしくなる。

イタリアマフィアは、経済界はもちろん政界までもコントロールするほどの力を持つと言われるが、日本のヤクザだって、総会屋などと名を変え、大企業の懐に食らいついているし、政界にも影響力を及ぼしているのは、想像に難くない。

上海の発展は中国全土の中では、桁外《けたはず》れに突出したものだそうだ。都市部と山間《やまあい》の僻地とのあいだにある経済的文化的格差は、比較しようがないほどだという。

規律正しく、統制の取れた社会主義国家といえども、自由経済を導入じようとする時には、望むと望まざるとにかかわらずどこかに歪みが生じる。

その間隙《かんげき》に付け込むウィルスのように、悪しき賊どもが増殖し、跳梁《ちょうりょう》する。世界最大の国家、十数億の人民を抱える中国が、もしもマフィアに汚染されるようなことがあれば、地球全体が「黒社会」どころか「黒世界」と化してしまいかねない。

改革開放を推し進めながら、中国の為政者たちはそのことに最も腐心してきたにちがいない。経済は拡大し、社会資本も生活水準も確実に上昇しているけれど、穏やかな安寧の中で人民が等しく繁栄の成果を享受するのでなければ、国家の命題が達成されたことにはならないのだ。

日本企業にとって、中国が保有する広大なマーケットと膨大な労働力は魅力だ。逆に中国から見れば、外国資本の進出によって雇用の拡大と民生の向上が図れることは望ましいにちがいない。そういう持ちつ持たれつのバランスがつづくかぎり、日中両国の関係も良好なものでありうるだろう。

ともかく、リポートの書き出しはそんなふうにバラ色の将来を描きながら、浅見は意識の半分を「黒社会」に囚われている。リポートのどこかで、いつか必ずそのことに触れ、辛口の論評を加えないではいられなくなりそうな予感があった。

六時を過ぎた頃、ドアチャイムが鳴った。田丸が来るにはまだ早い。ベッドメークかと思い、「はい」と返事してドアを開けた。廊下に曾亦依が佇んでいた。浅見は一瞬、彼女との先約がありながら、田丸とダブルブッキングしてしまったのかと錯覚した。しかしそんなはずはない。曾家の三人とは昼食を共にしたばかりだった。

「お父さんに何かありましたか？」

亦依の深刻そうな表情に、こっちまで影響を受けて、訊いた。

「いえ、あの……」

亦依は言いよどんで、廊下の左右に視線を送っている。浅見は気がついて、「まあ、どうぞ」とドアを大きく開いた。

「父のこと、ありがとうございました。昼間は両親がいて、あまりお礼を言えませんでしたので、あらためてお礼を言います」

部屋に入って、亦依は指先を膝《ひざ》辺りまで下ろし、これが昔の中国風なのかと思わせるように、深々と頭を下げた。

「ははは、そんなことでわざわざ来てくれたんですか。すっかりご馳走《ちそう》になって、もう十分以上にお礼をしていただきましたよ」

「浅見さんはそうでも、私の気持ちはすまないのです。浅見さんのこと、ひどく誤解していましたし」

「えっ、何かありましたっけ？」

「船の上で浅見さんは、十日間以内に父が戻る、おっしゃっていたでしょう。それを嘘だと思っていました」

「ああ、そのことですか。いや、嘘だと思って当然ですよ、急にあんなことを言いましたからね。そういう説明不足のところが、僕の悪い癖なんです」

「それは違います。浅見さんの素晴らしい才能を見抜けない私がばかなのです」

「ははは、参ったな、面と向かって素晴らしいなんて言われると、照れちゃいますよ」

「でもほんとにそう思います。こんなに凄《すご》い人、初めてです、憧《あこが》れてしまいます」

「ははは……」

浅見はジョークのように笑い飛ばそうとして、チラッと亦依の顔を見た時、彼女の深刻度がさらに増していることに気がついた。こっちを見つめる瞳《ひとみ》が窓のたそがれ色を映して、つややかに輝いている。自他ともに唐変木を認める浅見としても、これはもう只事ではない――と思った。

「えーと、そうだ、これから田丸さんと食事に出かけるところなのですが」

腕時計に視線を落として、言った。

「あ、そうだったんですか……」

亦依の表情が曇った。

「よかったら一緒に行きませんか。田丸さんは女性を連れて来るそうですから、ちょうどよかった。もし行っていただけるならありがたいのだけれど」

「えっ、ほんとに？」

とたんに笑顔になった。

ロビーに下りて待機していると、田丸は一人でやって来た。浅見の隣に亦依が寄り添っているのを見て挨拶を交わしながら、（やっぱりね、彼も人の子か——）と安心したような顔になった。勝手にあらぬ想像を逞《たくま》しくしているのだろうけれど、解説するのもいまいましい。

「たまたま曾さんから電話があったので、一緒に食事をとお誘いしちゃいましたが、構わなかったでしょうか？」

「もちろんです。その前に曾さん、お父さんのことよかったですね、おめでとうございます。それにしても、浅見さんが言われたとおりになりましたねえ」

「ええ、ほんとに。田丸さんにもお世話になりました、ありがとうございました」

「いや、私は何の役にも立っていません。すべて浅見さんの力です」

「そんなことより」と、浅見は話題をはぐらかした。

「田丸さんのお連れの方は？」

「あ、すみません、ちょっと仕事で遅れるかもしれないと……」

振り向いた視線の先に、玄関を颯爽《さっそう》と入ってくる女性の姿が見えた。プロポーションから見て、中国人女性のように思える。「あ、来ました」と、田丸は女性を迎えに行って、連れ立って戻ってきた。第一印象どおり中国人女性だった。光沢のある明るいブルーの上着に、細かいストライプの入ったパンタロンを穿《は》いている。亦依もスリムだが、まだしもどことなくふっくらしているのに対して、その女性は贅肉《ぜいにく》をすべて削《そ》ぎ落としたような筋肉質を感じさせる。何かスポーツでもやっているかもしれない。

「ペー・リジエです」

田丸が照れ臭そうに紹介すると、女性は華奢《きゃしゃ》な手つきで名刺を出した。「裴莉婕《ペーリジエ》」という、日本語読みが難しい漢字の名前だ。日本語はほとんどだめとかで、田丸が説明したところによると、コンピュータ関連の会社に勤めているそうだ。亦依がその後を受けて何か話している。歩きながらけっこう話が弾んでいるところをみると、たがいに相手の生き方に興味があるらしい。

何はともあれホテルからタクシーで出かけた。

「いささか俗っぽいのですが、これぞ上海というところにご案内します」

田丸が言い訳染みた説明をした。外灘で車を降り、黄浦江の堤防につづく広大な黄浦公園を横切って観光船乗り場へ行く。竜船に乗って、黄浦江を遊覧しながら食事をしようという企画だと、説明を加えた。

船首に竜の頭を象《かたど》り、朱塗りの楼閣風に仕立てたかなり大型の観光船だ。三層のフロアには大小の部屋が仕切られ、四人は個室に入った。いつも満員で、個室が予約できたのは幸運なのだそうだ。パブリックな大部屋は家族連れやらお上りさんのグループやらで猛烈に賑《にぎ》やかだ。田丸が「俗っぽい」と言った意味がよく分かる。

供される料理は飲茶料理に毛の生えたようなものだが、船が桟橋を離れると、「これぞ上海」という風景が現出する。黒い川面越しに、バンドのライトアップされたビル群が視野いっぱいに広がる眺めは、息を呑むほどの迫力だ。浅見は「いやあ、とってもきれいですねえ」と、まさにお上りさんよろしく、手放しで褒め讃《たた》えた。

ビールとジンジャーエールで乾杯して、少し落ち着くと、田丸があらためて裴莉婕嬢の人となりを紹介した。莉婕はじつは元公安局職員だったそうだ。田丸が上海総領事館に赴任した頃に知り合い、それから間もなく現在の職場に転向した。集中的にパソコンを学び、ほとんど独学でグラフィックデザインのソフトも設計できるほどまでに精通した。

莉婕がいま、自分と同じ二十八歳であると聞いて、亦依は「すごいです」とため息をついた。上海で最も傑出した女性たちの典型的な姿だという。莉婕は莉婕で、亦依が日本で単身暮らし、法廷通訳として活躍していると聞いて尊敬している。

浅見が田丸に「恋人ですか？」と訊くと、田丸は柄にもなく赤くなって頷いた。

「私は結婚を前提に付き合っているつもりなのですが、彼女のほうはどうもそうではないらしい。最近は日本でもその傾向が強くなっているようですが、上海の女性も独り立ちして生きてゆくスタイルが流行みたいです。彼女のように成功した女性は、なまじの男より生活力も旺盛だし、実際、よく働きよく稼ぎますからね。私の任期はおそらくあと一年ぐらいしか残ってないので、それまでに何とか口説き落として、日本に連れて帰りたいのですが……」

とてものこと、そうできる自信はなさそうだ。

「浅見さんは曾さんとは？」

耳元に口を寄せて訊いた。

「ははは、ただの友人ですよ」

「本当ですか？」

自分が話題にされていると気づいたのか、亦依が「何か言いましたか？」と顔を突き出してきた。

浅見が「何でもない」と否定するのに、田丸は「浅見さんと曾さんは恋人同士かどうか、お訊きしたのです」とバラした。

「違いますよ」と、亦依は必要以上にムキになって、口を尖《とが》らせた。

「恋人なんかじゃありませんよ。ねえ、違いますよね？」

まるで短刀を突きつけるように、浅見に訊いた。そんなふうにまともに訊かれると、どう答えるべきか当惑する。

「もちろん、違います」

浅見は正直に答えたのだが、自ら「違う」と否定していたくせに、亦依の顔には失望の色が濃厚に浮かんだ。

一時間半程度のクルージングを終えて岸壁に下りたって、黄浦公園を散策することにした。照明塔がいくつも建っているから、足元も明るく不安はない。石畳の遊歩道には、さっきの遊覧船の延長のような人々が右往左往して賑やかだ。

「スリがいるので、注意してください」

田丸に言われて、あらためて周囲を見回したが、平和そのもののような風景の中の、どれがそういう連中なのか見分けがつかない。圧倒的に若いカップルが目立つ。こっちは四人ひと組だが、いつの間にか二つのカップルが少し離れて歩く。田丸は莉婕を口説くことに気を取られているのか、どうしても浅見たちより遅れがちになる。

「田丸さんには気の毒だけど、莉婕さんは結婚する気はないですよ」

亦依がこっそり教えてくれた。莉婕にとって、いまは仕事に熱中することが人生そのものなのだそうだ。現在の会社で彼女は重用され、同年齢の女性の倍以上の給料を貰《もら》っている。しかしそれでは満足できず、近い将来、独立して事業を興すのが夢らしい。

「いまの上海には、そういう女性が増えているのです。男性より女性のほうが積極的ですし、ビジネスチャンスも多いです。でも、成功するのはとても難しい。莉婕さんはたぶん成功しますけどね」

意識が背後に向きかけた時、田丸が「危ない！」と怒鳴った。振り向くと、視野の右隅に男の姿が急接近してくる。浅見は反射的に亦依の前に立ちはだかって身構えた。

べつに武術の心得があるわけではないが、突っかかってくる男の腕を咄嗟《とっさ》に両手で摑んで右方向に投げ捨てた。かすかに右腕に痛みが走ったが、それよりも第二撃に備えるほうに夢中だった。

しかし男は投げられた勢いのまま、転がるように逃げ去った。田丸が追いかけたが、すぐに群衆の中に紛れ込んだ。周囲に野次馬が立ち止まることもないくらいの、ほんの一瞬の出来事だった。

戻ってきた田丸に「大丈夫ですか？」と訊かれて、浅見は初めて右腕から出血していることに気がついた。長さ一センチほど血が滲《にじ》んでいるだけで、傷そのものは大したことはなかったが、それ以前に男が刃物を持っていることにも気づかなかったから、あらためてゾーッとした。もし分かっていたら、あんなに簡単に腕を取りにゆくことはしなかっただろう。もっとも、躊躇していれば、ひょっとすると腹部辺りに一撃を食っていたかもしれない。

「浅見さんも、なかなかやりますね。さっきのは合気道ですか」

田丸が感心した。亦依も見直したような顔をしている。

「いや、無我夢中で投げただけです。田丸さんが声をかけてくれなければ、完全にやられてましたね」

「確かに危ないところでした。ただのスリでなく、強盗傷害の常習者だったようです。かなり悪質なやつだ」

「盗みではなく、最初から殺すことを狙ったとは考えられませんか」

「えっ、まさか……」

「何となく殺意のようなものを感じました。それに、僕は盗まれるような物を何も持っていませんしね」

「しかし、何だって殺しを？」

「さあ……怨恨《えんこん》によるものとは考えられませんから、ただの通り魔でしょうか？」

「もしかすると」と、亦依が言いだした。

「私を狙ったのかもしれません」

「まさか……」と、今度は浅見と田丸が同時に否定したが、亦依は「でも、襲われそうなのはショルダーバッグを持っている私だけでしょう」と主張した。

何も言わなかったが、許に「忠告」されていたこともあって、暴漢の素性については、浅見に心当たりがないわけではなかった。王孫武の死に激昂している連中にとって、「犯人」であるはずの曾維健が釈放されたことは不愉快この上もないだろう。暗殺のターゲットは曾の身内であれば浅見でも亦依でもよかったにちがいない。事実、あの男が伸ばした腕の先は、浅見の斜め右後ろにいる亦依を目指していた可能性も確かにあった。ナイフの先がわずかに右へ逸れていたから、容易に腕を取ることができたとも考えられる。

しかし浅見はあえて「まさか」と笑い捨てることにした。

# 第五章　暗中模索

## 1

黄浦公園と外灘のビル街のあいだには「中山東一路」という片側四車線の道路が横たわっている。おそらく中国国内で最も交通量の多い道路だろう。バス、乗用車、トラックなどがひっきりなしに行き交う。この道路を渡ろうとしたら、黄浦江を泳いで渡る以上に決死の覚悟を要する。

黄浦公園側からビル街側へ渡る横断道路はなく、地下道を利用しなければならない。何カ所かに地下道があるらしいのだが、横断する人間が多いので、必然的に階段も地下道内も混雑する。中国人全体に敷衍《ふえん》して言うのはどうかと思うが、お上りさんの多いこの辺りの人たちのマナーは、決して上等とは言いがたい。唾《つば》は吐くし物は捨てるし、歩き方にしても傍若無人だ。その上にスリはもちろん、さっきのような暴漢にも気を配らなければならないから、かなり疲れる。

上海市では条例を制定して、唾吐きや物捨てを処罰の対象にすることが決まったそうだが、地方から来る人たちの意識にまで浸透するには、しばらく時間がかかるのだろう。

地下道を抜けると、すぐ近くに和華飯店があった。「お上りさん」の定番コースには、地下のクラブで貴老爵士楽団の演奏を聴くひとときが欠かせないということで、田丸は抜かりなくテーブルを予約しておいてくれた。クラブは相変わらずの人気で、ほぼ満席に近い混みようだった。

前回は亦依《イィ》の父親を冤罪《えんざい》に陥れた王孫武《オウソンブ》殺害現場を見る目的があったから、のんびりした気分にはなれなかったが、今回は違う。ダブルカップルの四人は、それぞれに飲み物を注文して、田丸の言う「これぞ上海」のよさを満喫した。

音程が妙に頼り無い、貴老爵士楽団の演奏が始まると、極端に光量を落とした店内は、テーブルの上の赤い蠟燭《ろうそく》のほの明かりがゆらゆらと浮かび上がり、妖しげな雰囲気で満たされる。これで長煙管で阿片でも吸えば、一九〇〇年前後の「魔都」時代が再現されるのかもしれない。

浅見が感じるまま、その話をすると、田丸は真面目な顔で「上海は、いまでもそうなる可能性を秘めている街ですよ」と言った。

「上海市公安局のデータによると、この数年間に、薬物取引に関係する事件の摘発が急激に増加しているというのです。ヘロインや覚醒剤系《かくせいざいけい》の従来の薬物に加えて、『揺頭丸《ヨウトウワン》』という、いつまでもいい気分で踊っていられるところから、中国ではそう名付けられた『エクスタシー』など、欧米から入ってくる新種の薬物も広がっています。それどころか、これまでは薬物に関しては、外部から流入してくる消費市場でしかなかった上海の郊外で、ヘロインを密造している工場が摘発されるという、センセーショナルな事件まで発生しました」

やけにお固い話になったので、女性二人は男どもから遠ざかるように寄り添って、ファッションか何かの話題に耽《ふけ》っている。

「その工場は一見、何でもない町工場のような佇《たたず》まいだったそうです。逮捕されたのは台湾人を含む四人で、即刻、死刑と無期懲役の判決が出ましたけどね」

「そういう事犯がお膝元《ひざもと》で発生したという事実があっては、上海市公安当局のプライドはいたく傷つけられたでしょう」

「もちろんですが、しかしこんなことは氷山の一角に過ぎないのです。急速に自由化が進み、経済活動が発達すれば、貧富の格差が拡大して不公平感がつのり、その結果、必ずどこかで規律が緩み、違法行為が蔓延《まんえん》するようになりますよ。最も恐ろしいのは、行政組織や公安当局そのものが汚染され、自ら不正を行うようになることです。日本の警察でも、捜査費用と称する使途不明金が俎上《そじょう》にのぼったりしている。情報公開が法で保障されている日本でさえ、そういうことが慣例として見逃されてきたのですからね、日本など問題にならないくらい閉鎖的な中国の実情がいかなるものか、想像に難くありません。われわれも、他山の石として襟を正さなければならないのです」

田丸は警察の人間らしく、自らを律する姿勢が爽やかで小気味がいい。

裴莉婕《ペーリジェ》がついに我慢ならないとばかりに、田丸に何か抗議した。田丸は慌てて謝り、浅見に笑いかけながら「もっと面白い話をしろと怒られました」と言った。この調子では、やはり亦依の言うとおり、二人の行く末が思いやられる。

確かに莉婕や亦依を見るかぎり、中国の女性は自己主張が強く、物事をはっきりと言う逞しさがある。中国の男たちのあいだでは、「中華料理を食べ、日本女性を妻にして、アメリカで暮らす」というのが理想とされているそうだが、納得できる。

四人は気分を新たに乾杯をして貴老爵士楽団に向き直った。田丸は早速、莉婕に「面白い話」をし始めたようだ。そう言われても、浅見にはにわかに方針を変えるような器用な真似《まね》はできない。亦依に受けそうな話題を模索しながら、ぼんやり楽団を眺めていて「あっ……」と気がついた。

「何か？」と、亦依がリスのような目をこっちに向けた。

「あのジャズマン……そうだったのか、ここで見たのか……」

驚きと同時に、笑いがこみ上げてきた。

「どうしたのですか？」

亦依が不思議そうに訊《き》く。

「ほら、あのバンドのメンバーですよ。アルトサックスを吹いている」

「えっ、ああ、あの人がそうなんだ」

亦依は納得したように頷《うなず》いたが、これは浅見には思いがけない反応だった。

「えっ……曾さん、彼を知っているんですか？」

「ううん、知りませんけど、父の知り合いがここのメンバーにいるっていうことは聞いていました」

「そうなんですか……」

浅見はあぜんとした。

「あの人がどうかしたんですか？」

「いや、なんだか頼り無い演奏だと思ったものだから」

浅見はまともな答えを避けた。

「悪いですよ、そんな言い方。みんなけっこうお年寄りなんだから」

「そんな歳じゃないでしょう。それより、王氏の事件があった夜、彼も当然、出演していたでしょうね」

「ええ、たぶん」

「警察はここのクラブの連中に、ひととおり事情聴取をしていると思うのだけれど、バンドのメンバーはどうだったのでしょう」

「それは訊いてますよ、きっと」

「彼は何て答えたのかな？　それに、事件が起きた時、どこにいたのだろう？」

「えっ、えっ？　それって、何か？……」

　亦依は急に不安そうな表情になった。

　その時、演奏が一段落ついたのか、バンドマンたちは休憩に入って、ステージから去って行った。

「田丸さん、お話し中失礼します。ちょっと付き合ってくれませんか」

　浅見は声をかけ、席を立った。田丸は何事か──という顔で、ともかくもついてきてくれた。トイレにでも誘われたと思ったかもしれない。二人は狭苦しいテーブルのあいだを泳ぐようにして出口へ向かった。

「ドアマンに、さっきのバンドの連中はどこで休憩するのか、訊いてください」

　田丸は意図を測りかねたまま、浅見に言われたとおりに質問した。

「ロビーで煙草を吸っているのではないかと言ってます」

　ドアを出て、階段を上がったところに、公衆電話のボックスが三つ並んでいる。そこからロビーの広い空間を挟んだ玄関近くに、肘掛《ひじか》け椅子《いす》と長椅子がいくつか組み合わされて置いてある。曾維健《ソウイケン》と王孫武《オウソンブ》が口論をしているのを目撃されたのはこの辺りとされていた。

「ああ、あそこにいますね」

そのロビーの長椅子に、バンドのメンバーが三人、腰を下ろして寛《くつろ》いでいる。田丸が行きかけるのを抑え、浅見はさり気ないふりを装って、彼らの様子を窺《うかが》った。

そのうちに、メンバーの二人が煙草を吸い終えて立ち上がり、トイレのある方角へ向かった。「行きましょう」と、浅見は田丸の腕を取って歩きだした。その時になって田丸も気がついた。

「あっ、彼は陳《チン》の父親じゃないですか」

「そうなんですよ、陳正栄《セイエイ》です。このあいだ会った時、どこかで見た顔だと思ったのですが、思い出せなかった。バンドマンの恰好《かっこう》で見違えたでしょう」

二人は陳建鋼《ケンコウ》の父親を挟むように、長椅子の両サイドに坐った。陳正栄はすぐに相手の素性を察知して、反射的に立ち上がった。その肩を押さえるようにして、田丸が「ちょっといいでしょう」みたいなことを言ったようだ。陳はすぐにおとなしくなって、怯《おび》えたように腰を下ろした。

「どうするつもりですか?」

田丸が浅見に訊いた。

「井上さんとはどういう関係か、訊いてみてください」

「井上？　領事館の井上ですか？」

田丸は驚いたが、浅見の笑顔を見て、質問した。陳はボソボソと答えた。

「二、三年前からときどき見える日本人のお客さんだそうですよ」

「曾維健さんとはどうですか？」

その質問にも、やはりお客として知っているという答えだった。さらに「王氏とは？」の質問には、少し長めの応酬があったが、結局、田丸は浅見に首を横に振った。前の二人よりは馴染みのお客であるという以上には特別な付き合いはないそうだ。

さらにその後も質問は重ねられたが、大した収穫には結びつかない。王孫武が殺された時はたぶん演奏中だったと言い、事件のことを知ったのは、翌日になって、テレビのニュースが流れた時だということだ。

「事件後、公安局の連中が来て、ひととおり聞いて行ったようです。妙に尋問慣れしたような感じですね」

ついに、王孫武の事件に関しては訊くことが尽きて、田丸がお手上げのポーズをしてみせた時、浅見は最後の切り札を出した。

「賀暁芳《ガシヨウホウ》という名前を知っているかどうか、訊いてください」

「はっ？」と、田丸は一瞬戸惑ったが、すぐにその意図を察してメモ帳に「賀暁芳」と書き、それを陳に突きつけた。

陳はひと目見て「勿暁得《ウアショウデ》（知らない）」と言い、身震いするように細かく首を左右に振った。しかし言葉とは裏腹に、その否定する動作は、むしろ知っていることを強調している。根が警察官の田丸にはそれがピンときたようだ。

取調室の尋問のように、やや声を荒らげて「知っているだろう？」と追及した時、バンドの仲間が陳を呼びに来た。黒服の男を伴っている。演奏時間が迫ったからなのだろうけれど、この場のただならぬ様子に気づいて、救出に来たのかもしれない。黒服の男は鋭い目つきで二人の日本人を睨《にら》んだ。事と次第ではさらに仲間を呼びそうな気配だ。

浅見は立ち上がり、笑顔で陳の手を握り、「謝謝」と言った。

二人がテーブルに戻ると間もなく、バンド演奏が始まった。陳正栄は伏目がちに、アルトサックスを吹いている。

「どこへ行ってたのですか？　美女二人をほったらかしにして」

亦依は冗談めかして言ったが、たっぷり非難の意思がこもっている。

「あのバンドマンに話を聞きに行ったのですが、どうも話が食い違っているみたいです。亦依さんのお父さんのことは、単なるお客さんとして知っているだけだそうですよ」

浅見は浅見で、亦依の情報が事実と食い違っていたのが不満だった。

「えっ、嘘……」

亦依も浅見の不満は感じたようだ。自分までが嘘をついたように思われたことで、憮然《ぶぜん》として口を閉ざした。

　田丸は最後に陳を動揺させた質問のことが気になるのか、裴莉婕へのサービスも上の空の様子だったが、ついに我慢できなくなったらしく、浅見のほうに身を乗り出した。

「さっきのあれ、賀暁芳の名前を聞いた時のあの野郎の態度、絶対おかしいですよ」

　浅見は急いで田丸を制止しようとしたが、それより早く、亦依が「えっ？」と反応してしまった。

「暁芳のことで、何かあったのですか？」

「いや、そういうわけじゃなく、ちょっと田丸さんにお話ししただけで……」

「どんなことですか？」

「それは捜査上の機密ですから……」

「だけど、暁芳のことでしたら、私のほうがよく知っていますのに」

　浅見は当惑しきって、「まあまあ」と、両手で亦依を宥《なだ》めた。

「そういう話はべつの機会にして、莉婕さんも加われる共通の話題にしませんか」

　確かに裴莉婕が一人、会話の外に置かれた恰好だったから、亦依も浅見の提案に従わないわけにいかない。田丸も取ってつけたように「何かリクエストしましょうか」と言ったが、それでも何となく白けた雰囲気は修復できず、会話はさっぱり弾まない。それから間もなく、誰言うともなく、自然にお開きモードに入ることになった。

クラブの支払いは田丸が持つと言ってくれたが、遊覧船の食事代も払って貰った以上、たとえ官費で落ちるにしても、そういうわけにはいかない。浅見がなけなしの人民元を遣い、チップも置いた。

タクシーでまず亦依を送り、次に浅見のホテルを回ってから、田丸と莉婕は帰って行った。あの調子では、気の毒だが今夜のデートは好首尾に終わりそうにない。亦依の予言どおり結婚問題も見通しは暗そうだ。

それはともかく、陳正栄が見せた動揺の意味は何だったのか――が浅見の頭に引っ掛かっている。暁芳が母親に送った手紙には「陳建鋼という人と結婚する」という意味のことが書かれていた。

もしそれが事実だとすると、建鋼の口から賀暁芳の名前が父親の正栄に語られていたはずである。建鋼は「ただの友人関係の延長」と、ひどく冷淡なことを言っていたが、暁芳の側からいえば、少なくとも友人以上のものであったことは十分、考えられる。建鋼も暁芳と肉体関係があったことは否定しなかったが、たとえ結婚を約束したとしても、それが本気だったかどうかは分からないし、かりに一時は愛した相手であったとしても、殺人事件から逃げ出したい気持ちは、ごく自然なものだろう。

死に対する中国人の考え方が、日本人と本質的に異なるとは思えないが、福岡の一家四人惨殺事件などを思い合わせると、いくぶんドライな面があるのかもしれない。年間に三千人もの死刑執行が行われるというのは、数例しかない日本からは想像もできないが、それもまた、人のいのちの尊厳に対する考え方を表しているものだろうか。

　中国人の側から言わせれば、第二次大戦中の日本兵の残虐行為こそ、人道に悖《もと》るものということになるようだ。しかしそれよりは、広島、長崎に原爆を投下して、無辜《むこ》の民を万単位で焼き殺したアメリカの行為のほうが、はるかに残虐ではないのか。そのアメリカはニューヨークの国際貿易センタービルを崩壊させた自爆テロの残虐を怒り、イラクに侵攻した。いったい「残虐の連鎖」はどこまでつづけば終焉《しゅうえん》するのか、果てしがない。

　ともあれ、それらは戦時の狂気によるものと言っていい。戦争は人間を狂気に駆り立てるが、平時に一対一で相手を殺す時の精神状態はどのようなものなのだろうか。

　それはそれとして、陳正栄が見せたあの動揺ぶりはいったい何だったのか？　王孫武が殺されたという、身近で起きた生々しい事件には、すでに聞き込み捜査の洗礼を受けて心の備えができているせいか、王の名前を聞いてもさしたる反応を見せなかったのに較べると、あれは只事ではなかった。彼は暁芳の事件の何かを知っているのだろうか？　際限のない思案の淵《ふち》に沈み込んでいた浅見を、電話のベルが驚かした。

## 2

亦依は二重の意味で傷ついたような気持ちであった。いや、浅見が「恋人ではない」宣言をしたことを含めれば三重に傷ついたと言っていい。

まあ、そのことは措《お》くとしても、貴老爵士楽団のアルトサックスが父の幼馴染《おさなじ》みであることを否定したというのが一つ。それに、浅見が亦依の親友だった賀暁芳の話題を田丸と交わしながら、亦依をカヤの外に置こうとしていたことは、不愉快を通り越して、コケにされた気分だった。

自宅に帰り着くやいなや、亦依は父親に疑問をぶつけた。

「お父さん、以前、貴老爵士楽団のメンバーを知っているって言っていたわよね?」

「ああ、知っているよ」

維健は久しぶりのわが家で寛《くつろ》いで、妻の心尽くしの手料理にビールを傾けていた。藪《やぶ》から棒の娘の質問に、いささか戸惑いながら笑顔で答えた。

「幼馴染みだった?」

「うん、小学校の同級生だったからね」

「そうでしょう? ほんとよね?」

「本当さ。なんだい、嘘をついてもしようがないだろう。彼は当時としては大柄で、ガキ大将だったが、私とは妙にウマが合って仲がよかった。それがどうかしたのかい？」

「ううん、どうっていうことはないけど、今夜、和華飯店へ行って貴老爵士楽団を聴いてきたから、ちょっと……」

父が傷つくようなことは言えなかった。

自分の部屋で独りになるとすぐ、亦依は携帯電話を取り出した。浅見が出たら、頭から文句を言ってやろうと思ったが、狭い家の中では話が筒抜けになるから、大きな声を出せないのがもどかしい。極端に抑えた声で、貴老爵士楽団のアルトサックスが父親の幼馴染みであり、ガキ大将だったという「証言」を得たことを話した。

浅見は「えっ、そうなのですか？」と意外そうな声を発した。

「だったらなぜ、単なるお客だなんて言ったのだろう？……」

「それはあれじゃないのですか、赤の他人に本当の話なんかする必要がないとか」

「そうですかねえ、そんな感じではなかったような気がしますが」

「それより浅見さん、田丸さんが暁芳のことを言ってましたけど、あれはどういうことだったのですか？　どうしてあそこで暁芳の話題が出なければならないのですか？」

「うーん、困ったな……」

浅見は、いつも誠実な応対をしてくれる彼にしては珍しく、じれったいほどの間を置いてから、「電話でお話しするようなことではないのですが」と言い、いかにもやむをえない──という思い入れで言った。

「じつはあのアルトサックスは、陳建鋼の父親なんですよ」

「えっ……」

思わず大声で叫びそうになって、亦依はかろうじて電話ごと口を覆った。

（どういうこと？　賀暁芳が「結婚するかもしれない」と母親に書き送った、あの陳建鋼という男の父親が、亦依の父親・維健の幼馴染みだなんて──）

「要するにただそれだけのことなのです」

浅見は言ったが、亦依にとっては「それだけ」どころではなかった。

「だけど浅見さん、わざわざ田丸さんと一緒に会いに行ったのは、何か理由があったからではないのですか？　通訳が必要だというなら私でよかったはずでしょう。それなのに、本職は警察官だという田丸さんでなければならなかったのは、もしかして、暁芳が殺された事件と何か関係があるんじゃないのですか？」

隣室の両親を気にしながら、これ以上はできないほどトーンを抑えて訊いた。

「暁芳さんの事件については、陳建鋼の父親であるという関係だけしか分かりません。それよりも、現時点では王氏の事件との関わりが問題なのかもしれないと思っています。王氏のこともあなたのお父さんのことも、単なるお客として知っているだけだなどと、そらぞらしいことを言っているのが気に入りません。お父さんと幼馴染みであることを隠す理由はいったいなぜなのか……」

その時、隣室から維健が顔を覗《のぞ》かせて「何か揉《も》め事でもあるのか？」と訊いた。

亦依は「ううん」と首を振って、電話に向かって「じゃあ、また明日ね」と軽い口調で言った。浅見は「あっ……」とまだ何か言いたそうだったが、邪険に携帯を閉じた。

「亦依はあの浅見という青年と結婚するつもりなのかね」

亦依が両親のいる部屋に戻ると、維健は訊いた。

「とんでもない、彼は日本人よ」

「日本人だって構わないだろう。なかなか誠実そうな人だった。才能も豊かだし、優しい人柄だと東京の林教授も褒めていたよ。今度のことで、それは実証されたといっていいだろう。それにハンサムだしな。結婚相手としては申し分ないと思うがね」

「だめだめ、彼はともかく、お母さんが厳しい人みたいよ。お父さんがずっと前に亡くなってるから、たぶん、マザコンじゃないのかしら」

「そんなことはどうにでもなる。親はいつまでも生きているわけではないしな。それだからこそ、われわれも早く孫の顔を見て安心したいのさ」

「それを言われると弱いけど、私より先に兄さんがいるじゃないの」

「それはそうだが、亦奇《イキ》はどうもな、人間はいいのだが、押しが足りない。ずっと付き合っていた娘さんも待ちきれなくなって、別の男と結婚してしまったそうだよ。あの調子ではいつになったら……」

それには亦依も同意見だ。兄の失恋には慣れっこになっている。

「とにかく浅見さんとはそういう間柄ではないの。だからもう、あの人のことは言わないでください」

ダメを押すように言って、その話を切り上げた。

「亦依はいつまでいてくれるんだい？」

母親の麗文《レイブン》が訊いた。

「この次の船まで、あと四日よ」

「なんだい、もう行ってしまうのかい。ひと月ぐらいいてくれるかと思ったのに」

「そうね、私もその覚悟で来たのだけど、お父さんが帰って来たし、もう私は必要ないでしょう。日本には私の法廷通訳を待っている中国人が沢山いるの。だけど、こんなに早い便で帰れるとは思わなかった。ほんとに浅見さんの予言したとおりになったわ」

「ふーん、そうかね、浅見さんはそう予言していたのかね、次の船で帰ると。しかし、最初からそんな短い日数で、私を救出できるつもりで来たのかねえ」

維健は不思議そうに首をひねった。

「そうなのよ、お父さんが死刑になるかならないかっていう事件なのに、そういう片手間みたいな気持ちなのかと思ったから、私は少し怒ったりしちゃった。でも、それが現実のことになったのだから、何か考えがあったのかもしれないわね」

「なるほど……やはり素晴らしい人なのじゃないのかな、あの人は」

「そうね……あ、だめだめ、またさっきの話を蒸し返しても無駄ですよ」

「ははは、分かったよ。しかし、浅見さんは本当に帰ってしまうのかな。私は釈放されたが、王君を殺した犯人が誰なのか、事件の真相は何なのかは、まだまったく分かっていないのだよ」

「でも、それは浅見さんにはもう関係のないことなのでしょう。後は中国の公安が解決すればいいと思っているんだわ」

「たぶんそうなのだろうね。このままで終わったのでは、私はすっきりしないが、だからといって公安局が真犯人を突き止めるかどうかはとても期待できたものではない。結局はうやむやになるだけのことか」

「でも、あと四日あるから、そのあいだに何か手掛かりが摑《つか》めるのかもしれない。あのバンドの人だって、お父さんのことをただのお客だなんて言ったのよ、ちょっとおかしいじゃないの。何か隠しているのじゃないかしら」

浅見に言われた時は頭から否定的だったのに、自分で口に出して言うと、亦依は急に陳建鋼の父親への疑惑が見えてきた。父のことも王孫武のことも、それに暁芳のことも何も知らないなんて、絶対におかしい。そう考え始めると疑惑の輪がどんどん広がっていきそうだ。

その夜は立てつづけに悪夢にうなされて、亦依は眠りと目覚めのあいだを行き来しながら夜明けを迎えた。昨日のことで、浅見から何か言ってくるかと期待したが、何の便りもない。昼近くになってからホテルに電話してみたが、外出中とのことだった。浅見は浅見で、本来の仕事であるルポルタージュの取材でもしているのだろう。それは仕方のないことなのだが、亦依は疎外されているような気持ちを抱いてしまった。

その頃、浅見光彦は日本総領事館の応接室で、伏見総領事と向かい合っていた。伏見は曾維健が釈放されたことで、ひとまず憂えるべき問題は解決したと喜び感謝を述べた後、今回の「騒動」の顚末《てんまつ》を説明した。

それによると、浅見が予測したとおり、上海公安局の「慎重なる」再調査の結果、井上書記官が当初の証言を翻して、曾維健と王孫武が連れだって歩いているのを目撃した事実はないという新証言を行った。また、井上の目撃談はきわめて単純な錯覚と見做《みな》され、誣告《ぶこく》の意図はなかったとされたとのことだ。むしろ、たった一度の事情聴取で「見たような気がする」という断片的な証言を得て、それをあたかも確証であるかのごとく扱った下級捜査員の不手際として片付けられたという。

それらはあくまでも公安局の密室内で行われ、むろん、その問題も含めて、曾維健の逮捕も釈放もマスコミによって報道されることはなかった。

「田丸君の報告によると、浅見さんが言われたとおりになったのだそうですな。さすが陽一郎君が推薦しただけのことはあります」

「いえ、僕はただそうなることを予想しただけで、自分では大した役目を果たしたわけではありません。それよりも、今回のことはやっぱり兄が手を回したのですね。僕にはまったくとぼけ通していましたが」

「ははは、その件はここだけの話にして、おたがい内密にしておきましょう。でないと、私が後で陽一郎君に叱《しか》られます」

「分かりました」

浅見は軽く会釈してから、「一つ気になっていることがあります」と言った。

「井上さんは、なぜ見え透いた嘘の証言をして、曾維健氏逮捕に結びつくようなことをしたのでしょうか？」

「それは知らないということにしておいていただけませんかな」

伏見は穏やかな笑みを張りつけたような顔で言ったが、「……ということにして」という言い回しが、何か小馬鹿にされたようで、いささか愉快ではない。浅見は正直にその気持ちを表情に出した。

「そんな答え方ではもちろん、得心がいかないとおっしゃるでしょうな。それはよく承知しておりますが、最初にお会いした時にも申し上げたが、この問題はきわめてデリケートな要因を孕《はら》んでおりましてね、トップシークレットとして押し通さないと具合の悪い結果が生じるのです。ひとつここは曲げて、お許しをいただきたい」

総領事は深々と頭を下げた。

「具合が悪いとおっしゃるのは、外交上——と理解していいのでしょうか」

「そうご理解いただいて結構です」

「そのことは、総領事ご自身もご存じの上のことだったのですか？」

「いや、当初はもちろん、事態がかなり進行するまで、私は遺憾ながら知らなかった。だから陽一郎君に相談もしたわけです」

「なるほど、ところが僕がやって来た頃には事実関係を把握なさった。つまり、その時点ではすでに無用などころか、邪魔な人間がノコノコ現れたということですか」

「邪魔でも無用でもありませんぞ。こういう形で納まるには、あなたのような人材がぜひとも必要だったわけで……」

「そんなふうに慰めてくださらなくても結構です、ご心配なく。僕はあくまでもルポライターとして、上海の実情を取材に来たという本業がありますから。それよりも、僕としてやり遂げたいのは、真相を解明し真犯人を突きとめることです。そうしなければダミーに使われて逮捕された曾維健氏の名誉回復と、精神的肉体的苦痛を償えないのではありませんか」

「補償については上海市当局が……ん？　浅見さん、いまダミーと言われたかな？　そうおっしゃるのは、事件の背景に何があるのかをご存じなのでしょうか？」

「ええ、おおよその見当はつきます」

「まさか、井上君に何か聞いたとか？」

「いいえ、井上さんからは本来の取材に連れて行っていただいた以外、事件関係のことは何一つお聞きしておりません」

「そうですか。それならばよろしいが……しかし、おおよその見当とは、どのようなことをおっしゃるのかな？」

「まだ固有名詞や目的も特定できていないいまの段階では、確かなことを申し上げることはできませんが、たとえば曾維健氏が十四日間勾留されたという、その十四日間の意味などから、それらの疑問も解明することが可能だと思います」

「ほうっ……」

伏見総領事は浅見を見つめ、吐息をついたまま、しばらく言葉を失っていた。「なるほど、陽一郎君の警告がいまになって理解できましたよ」

「は？　兄が何を警告したのですか？」

「弟……浅見さんは、おまえさんにとって諸刃《もろは》の剣になるかもしれないと言われました。正義の剣は邪悪な者にとっては脅威そのものですからな。それがあるので、あなたにはくれぐれも言い含めておくと約束してくれましたよ」

「つまり、それが兄の言うところの国益を損なうな――ですか」

浅見は苦笑した。その点を兄がくどいくらい念を押したのは、そうなる虞《おそ》れを予感したからにちがいない。

「幸か不幸か、僕はこの次の『蘇州号』で帰国する予定です。あと僅《わず》か三日しか残っていません。そのあいだにどれほどのことができるか、はなはだ疑問ですが、精一杯の努力はしたいと思っています。もちろん国益を損なわない範囲でですが」

「ぜひ、そう願いたいものですな」

「つきましては、一つだけ確かめておきたいのですが、井上さんには本心から曾維健氏を誣告し貶《おとし》めるつもりはなかったでしょうね」

「もちろんですとも。その点に関しては、私の名誉と責任をもって保証しますよ」

「分かりました。それさえはっきりしていれば、真相解明に向かって後顧《こうこ》の憂いなく動けます。もう一つお願いしたいのですが、田丸さんにその三日間、ご一緒していただけないものでしょうか」

「いいでしょう。田丸を呼びましょう……いや、いっそ彼と井上君を交えて、昼飯を食いませんか。井上君にも、差し障りのない程度に質問していただいてよろしい。あくまでも差し障りのない程度、ですがね」

「ええ、井上さんにはなるべく取材に関することだけをお聞きするようにします。本日伺った本来の目的はそれなのですから」

総領事館付きの料理人に頼んで、食堂にお客用の少し上等のランチメニューを出してもらうことになった。これなら外食するよりはよほど安上がりだし、執務時間に多少、はみ出しても問題はない。

遅めに始まったランチタイムは二時近くまで延長して、浅見は三人の外交官から雑談混じりにさまざまな情報を収集できた。伏見総領事が執務室に引き揚げた後も、一時間にわたって会話がつづいた。

井上は主として政治・経済的な側面から、田丸は犯罪や社会問題を通じて、それぞれ上海の光と影を熱心に語った。

上海のめざましい「発展」は、バブル期の日本のそれをさらに凝縮した勢いで、ほとんど無秩序に近いスピードで進行しているという。たとえば、上海郊外に建設されつつあるおびただしいマンション群の多くは、買い手がつかない状態であるにもかかわらず、さらに住宅団地の計画が推し進められつつある。かつての日本経済がそうであったように、経済界全体が自転車操業的な状況に陥っているのだそうだ。

日本のバブルが金融機関の野放図な過剰融資によるものであったのに対して、中国の場合は国家規模の拡大政策がその背景にあるだけに、先が読めない怖さがあるという。

田丸は「いささか古い話ですが」と切り出した。一九九七年に、二十四歳の青年が、過去十年間に二十一人を殺害した罪で逮捕された。警察が把握しているだけで二十一人なのであって、本人が語ったところによれば、実際は四十人以上——何人なのか正確なところは分からないということであった。

これなどは極端な例だが、統計的に見て、犯罪が増加傾向にあることや、低年齢化と凶悪化が進んでいることは間違いない。その点は日本も同じだが、中国・上海では例の黒社会問題がいよいよ深刻の度を深めている。とくに政財界への汚染の浸透が憂慮すべき状態にあるようだと、田丸は実感していた。

この日の「取材」で、ほぼ満足できる量を詰め込むことができた。浅見が総領事館を出たのは結局、午後四時を過ぎていた。田丸は「いつでも声をかけてください」と言ってくれた。

ホテルに戻ると、フロントに亦依からの伝言が入っていた。「電話してください」ということである。部屋に入って曾家に電話すると父親の維健が電話に出た。おぼつかない英語で、なんとか亦依は留守であることだけは分かった。亦依の携帯に電話したが、呼び出し音のかわりに中国語のアナウンスが流れた。電波が通じないところにいるらしい。

浅見は妙な胸騒ぎを覚えた。理由があるわけではないが、こういう不吉な予感がしばしば的中することは、過去に経験している。

浅見はさっき別れたばかりの田丸を呼び出すことにした。田丸は気軽に了解して、二十分後にはホテルに着いた。浅見は玄関先で待機していて、そのまま田丸の車で曾家へ向かった。

## 3

地下鉄に乗った頃から、亦依は急に不安に襲われた。浅見との連絡を取らないまま、自分だけで行動しようとしていることに自信が持てなくなってきた。

（彼が悪いのよ——）

ホテルには三回電話して、三回とも留守だった。亦依に断りなしに、行き先も告げずに外出してしまった浅見に責任がある——と亦依は思うことにした。もっとも、そんな約束があったわけではない。浅見には取材という本来の目的があるのも分かっている。おそらく総領事館へ出向いて、用事を片付けようとしているにちがいない。

亦依には昨夜、邪険に電話を切ったことへのこだわりがあった。そもそもそうなったのは、その前の、貴老爵士楽団のアルトサックスに会いに行くのに、自分が疎外されたこととを、いまだに根に持っているせいでもある。あの時は裴莉婕がいたし、彼女をほったらかしにして置くことはできなかったかもしれないが、それなら田丸ではなく私を連れて行くべきではないか。もともとのパートナーは自分なのだから、その立場を尊重しないという法はないでしょう——と思う。

しかし、こうやって独りきりになってみると、浅見の存在が思いの外大きいことを実感してしまう。昨夜、黄浦公園で暴漢が襲ってきた時の、浅見の鮮やかな身のこなしが目の裏に焼きついている。それまでは浅見のイメージといえば、頭はいいけれど、武道どころかスポーツにはあまり縁のない人——というものだった。

当人は「無我夢中だった」と謙遜《けんそん》していたけれど、そんなことはない。あれは絶対、空手かカンフーの技よ——と亦依は思った。カンフーは太極拳と同根の武術だが、あの瞬間の構え方は父が時折、家の中で見せる太極拳のポーズとそっくりだった。自然体で突き出した両手で、相手の利き腕を取って右に投げ捨てた技は、動きのどこにも無理がなく、無駄な力も入っていないように見えた。

(ほんとに凄い人なんだ——)

いまさらながらそう思い、その「凄い人」に逆らって単独行動をしていることが後ろめたくなってくる。

地下鉄を出たところで、もう一度花園飯店に電話を入れてみた。しかし浅見は相変わらず不在だった。（どこへ行ったのよ、何をしてるのよ――）と、焦燥感と心細さがこみ上げてくる。時刻は五時半を回って、そろそろ夕暮れが近づいていた。勤めを終え、家路につく人々とすれ違うたびに、自分だけが運命に逆らって、意地を張っているように思えてしまう。

勤め帰りの人たちを眺めていて、亦依はふと思いついた。日本総領事館員の田丸に連絡すれば、浅見と連絡が取れるかもしれない。田丸の電話番号は彼のガールフレンドである裴莉婕に訊けばいい。彼女とは昨日、名刺を交換して、おたがいの携帯電話の番号を教えあったばかりだ。

だが、信号音が空しく繰り返された挙げ句「電話に出られない状態」というメッセージだった。万策尽きた――と思った。こうなったら、あとはやるしかない。何とかなるだろう。亦依は携帯電話をバッグに放り込み、胸を張って歩きだした。

川向こうの浦東地区にある、グランド・ハイアット上海などいくつかの巨大ビルと比べると、大きさだけで言えば、外灘のビル群は、全部が一緒になっても敵わない。だのに存在感なら負けてはいない。その中でも古く、華奢《きゃしゃ》な和華飯店のアールデコ様式の建物が、今日ばかりはやけに大きく、横柄に見え、亦依は玄関の前でたじろいだ。

貴老爵士楽団の演奏が何時から始まるのか知らないけれど、楽屋入りした頃に訪問するつもりで来た。演奏が始まってからでは、なかなか会うチャンスはないだろう。亦依は意を決して玄関に入った。

古い建物には独特の匂《にお》いが染みついているものだ。一九二〇年から三〇年頃にかけて建てられた、外灘の建物たちに共通しているのは、「古きよき時代」の亡霊たちの息吹のように、ジトッとした、黄浦江の川底の匂いである。

このなんとも言えず郷愁を誘う雰囲気を求めて、人々は外灘にやって来る。現代の上海の、新鮮で栄光に満ちあふれた、豪壮な街の佇まいのどこが不満なのか、為政者には理解できないかもしれないが、なぜか人々はここが好きなのだ。老人ばかりでなく、若い人たちでさえ、古い時代を再現した「新天地」の街並に群がるほどだから、偽物でも作り物でもない外灘の風物に魅力を感じるのは当然のことかもしれない。

ただし、ここの風景は遠くから望むのが美しい。とりわけ昼間、ビルに近寄ると、まるで化粧を忘れた娼婦《しょうふ》の肌を見るように、興ざめた気分に陥るだろう。

それが夕暮れを過ぎ、街の明かりが灯る頃ともなると、肌はみずみずしく、生き生きと艶《つや》めいてくる。見られたくないものは薄闇《うすやみ》に隠れ、けだるく物憂げにしか見えなかったものたちが、蠱惑《こわく》的に蘇《よみがえ》る。むろん虚飾には違いないけれど、人々はこの淀《よど》むような気配の海に惑溺《わくでき》するのである。

いま、外灘が昼の顔から夜の顔に移り変わろうとする時刻、ロビーに佇んだ亦依は、白黒映画の世界に迷い込んだような眩暈《めまい》を感じた。明かりの下で人待ち顔に立つ年老いた案内員が、シャルル・ボワイエに見えた。

近づくと、シャルル・ボワイエはただの白髪の中国老人だった。「貴老爵士楽団の楽屋はどう行けばいいのですか？」と訊くと、値踏みするような目でこっちを見てから、「あそこを下りなさい」と地下へ行く階段を指さした。

「廊下の突き当たりの、左手のドアがそうだよ、うまくやりなさい」

シャルル・ボワイエは冷やかすように言った。熱烈なファンか、それとも歌い手志望の女にでも見えたのだろうか。

言われたとおりに階段を下りた。クラブのオープンまではまだかなり時間があるのか、店の入口も暗く、地階は閑散としている。薄暗い廊下を行くと、そこだけ明るい突き当たりのところで、三十歳ぐらいの男が床に座り込んで、マイクスタンドや電気の配線と格闘していた。亦依が左側の「楽屋」と書いてあるドアをノックしかけると、男は「楽屋にはまだ誰もいないけど、何か用事かい？」と言った。

「メンバーのアルトサックスの人――陳さんに会いたいのですが」

「陳さんなら控室のほうだな」

「控室って、どこですか」

「二階の202号室」

ぶっきらぼうに言って、「陳さんに何の用事さ？」と立ち上がった。

「ちょっと聞きたいことがあるんです」

「聞きたいことって何だい？」

「それは……あなたには関係のないことですよ」

「関係ないこともないさ。おれはメンバー全員のマネージメントをやってるからな。一応、おれを通してくれないと困る」

「でしたら陳さんに会わせてください」

「だから何の用かって訊いてるんだ」

「用件を言わなければ、会わせてもらえないってことですか？」

「ああ、場合によってはな。引き抜きとか、いろいろあるからな」

「そんな、引き抜きみたいなことじゃないですよ」

「まあ、あんたの様子を見れば、そうじゃないことぐらい分かるけど、だからといって、ただの飲み屋の借金取りとも思えないし、もしかすると女関係かな。陳さんも気は若いから、三角関係のもつれとか、いろいろありそうだ」

男は面白そうに笑っている。からかわれたと思って、亦依は腹が立った。

「そうですよ、女のことを聞きに来たんですよ。暁芳ってコのことで、聞きたいことがあるって言ってください」

「暁芳？……どこかで聞いたな……」

男は視線を暗い天井に向けた。

「あなたが知ってるはずはないでしょう。有名人でもタレントでもないのだから」

「いや、そうかな、どうかな……聞いたことのある名前だよ。暁芳ね……苗字は？」

「賀です、賀暁芳」

言ってから（しまったかな――）と、亦依は反省した。暁芳の名前など知っているはずのない男が、そっぽを向いて、一瞬、動きを停めた。顔を背けたのは、表情を読まれないようにするためだったかもしれない。

「ふーん、やっぱり知らない名前だな」

男は振り向いた。相変わらず人を小馬鹿にしたような笑い顔だ。

「いいだろう、会わせてやってもいいよ。おれから陳さんに連絡してやる。陳さんの都合もあるだろうからね。部屋でほかの女と鉢合わせっていうのも具合悪いんじゃないの。ちょっと待っててくれ」

男は携帯を取り出して、左手で器用に数字をプッシュした。相手が出ると、「陳さんに女性が用事だって来ていますが、どうしましょう？」と、これまでとはうって変わった丁寧な口調で言った。顔つきまで緊張しきっている。弱い相手に強く、強い相手には下手に出る、典型的な三下《さんした》奴《やっこ》タイプだ。

名前を訊くように叱られたらしく、慌てて「あんた、名前は？」と言った。亦依は咄嗟《とっさ》に「康亦依」と名乗った。なぜそんな嘘をついたのか、自分でも不思議だった。本能的に危険なものを感じたのかもしれない。もちろん先方にはその名前に心当たりなどあるはずがない。

「何でも、暁芳という女性のことで話があるそうです。賀暁芳です、そうです……はい、教えました、202号って……すみません、はい、はい、わかりました」

最後はペコペコと謝って、首を竦《すく》めながら、恐る恐る電話を切った。亦依にずっと見られていたことに気づくと、照れ臭そうに「勝手に部屋番号を教えたの、怒られちゃったよ」とぼやいた。

「十分後に来るようにってさ。それまでここで待っていろよ」

「クラブは何時から始まるんですか?」

「七時からだ」

まだ一時間以上ある。陳には十分後に会ってから、少し話し込むくらいの余裕はあるのだろう。

待つといっても廊下には椅子一つない。十分間、立ったまま、この男と二人きりでいるのかと思うと憂鬱《ゆううつ》になった。暇つぶしにもう一度浅見に連絡しようと、携帯電話を取り出したとたん、男に怒鳴られた。

「あんた、電話なんかするなよ」

「どうしてですか」

「いいから、こっちに寄越せ」

男は言うなり、亦依の手から携帯電話を奪い取った。「何をするの！」と抗《あらが》うひまもないくらいの素早さだった。

「帰る時まで預かっておくよ」

「どうしてですか、なぜ電話しちゃいけないんですか。そんなの理不尽だわ」

「理不尽か……そうなんだよね、理不尽がまかり通る世の中なのさ。真っ当なことをやってたんじゃ、金持ちになれないよ」

「どういうこと？　ずいぶん失礼じゃないですか。陳さんに言いつけますよ」

「陳さんに？……ははは、なるほど、そいつはまずいかもしれないな。分かった、電話は返すからさ、二度と使わないでくれよ。でないとまた怒鳴られる。見つからないように、バッグの底のほうにでも仕舞っておいてくれないか」

悪ぶっている割りには、根っからの悪ではないのかもしれない。亦依は素直に従うことにして、返してもらった携帯電話を、言われるままバッグの奥深くに仕舞った。

「陳さんのところへ行くのですか？」

「ああ、そうだよ」

「２０２号室にいる人ですか？」

「ああ」

「陳さんてどういう人？」

「うるさいな、黙っていろよ」

男は怒鳴って質問攻めを封じた。

きっかり十分経過したのを確かめて、男は「じゃあ、行こうか」と先に立った。非常の時以外は社員しか使わないような、暗く汚れた裏階段で二階に上がった。

２０２号室のある一角は老朽化がひどく、すでに客室としては使用に耐えない部屋ばかりが並んでいるらしい。男は２０２号室のドアをノックした。中からかすかに応答があって、ドアが開いた。思いがけず、サングラスをした若い男が立ちはだかっていた。

「それじゃ、よろしく」

連れて来た男は、自分より明らかに若い男に丁寧な口を利いて、亦依の背中を押すようにして部屋の中に入れると、さっさと引き返して行った。

部屋はスイートで、照明器具だけは新しいから、そんなに古さを感じさせない。窓にはブラインドが下ろされているので、外の風景も夜のとばりの色も分からなかった。

若い男は奥の部屋へつづくドアを開けて、「入れ」と言った。さっきの男より大柄で、サングラスがなくてもたぶんヤクザっぽく見え、ドスの利いた声にも凄味がある。ひょっとすると本物のヤクザ？——と、かすかな恐怖が頭を掠《かす》めた。

奥の部屋には五十歳代ぐらいの痩せた男が独りで煙草を吸っていた。白シャツに蝶《ちょう》ネクタイをして、あとは黒い上着をつければ楽団員のコスチュームになる。

「何か用だそうだな」

「ええ、陳さんに話が……」

「私が陳だが」

「えっ？……」

亦依はすぐにそれが間違いであることが分かった。亦依が訪ねた「陳」はもっと背が高いし明らかに老けている。目の前の男はどう見ても父の維健と同い年には思えない。たぶん十歳以上は歳の開きがあるだろう。

「いえ、別の人だと思います。もう一人陳さんがいるはずですが」

「陳は私だけだよ」

「えっ、うそ……そうじゃなくて、アルトサックスを吹いている人です」

「ああ、アルトサックスを吹いているよ」

男は脇のテーブルに、ケースの蓋《ふた》が開いたままになっている楽器を指さした。曲がった瓢《ひょう》簞《たん》のような管楽器だ。見た瞬間「あっ」と亦依は自分の勘違いに気づいた。

「これがアルトサックスですか？　じゃあ、こういうのは？」

右手を前に突き出したり引っ込めたり、演奏の真似をした。

「それはトロンボーンだろう」

男は苦笑して、「そうか、あんた蔣《ショウ》さんと私を間違えてるんだな」と言った。

「そう……そうなんですか、間違えたんですね。ごめんなさい、失礼しました」

亦依はしどろもどろになって謝った。謝りながら、それだけではすまない大変な失策を犯したことを予感した。

「それじゃ、蔣さんのところへ行きます。すみません……」

詫《わ》びを重ねて部屋を出ようと向きを変えた目の前に、若い男が立ちふさがっていた。亦依が脇をすり抜けようとすると、男はその方向に位置をずらして壁になった。亦依も女性にしては背が高いほうだが、目の前に男の胸板を見ると、それだけで絶望的な気分に陥った。

「ちょっと待ちな」

背後から陳が呼んだ。

「間違えましただけで帰すわけにはいかないぐらい、あんたも分かってるだろう」

「すみません」

「だからぁ、それじゃすまないって言ってるんだよ。あんた誰に頼まれて来たんだ？」

「いえ、誰にも。自分の意思で来ました」

「そんなはずないだろう。だったらあんた、賀暁芳とかいう女とどういう関係だ？　それ以前に蔣さんとどういう関係なんだ?」

「蔣さんとは、知り合いです」

「どういう知り合いだ?　顔も名前もろくに分からないような知り合いっていうのは、どういうのかね」

「………」

亦依は沈黙せざるをえなかった。父の幼馴染みだなどと言うわけにいかない。

「あんた名前は康とか言ったが、どこの何者なんだ?　身分証明書を見せろや」

亦依が拒否する様子を見せると、若い男に「おい」と顎《あご》をしゃくった。若い男はバッグをひったくろうとする。亦依は観念して「分かりました、出しますよ」と、バッグから定期入れを出し陳に渡した。東京・北区の王子神谷駅から東大前まで行く地下鉄の定期だ。裏面に運転免許証があるが、まず定期券を見て、陳は「何だ、これは?」と訝《いぶか》った。それから引っ繰り返して運転免許証を見て、「日本に住んでいるのか」と驚いた。

「曾亦依……名前が違うじゃないか。何だって偽名を名乗ったりしたんだ?　待てよ、曾っていうと……あんた曾維健の娘か?　どういうことだ?　あんたが何で賀暁芳を……どうなっているんだ?」

亦依よりも混乱したような声を出した。

# 4

午後五時半に近く、夕食どきにかかるかな——と気になったが、浅見はそんな些細《ささい》なことはこの際どうでもいいと思った。田丸の安全運転がまだるっこしいほど、夕方の道路は混雑していた。

曾家では夫人が帰宅して、これから料理に取りかかろうとしているところだった。思いがけない来客に喜んで、よかったら食事を一緒にして行きませんかと誘われた。維健もぜひそうしてくれと言ってくれたが、それどころではない。

「亦依さんはどちらへ行かれたか、ご存じありませんか?」

田丸が訊いた。行き先は分からないということだ。

「何かおっしゃってませんでしたか?」

「いや、何も。私ら二人とも留守をしているあいだに外出しましたからな。ただ……昨夜、浅見さんと電話している時の様子が少しおかしかったようだが、あれは何かあったのではありませんかな?」

逆に訊かれた。浅見は話していいものかどうか迷ったが、いまは躊躇《ちゅうちょ》している場合ではなかった。

「陳さんのことを話していました」

「陳さん……とは？」

「貴老爵士楽団の陳さんです。あなたの幼馴染みだそうですが」

「ああ、いや、私の幼馴染みは蔣君ですよ。小学校の時の同級生でした」

「同級生……」

浅見と田丸は顔を見合わせた。あの陳という男は、かりに幼馴染みであったとしても、どう見ても同年には見えない。

「念のためにお聞きしますが、蔣さんはアルトサックス吹きですよね？」

「いや、彼はトロンボーンですよ。背が高くて腕が長いから、似合いでしょう。テクニックはともかくとしてですがね」

謹厳実直タイプの維健としては、最大級のジョークだろうけれど、お世辞にも笑っていられなかった。亦依はおそらく、浅見と田丸の言う「陳」を、父親の幼馴染みと錯覚しているのだ。

「亦依さんは音楽の知識はあまりないのでしょうか？」

「ああ、ぜんぜんですよ。亦依はほかの学科はかなりいいセンいっていたようだが、音楽だけは嫌いでした。私と似て音痴のせいだったのでしょう。音楽会など一度も行ったことがないから、アルトサックスもトロンボーンも区別はつきませんよ、たぶん」

浅見の疑問を察知したように、先回りして解説した。やはりそうなのだ。亦依はトロンボーン吹きの「蔣」を見ながら、浅見と田丸の会話を聞き、それをアルトサックスだと思い、彼が浅見たちのいう「陳」だと思い込んだにちがいなかった。

「まさか、亦依さんは陳を訪ねて行ったのではないでしょうね」

田丸が通訳の合間に小声で言った。声を潜めなくても、曾夫妻には日本語は通じないのだが、そうしたくなる気持ちは分かる。そのことを確かめるよう、浅見は頼んだ。

「亦依さんは、和華飯店に貴老爵士楽団を聴きにいったのではないでしょうか？」

「えっ、一人でですか？　まさか一人では行きますまい。いま言ったように、あのコは音楽の趣味はありませんからな。浅見さんでも一緒に行くなら話はべつですが」

際どいところで、浅見の本心を打診するようなことを言って、笑いかけて、そういう雰囲気ではないことに気づいたのか、維健は真顔になった。

「ただ、妙なことを言ってました。蔣君がなぜ私のことをただのお客と言ったのか、そのことがおかしい……というような」

「え？　確か蔣さんの名前は言わなかったのではありませんか？」

「ん？……なるほど、そう言われてみると、友だちだとか幼馴染みだとかは言ったが、蔣君という名前は出なかったですな」

猛烈な危機感が浅見を襲ってきた。おそらく田丸も同じだろう。むしろ警察官の職業的な勘からいうと、彼のほうがより具体的に、亦依の身に何が起ころうとしているか、イメージしているかもしれない。

「行きましょう」

浅見は席を立って、曾夫妻には笑顔で挨拶した。「残念ながら、奥さんの手料理はまたの機会にさせていただきます」とお世辞も忘れなかった。

夫人は「日本に帰ってから、亦依に、浅見さんのために餃子を作って差し上げるよう、言っておきますよ」と言った。

「小麦粉をこねることから始める、美味しい餃子作りを伝授してありますから」

田丸はその言葉を通訳して、意味ありげに片目をつぶった。実際、女が男のために小麦粉をこね、皮で具を包むことに、中国では何か特別な意味があるのかもしれない。

「それは楽しみです」

浅見は礼を言いながら、いったい、その餃子はどこでどんな状況でご馳走されることになるのか、少しばかり気にはなった。

曾家を出て、和華飯店に着いたのは、六時半近かった。街はすっかり夜の化粧を施している。車を駐車場に置いているうちに、外灘のビル群のライトアップがいっせいに始まった。黄浦公園から眺めるとただ美しい壮観だが、ビル直下の表通りで見上げると、息を呑むような迫力がある。浅見は思わず足を停めたが、堪能《たんのう》している時間はない。

まだオープンまでは時間があるが、和華飯店のロビーには、貴老爵士楽団がお目当てらしい人々が屯《たむろ》し始めていた。いいテーブルを確保しようというのか、気の早い国民性を証明して、日本人の観光客が多い。

地下のクラブはドアは閉じているが、明かりが灯り、開店の準備が始まったところだ。ドアマンに貴老爵士楽団の楽屋を尋ねると、廊下の突き当たりと教えてくれた。そこには三十がらみの男が、何か電気工事でもやっていたのか、道具類を片付けていた。

「若い女性が来ませんでしたか？」

田丸が訊くと、そっぽを向いたまま、即座に「勿暁得《ウアショウデ》」と首を振った。

「知らないと言っています」

「若い女性が来ていないはずはないですよ。店の女性が出勤しています」

浅見が言うと、田丸は「そうですよね」と頭に来た顔になって、すぐに激しい口調で怒鳴った。男はビクッとして振り向いたが、とぼけた表情で「店のコなら来ました」と言ったようだ。しかし「若い女性」という質問に対して、即座に「知らない」と反応したのは、最初から特定の女性についての質問を予測し、答えを用意していたと考えられる。

さらに「陳さんを訪ねて来たはずだが」と言ったのにも「勿暁得」と首を振った。田丸は「どうします？」と当惑げに言った。日本の警察にいる時なら、取調室の机を叩いて自供を迫るところだろう。

「亦依さんは来てますよ」

浅見は自信たっぷりに言い、五メートルほど歩いて行って、廊下にしゃがみこむと、壁際からビーズで出来た小さな犬のマスコット人形を拾い上げた。

「これは亦依さんの携帯電話のストラップについているやつです。こんなところまで弾け飛んでいるとなると、激しい争いがあったのでしょう。ちょっと心配ですね」

「いや、ちょっとどころじゃないですよ。猶予はできません」

田丸は犬のマスコット人形を男に突きつけて、抑えた声でまた何か怒鳴った。男は明らかに動揺したが、まだとぼけ通すつもりだ。田丸は素早く廊下を見通して、誰もいないことを確かめると、いきなり男の腕をねじり上げ、首に右腕を巻き付けた。柔道の締め技を決めるつもりのようだ。男は声も上げられず、そのままだと失神しそうに思えた寸前で、田丸は僅かに腕を緩めた。

男は掠れた声で「来ました」と言い、マスコット人形が落ちたのは、携帯電話を取り合ったためだと弁明し、さらに「二階の陳さんのところへ行った」と言った。

田丸は男の首に腕を巻き付けたまま、男を引き立てるようにして廊下の奥の階段へ向かった。こういう場面ではさすがに田丸は胆が据わっている。浅見は内心ハラハラしながらそれに続いた。

幸い、この裏階段に人影はなかった。一階の踊り場も、大きな戸棚で遮蔽《しゃへい》され、関係者以外は立ち入るどころか、ここに階段があることさえ気づかないようになっている。二階までその状態で上がり、男は無言で目の前の202号室を指さした。

「頼む、放してくれ、案内したことがバレると殺される」

必死に囁《ささや》かれて、田丸はようやく腕を解いた。男は転がるようにして逃げた。あの様子なら通報することはないだろうが、「殺される」と怯えるような何者かが、この部屋の中に存在すると考えなければならない。

「さて、どうしますか」

田丸はここに至って、さすがに躊躇《ためら》った。昨日、ロビーに現れた黒服の男どものことが想起される。黒社会の影響力はこういうところにも当然、及んでいるだろう。刃物程度ならそれほど恐れるに足らないが、テキは拳銃ぐらいは所持していそうだ。それに対して田丸は丸腰だ。いまは一警察官ではなく、日本を代表する領事館詰めの職員であることも自覚しなければならない。

かりに相手が悪党であろうと、007のように、他国に来て「宣戦布告」もなく威勢よくドンパチやるわけにいかない。

「康警部を呼ぶことは難しいですか」

浅見は訊いた。

「いや、大丈夫でしょう。彼なら応じてくれるはずです」

とにかくいったんドアの前を離れて、長い廊下の反対側の端まで撤退することにした。そこは二階のロビーのはずれになっていて、それなりに行き交うお客も多い。緑の少ない上海の街と対照的な空間を演出する意図なのか、そこかしこに観葉植物が置かれ、かつての五つ星ホテルの豪華さを保っている。

二人はその観葉植物の葉陰に潜むように佇んだ。そこからでも２０２号室への出入りは見通せる。

田丸は携帯電話で康に連絡を取った。

「すぐに駆けつけてくれるそうです」

間もなく２０２号室のドアから陳正栄が現れた。まだ七時には間があるが、アルトサックスを持っているから、これからクラブに下り、開店に合わせた演奏の準備が始まるのだろう。

最前の男はやはりどこにも通報をしなかったらしく、陳はドアを出た後も警戒する様子はない。コセコセした前かがみの歩き方で、階段のほうへ消えて行くのを見送って、「妙ですね」と浅見は言った。

「ほかのメンバーの姿が見えません」

「確かに。どこか別の控室か楽屋にでもいるのですかね」

「そうかもしれませんが、いくら古いといっても、ホテルの部屋を控室にしているというのは豪勢すぎます。なんとなく陳だけが特別扱いされているような印象を受けませんか。もしそうだとすると、なぜなのでしょうか。とてものことあの貧相な男が、貴老爵士楽団という伝統のあるバンドのリーダー格とは思えないのですが」

「はあ、そうですねえ」

相槌《あいづち》は打ったものの、田丸は浅見ほどには妙なことと思っていないようだ。

康警部はそれから三十分とは経たずにやって来た。部下を一人伴っている。

「王の事件の絡みだそうですが、いったいどういうことなのですか？」

達者な日本語で田丸に訊いた。

「曾維健氏の娘さんが、どうやら拉致《らち》・拘束された疑いがあるのです」

「曾の娘が？……曾は昨日釈放されたばかりじゃないですか。その娘がどうして、誰に拘束されたのですか？」

「まだ確認は取れていませんが、貴老爵士楽団の陳という男を訪ねて来たところまでは分かっています」

「貴老爵士楽団？……」

どうなっているのか——と、康は話についてゆけない。田丸は「事件」の経過をかいつまんで説明したが、王孫武が、東京で殺された中国女性を事件の直前に訪問していることや、亦依が陳を蔣と錯覚して訪ねたくだりなど、ややこしいことが多すぎて、消化不良に陥りそうだ。

「本当に、間違いなく、曾亦依さんが拉致・監禁されているのですか？」

「確認はしていませんが、たぶん」

「たぶんて……」

「何はともあれ、あそこの202号室に踏み込めば、ひとまず結果は出ます」

田丸は話を切り上げて、「拳銃は所持していますね？」と訊いた。

「ええ、そういうご希望でしたからね」

康はジャケットの胸を叩いて、「彼も持ってます。ピストルの名手ですよ」と背後の部下を振り返った。

部下は韓《カン》という名で、細面の、いかにも神経質そうな青年だ。射撃の中国国内競技会で五本の指に入る成績の持ち主だそうだ。日本語は解せず、無表情で田丸と康のやり取りを聞いている。

「しかし田丸さん、ここで拳銃を使う必要があるのでしょうか？」

「分かりません。使わずに済むことを祈っていますけどね」

「もしそういう状況が想定されるのなら、正規の手続きを経て公安局として対処しなければ、あとあと問題になりますが」

「うーん……それはまあ、そうですね。どうしますか、浅見さん」

それまで二人の会話に参加しなかった浅見は、訊かれた途端、「では僕だけで行ってきましょう」と歩きだした。「ちょ、ちょっと待って」と田丸が追いかけ、康警部とその部下も慌てて従った。

「まずいですよ浅見さん。もうちょっと慎重に考えてですね、康さんの意見を聴いてですね……」

「いや、そうしている余裕はないでしょう。まあ、日本から来た観光客が危難に遭いそうになっている場合、総領事館や中国公安がどのように対応してくれるか、これは一つの試金石のようなものです」

「試金石って……危険すぎますよ」

「危険かどうか、行ってみなければ分かりません。近代都市上海の、しかも一流ホテルのど真ん中で、善意の人間が殺されるようなことは、絶対にないと信じます」

「しかし、王氏のケースがある」

浅見の皮肉めいた言い方にカチンときたのか、康が三メートル後ろから怒鳴った。浅見は立ち止まり、振り返って、危うくぶつかりそうになった康と、顔と顔を突き合わせるようにして、「彼は善意の人間ではありませんよ」と言った。

それからクルリと向き直り、いっそうの大股《おおまた》で202号室へ向かった。残りの三人は一瞬遅れて、浅見がドアをノックするのを見て足を停め、やや離れた位置で見つめた。韓の右手が、無意識のように背広の内ポケットに差し込まれるのを、浅見は人指し指を左右に振って制止した。

ドアが開き、浅見は笑顔で「ニイハオ」と言った。三人のところからは死角になってい て、中の様子が見えない。相手は若い男で、浅見とほぼ同じくらいの背丈だが、横幅ははるかに頑丈そうな体軀《たいく》だ。この陽気そうな日本人にどう対応すべきか当惑して、黙ってこっちを見ている。

三人の中から田丸だけが離れ、浅見の脇から友好的な笑顔で「儂好《ノンホウ》」と言った。北京語では「ニイハオ」だが、これが上海流の発音なのだ。

「陳さんからこちらにいるように言われて来ました」

浅見は構わず言い、田丸がそのまま通訳した。浅見はともかく、田丸も笑顔を崩さないところは、なかなかの芸達者だ。

男が気圧《けお》されたように一歩退くのに合わせて、浅見と田丸は部屋の中に踏み込んだ。相変わらず笑顔は絶やさない。浅見は外の二人が状況を把握しやすいようにドアを半開きにしておいて、素早く視線を室内に走らせた。さして広い部屋ではなく、亦依の姿がないことは最初の一瞥《いちべつ》で見て取れた。あとは奥へ続くドアの向こうだ。

「曾さんはどこですか、曾亦依さんは？」

そう言ってのけ、田丸も平然としてそれを伝えた。男は完全に惑乱している。突然、日本人が現れて、おかしなことを言い募れば、惑乱しないほうがおかしい。陳の知り合いなのかどうかもはっきりしないから困る。どう対処すればいいのか決めかねて、ただ呆然《ぼうぜん》と突っ立っている。

浅見は自然体で男の脇を通り、奥のドアへ向かった。男は慌てて「請等一下《チンデンイーシャ》（ちょっと待って）！」と叫んだ。浅見を追おうとする背中を、田丸がポンポンと叩き、振り向く男に「いいからいいから」と頷いてみせた。

男がどういう意味か分からず、逡巡《しゅんじゅん》しているあいだに、浅見はドアのノブに手をかけ、手前に引いた。

部屋の中に亦依の姿はなかった。正面のデスクにこっち向きに坐っている男がいる。まだ四十歳にはなっていないだろう。瘦せ型で病的とも見える浅黒い顔は、顎の線が削ぎ落としたように鋭い。銀縁の眼鏡の奥からジロリと睨んだ目は、蛇のそれを連想させるような冷たさを湛《たた》えていた。

「初次見面《ツウチイジャンメン》（はじめまして）」

浅見は覚えたばかりの中国語を使った。

「你是誰《ティスウスエ》？（誰だ？）」

「浅見光彦、我是日本人《ウオシーリーベンレン》（日本人です）」

その時になって飛び込んできた男が「対勿起《ディヴウチィ》（すみません）鄭先生《ヅンシアンスン》」と、浅見の胸を両手で押し返した。

「鄭……」

浅見の耳は、その名前の部分だけをピックアップした。確か、世界遊友商務株式公司の社長の名前が「鄭」だったはずだ。

# 第六章　危機一髪

## 1

亦依《イイ》は生まれて初めて「死」の影というものを見たと思った。（ああ、こんな風に、死はやってくるのね——）と思った。

よほどの老人でもなければ、あるいはよほどの大病でもなければ、人間は誰だって自分がこれから死ぬことなど、深刻に考えたりしないで生きている。でも死は突然、予期せぬ形で襲いかかってくることがあるものだ。戦争やテロで死ぬという極端な例でなくても、平和な時代、平和な社会にあっても「突然の死」は訪れる。

日本の統計に、年間の交通事故死がおよそ一万人に近いという数字があった。中国ではどのくらいだろう。日本ほど一戸当たりの自動車保有率は高くないといっても、人口の絶対数が十倍なのだし、台数を考えれば同じくらいはありそうだ。事故はほかにもいろいろな原因がある。事件で死ぬケースはもっと多いかもしれない。自殺のように、自ら死を選ぶ人だっている。

　恐ろしくない死なんてないと思うけれど、殺されて死ぬのがいちばん恐ろしい。死に到るプロセスが悲惨だ。交通事故などで一瞬のうちに意識ごと生命が失われるのなら、まだしも苦痛は少ないし、恐怖を感じる時間すらないだろう。

　ジワジワと死が迫ってくる。殺人者がやってくる。ダンダンダンダンと不気味に高まる映画の効果音そのもののような恐怖。賀暁芳《ガショウホウ》もきっとそうだったのだろう。睡眠薬で眠らされたあげく殺されたということだが、意識が混濁してゆく時に、もう死の前奏曲を聴いていたにちがいない。「死ぬのはいや、殺さないで」と必死に叫びたくても、その声さえも出ない――そんなのはごめん被《こうむ》りたいと思っていた最悪の「死のかたち」に、いままさに亦依は向かおうとしている。

　陳《チン》に曾維健《ソウイケン》の娘――と見破られた瞬間、亦依はなかば観念した。ただでは済まないどころか、確実にだめだと思った。たぶん殺されることになるのだろうと諦《あきら》めた。なぜそうなのかという具体的な理由よりも、直観的にそう思った。

　頭の中にいろいろな思いが渦巻いた。まず後悔から始まった。浅見に逆らうようにして、単独でこんなところに来てしまったこと。アルトサックスとトロンボーンを勘違いしていた愚かさ。それ以前に、父の事件が起きたことの身の不運や、暁芳の事件に関わったことも恨めしかった。もっと遡《さかのぼ》って、暁芳を連れて日本へ渡ったりしなければ、こんな目に遭わなくて済んだのだ——などと、つきつめていくと、自分がこの世に生まれさえしなければ、こんな死に方はしなくても済んだのに、という馬鹿げた考え方にまで、行き着いてしまいそうだ。

その絶望の中で、亦依はなんとかして生き抜く方策を模索しなければいけないと思った。せっかく生を受けたのだもの、死ぬまで生きる権利が私にはあるのよ——と主張したかった。しかし、その願いは結果的に、死ぬまでの時間をほんの少し延ばす効果しか生まなかったかもしれない。

陳に「あんた、曾維健の娘か！　何で賀暁芳を……」と、噛《か》みつきそうな顔で訊《き》かれた時から、死へのカウントダウンが始まった。亦依は恐怖のあまり何も答えられなかったが、陳の亦依に対する警戒心は決定的なものになったらしい。

陳はしばらく黙って亦依の顔を睨《にら》み付けていたが、若い男に「おい、口を閉ざせ」と命令した。若い男はガムテープを亦依の口に張りつけた。次に同じガムテープで両手を後ろで縛られ、最後に大きなハンカチで目隠しをされた。

そのどれにも亦依は抵抗しなかった。抵抗すれば一千分の一か一万分の一ぐらいの確率で逃げ出せたかもしれない。しかし、その何百倍もの確率で、その場で殺されただろう。

亦依はとりあえず生き長らえた——というより、「突然の死」よりもジワジワ死ぬ道を選んだことになる。

何がこたえたといって、目隠しが最大の苦痛だった。手を縛られた痛みは、まだしも生きている証のように考えることもできるが、視覚を奪われるのは、いきなり暗黒の世界に放り出されたような不安と心理的な苦痛をもたらす。これまで思いもしなかった、盲目のハンディキャップを負った人たちの辛《つら》さが、身にしみて理解できた。もし生き延びることができたら、そういう人たちへの奉仕活動に身を投じようなどと思った。

中国には「盲流《マンリウ》」という言葉がある。字面を見ただけで、なんとも悲しい雰囲気のある言葉だ。日本でいうと「ホームレス」ということになるのだろうか。家なき子、家なき人々、あるいはその総称として使う。「流」という文字を使ったことに、彼らの量的なイメージが感じ取れる。盲流の総数は全中国で数千万人とも言われる。

その「源流」は主として農村地帯。とくに北西の山間部の貧しい人々が都市の豊かさを求めて、家を捨て、土地を捨てて流れ出すケースが多い。

亦依が日本に旅立つ頃の上海駅周辺でも、その「盲流」の人々を見ることがあった。大きなズダ袋を背負って国中を流れ歩き、行く先々で道路工事や建設現場での安価な労働力として従事する。中国最大の繁栄を謳歌《おうか》する上海と農村の貧しい地方とでは、年間収入に十二倍以上もの開きがあるという。

家は古くみすぼらしく、暮らし向きは清貧だったとはいえ、豊かな上海で生まれ上海で育ち、より豊かな日本で暮らしている幸運を、亦依はさほど考えもしなかった。日本へ行ってからの成功だって、すべては自分の努力の賜物《たまもの》と思っていたかもしれない。しかし、生まれながらにどうしようもない不運を背負った人々もこの世には多いのだ。

いま、自分を襲っている危難は、不運な境遇から抜け出せないそれらの人々の存在を忘れていた甘さに対する、ペナルティかもしれない――などと思った。目隠しをされて、初めてそういう真実が見えてきた。

椅子《いす》に坐らせてもらえはしたが、後ろで縛られた手が邪魔になって、背もたれに身を預けることができない。不安感の上に次第に疲労感がのしかかってきた。

もっとも、そうしていたのはそんなに長い時間ではない。ものの十分ほども経っただろうか、ドアから誰かが入ってくる気配がして、陳が席を立って行って、「どうも」と、目上の人間に対する挨拶《あいさつ》をした。入ってきたのは複数の足音だった。

「曾維健の娘だって?」と言ったのは、陳よりも年齢的にはかなり若そうな声だ。

「はい」

「何だってこんなことになったんだ? 面倒な話じゃねえか」

「はあ、とんだ手違いだったようで、いえ、われわれではなく、この娘のほうがです。私と蔣を取り違えたようで、まったく迷惑なことです」

「迷惑はおれのほうだよ。ここまで入り込まれたんじゃ、ヤバイな。とにかくここに置いておくわけにはいかねえだろう。どう始末をつけるにしたってここではまずい。おい、周よ、連れて行け」

「は、どこへ？」

青年の声が答えた。前からいる若い男とは別人だ。

「そうだな……陳の家がいいんじゃねえか。なあ、陳さんよ」

「はあ、そうですね」

あまり歓迎する口ぶりではなかったが、逆らえる相手ではないのだろう。

青年はすぐに行動に移った。亦依は腕を掴《つか》まれ「立て」と促され、素直に従った。目隠しはともかく、手首のガムテープははずしてくれるのかと思ったが、そのまま腕を引っ張られ、歩き始めた。

さっき二階に上がった時、廊下のはるか先のほうには客らしい人影も見えたのだが、青年ともう一人、たぶん最初からいる若い男が亦依の背後に寄り添って、視線を遮っているようだ。その態勢で廊下に出て階段を下りた。外へ出る時に誰かと出会うかも――という期待も空しかった。どういうルートなのか、すえたような臭いが鼻をつく湿った空気が淀んだ場所を通ると、車の脇に出たらしい。ドアが開く音がして「乗れ」と頭を押さえつけられた。

車の種類までは分からないが、ベンツか何か、かなり大型の外車なのだろう。青年が亦依に続いて乗り込んで、「横になってろ」と頭を突いた。倒れ込むように横たわった。青年のほうにお尻を向ける恰好《かっこう》になったのが、少し気になるが、いつもパンタロンを穿《は》く習慣だったのが幸いした。

車はすぐに走り出した。最初の車の向きが分からないので、耳に入る街の音を聞き、曲がった回数を数えても、どこへ向かったのかはさっぱり分からない。ただ、時間的にいって数キロの範囲、それほど遠くまで走った様子はなかった。車が止まった辺りは住宅街なのか、それとも野原なのか、雑踏の音も車の音も人の声も、街の気配がまったくしない場所だった。

車を出て、歩いた足元の感触から、きれいに舗装された道路でないことが分かった。ドアを開ける音から、安普請の建物であることも分かった。そしてきわめつきは臭い。ずっと昔、子供の頃の記憶が蘇《よみがえ》った。

（里弄《リーロン》の臭い――）

その頃の上海にはどこにでもあった、貧しげな西洋長屋の街の臭いだ。心地よいとはとても言えない。

ガタピシと立て付けの悪い戸を開け閉めしながら、建物の中を歩いた。根太《ねだ》が緩んでいるのか、床がギシギシ軋《きし》む。ふいに年老いた女の声がした。「何をしている？」と訊いている。青年が「鄭《ティ》さんに言いつかった、陳さんからの預かり物です」と言った。

「ふん、またろくでもないことを……」

老女は嘆かわしそうに呟《つぶや》いた。褒めはしないが、かといって止めもしない——という、無関心そのものの口調だ。それでも亦依は、（女の人がいる——）と、少し救われる思いがした。

「坐れ」と青年が言い、亦依はオズオズと、お尻の下に椅子のあることを確かめながら腰を下ろした。

「目隠しを取ってやったらいいでないか」

老女が言った。

「いや、だめです」

「せめて口だけでも開けてやりなよ。手首のテープも取ってやったらいい」

「しかし、逃げられます」

「だったら体を椅子に縛って、足を縛ればいいでないか。後ろ手は辛いよ。わたしも経験があるけどな」

「ふーん、どこで経験したんです？」

「紅衛兵《こうえいへい》にやられたんだよ。学問をやったり神を信じるやつは許せないんだと。縛られて山村に下放されて……思い出したくもない。とにかく手首は解いてやりな」

亦依は（父と同じだ——）と思った。学問に勤《いそ》しんでいたために迫害を受けて、この老女も人生観が変わったにちがいない。

青年は不承不承、女の言うとおりにした。手首は解放されたが、口を覆ったガムテープはそのままだ。足を揃《そろ》えて縛られ体を椅子の背に縛られたから、それほど楽になったというわけでもない。しかし、多少なりとも「捕虜」の身を案じてくれる人間がいることで、生き延びられる希望も湧《わ》いた。

「それで、この娘はどうするんだい？」

老女が訊いた。

「たぶんコレじゃないですか」

青年が答えた。コレの意味は分からなかったが、手で首を切る仕草か、刃物で心臓を突き刺す仕草でもしたのだろう。事態が好転したわけではなさそうだ。

「ふーん、勿体《もったい》ないね。売り飛ばしたほうがいいんじゃないかい」

「だけど、秘密を知りすぎているから、喋《しゃべ》られますよ」

「そんなもの、喋らないと約束させればいいんだよ。喋ったら親兄弟を殺すってさ。そうすりゃ喋らない。なあ、そうだろ、嬢ちゃんよ？」

亦依は精一杯（うん、うん）と頷《うなず》いた。

「ほらみなよ。殺しちまうのは勿体ないよ。アラブの石油王にでも売れば、百万元ぐらいにはなる。処女なら千万元はいくかも……あんた、処女かい？」

亦依は正直に首を横に振った。

「そうかい、まあそうだろうね、可愛い顔して、いい体してるんだからな。だったら好きな男もいるんだ？」

今度は「ううん」と唸《うな》り声を上げながら首を振った。悔しいけど、もう何年も特定の男なんかいやしない――そう思いながら、なぜかその時、浅見の顔が脳裏を過《よぎ》った。

「ほら、何か言いたいんだからさあ、口が利けるようにしてやんなよ。ここじゃ、いくら騒いだところで、誰も来ちゃくれないんだから」

青年は仕方なく口のテープを剝《は》がした。鼻の下の産毛が引っ張られて、ものすごく痛かった。亦依は「謝謝」と言ったが、しばらく唇の感覚がおかしかった。

口は利けるようになったが、それからは会話が途絶えた。老女が立ち去った気配はないから、まだ部屋の中にいると思うのだが、息遣いも聞こえない。しばらくして携帯電話の着信音が鳴った。青年が「もしもし」と言って、あとは「はい、はい」と応じるだけの会話だった。亦依は自分の携帯電話をバッグごと和華飯店の202号室に置いてきたことを思い出した。

電話を切って、青年が「おれ、ちょっと行って来ます。この女のこと頼みます」と言った。「ああ、いいよ」と答えたので、そこに老女がいたことが分かった。

「いいけど、その前にトイレ、行かせてやったらどうだい。あたし一人じゃ、逃げられちまうかもしれないからさ」

それは亦依にとってありがたかった。少し前から尿意を催していた。

「そうですね」

青年は亦依の足を自由にし、体を縛っていたテープも切った。老女が付き添ってトイレに行った。青年は傍までついて来たが、さすがにトイレの中までは遠慮してくれた。老女に手を引かれて、トイレに入り、便器の位置を確かめた。古いタイプの便器で、たぶんあまり清潔ではなさそうだ。自由になった手で衝動的に目隠しまで取りたかったが、老女との信頼関係を継続するためを考えると、それはあまり得策ではない。ドアは開けっ放しだから、老女ばかりか、ひょっとすると青年の目もこっちを見ているかもしれなかったし、音は絶対に聞かれると思ったが、放尿の本能は恥ずかしさを乗り越えた。

無事にトイレを済ませて、また椅子に縛られ、足の自由も拘束された。「それじゃ」と青年が出ていって、家の中は前よりもいっそう静かになった。

「おばさん……」

亦依は恐る恐る声を出した。

「なんだい?」

「あの、助けてください」

「ふん」と老女は鼻先で笑った。

「甘ったれるんじゃないよ」

いかにも憎々しげな口調だった。

「ちょっと優しくしたからって、勘違いしてもらっちゃ困るよ。あたしはね、上玉を傷物にしたくないだけのことさ。といっても、おまえが殺されちまっては話はお終《しま》いだけど、そうなるのかもしれないね。あの鄭って人はおっかないよ。情け容赦ってものがないからね。いったん殺すと決めたら、必ず殺す。泣いて頼んでもいくら金を積んでも、殺す。この社会じゃ、そうでないと人間をまとめていけないんだとさ。あたしになんか、いくら泣きついても無駄だよ。あんまり煩《うるさ》くいうと、またその口を塞《ふさ》いでしまうよ」

亦依は沈黙した。（やっぱり、ここで死ぬのね——）と、退路のない絶望感が、ひしひしと迫ってきた。

## 2

「あなたが鄭達《テイタツ》さんですか」

浅見は思わず嬉《うれ》しそうな声を発した。鄭などという名前は、日本の「佐藤・高橋・鈴木」のように、中国ではザラにある苗字の一つにすぎないのかもしれないけれど、目の前にいる鄭は陳建鋼《ケンコウ》や賀暁芳との繋《つな》がりからいって、浅見の目指した鄭に間違いなかった。

もちろん日本語が通じるはずはないが、鄭にも自分の名前を言われたことは分かったらしい。こっちを睨む鋭い目の中に「?」という、隙《すき》のようなものが生じた。

背後から田丸が、浅見の言ったことを通訳して、「世界遊友商務の鄭達社長ですね」と付け加えた。

「先日、あなたの会社にお邪魔しましたが、お留守でした」

「ああ、そういえば日本人が来たと聞いていたが、あんたたちのことか。何か用かね」

浅見と田丸はあらためて名刺を渡した。浅見のは肩書が何もないが、田丸の「日本総領事館　書記官」の肩書には、鄭も「ほうっ」と口を窄《すぼ》めて驚きの色を見せた。

そこからは浅見の質問を田丸が伝えた。

「あなたの会社の東京支社の社員、賀暁芳さんが殺された事件のことで、お話をお聞きしたかったのですが」

「ああ、そのことだったら、日本の警察にも話したが、私には関係ない。それと、あんたがいま言ったことは正確ではないよ。賀暁芳は当社の社員だったと言うべきだ。殺された時点では、すでに辞めていたからね。そうでなければ、何日も無断欠勤している社員を、放っておくわけがないだろう」

「なるほど、おっしゃるとおりですね。ところで、お宅の社員に陳建鋼さんという人がいますが、陳さんが賀暁芳さんと恋愛関係にあったことはご存じですか?」

「知ってはいるが、友人関係だったのじゃないのかな。もっとも男と女だからね、友人といったってただの付き合いというわけにはいかないだろう。警察には陳のこともいろいろ聞かれたが、彼は賀暁芳の死亡推定時にはとっくの昔に上海に帰っていて、アリバイは完《かん》璧《ぺき》だったよ」

「賀さんのほうは結婚するつもりで、母親に送った手紙にもそう書いてありますが」

「ふーん、かりにそんなものがあったとしても、それは女の思い込みというものだろう。陳も結婚を匂わすような調子のいいことを言ったかもしれないが、そんなのは男が女を口説く時の常套句《じょうとうく》みたいなものだよ。あんただってそうじゃないのかね」

「いえ、僕はそんないい加減なことは絶対に言いません」

浅見がムキになって言ったから、田丸の通訳を聞く前にその気配を感じたのだろう、鄭は（へえーっ、いいトシした男が）という顔で辟易《へきえき》した苦笑を浮かべた。

「それはともかくとして」と、浅見は態勢を整え直した。

「陳建鋼さんのお父さんが、貴老爵士楽団の陳正栄《セイエイ》さんなのですね」

「ああ、そうだよ」

「陳正栄さんと鄭社長とはどういう関係なのですか？」

「知り合いだな。陳建鋼の父親だから、ふつうの知り合いよりは親しくしているがね」

「その程度の知り合いであるのに、この陳さんの部屋を鄭社長が我が物顔に使用しているのは、どういう理由でしょう？」

田丸は「我が物顔」の翻訳にちょっと手間取った。浅見に「自分の物として、威張ってという言い方でいいですかね？」と確かめてから、質問をぶつけた。そのせいか、鄭は気分を害した様子を見せた。

「私が陳からどういう使わせ方をさせてもらっていようと、あんたらには関係がないだろう」

「われわれに関係がなくても、お二人の関係の深さを明らかにすることによって、事件の真相解明が一歩、前進します」

「事件とは、いったい何の事件だ？」

「二つの殺人事件です。一つは賀暁芳さん殺害事件、もう一つは王孫武《オウソンブ》氏殺害事件。それともう一つ、曾亦依さん拉致・監禁事件も加わりそうです」

田丸が驚いて、「浅見さん、ちょっと過激すぎませんか」と通訳を控えた。

「いえ、大丈夫ですよ。二つの殺人事件についてはここで立証するのは難しいですが、曾亦依さんの事件については現行犯として追及できます」

「というと、証拠があるのですか？　さっきの、地下にいた野郎の証言だけでは頼り無いですよ。それに、今頃はとっくに逃げてしまったでしょうしね」

「大丈夫、心配いりません。テキには盲点も油断もあります。僕たちがここに現れるなどとは、想像もしていなかったのです。しかし万一に備えて、康《コウ》さんを呼んでおいたほうがいいかもしれません。相手は暴発する危険がありますから」

「そう、ですね」

　田丸は鄭に「ちょっと失礼」と会釈して、隣室に退き、ドアを開けて待機している康と韓《カン》を招き入れた。その間、鄭も彼の部下も田丸が何をするつもりなのか分からず、手を束《つか》ねて傍観していた。康と韓はあえて身分を明らかにしなかったが、二つの部屋を繋ぐドアを塞ぐように佇《たたず》んだ姿勢を見て、明らかに公安の人間であることを察知したのだろう、鄭はさすがに険しい表情になった。鄭の二人の部下も親分を守る忠実な手下よろしく、鄭の両脇に立った。

　頼もしい援軍を得て、田丸はようやく浅見の質問を伝えた。二つの殺人事件と拉致・監禁事件——には鄭よりもむしろ、康たちがその内容に驚いた。肝心の鄭は不敵にも肩でせせら笑って見せた。

「何を馬鹿げたことを言っているんだ。何も関係がないと言ったばかりじゃないか。あまりしつこいと、そこにおいでの公安局員さんに名誉毀損《きそん》で逮捕してもらうぞ」

「それではお訊きするが、そこにある赤いバッグは誰のものですか？」

　浅見の指は部屋の隅の小テーブルの上に向けられた。

「ん？　そんなもの、私は知らないな」

「では、陳さんの物でしょうか」

「そうだろうね」

「陳さんには、女物の赤いバッグを持つような趣味がおありなのでしょうか?」

「まさか……」

鄭はまた小馬鹿にしたように笑ったが、動揺の色は隠せない。

「そうでしょうね。じつはそのバッグは僕の知り合いの女性の物です。われわれはそのバッグの持ち主がどこへ行ったのか探索しております。この部屋にバッグだけがあって彼女がいないとなると、彼女の意志に関係なく拉致されたものと見做《みな》されます。これは非常に危険なことです。鄭さんは彼女の行方をご存じですね?」

「知っているはずがないだろう。だいたい、そのバッグは陳の物かもしれないしな」

「分かりました。それでは陳さんの帰りを待ちましょう。そろそろ第一回の演奏が終わる頃ですから」

その言葉どおり、ドンピシャリで陳が戻って来た。何の警戒心もなく部屋に入って、康の顔を見てギョッとなった。韓が素早く陳の背後に回り込んで、退路を絶ち、奥の部屋に押し込んだ。

「やあ陳さん、先日はお邪魔しました」

浅見が陽気な声で言った。

「早速ですが、そこにある赤いバッグは陳さんの物ですか？」

「いや、違いますよ」

反射的に陳は答えた。「黙っていろ！」という鄭の制止も間に合わなかった。

「それでは誰の物ですか？」

「さあ、知りませんね」

「なるほど、持ち主不在ですか。それでは康さん、公安局職員の義務と権限を行使して、遺失物であるバッグの中を確かめるべきではないでしょうか」

「そのとおりです」

康は真面目《まじめ》くさって部屋の奥に歩み入り、バッグに手をかけた。鄭の部下の若い男が上着の襟元に手を突っ込むのを見て、韓がスッと拳銃を構えた。電光石火の速さだ。浅見には分からなかったが、「動くと撃つ」と言っている。若い男は中途半端な位置にホールドアップして、動かなくなった。

康はバッグより先に男に近づき、ガンホルダーから拳銃を抜き取った。

「銃砲不法所持の現行犯で逮捕する。壁に向かって両手を上げて立て」

鄭ともう一人の男は身体検査の結果、銃は所持していなかったが、若い男の同類と見做《みな》して、壁際まで下がらせた。鄭は屈辱に顔を歪《ゆが》め、「律師《リュウスウ》（弁護士）を呼ばせろ」と言ったが、康は黙って首を横に振った。

それから康はおもむろに赤いバッグを持ち上げ、それまで鄭が向かっていたデスクの上に置き、ファスナーを引いた。

「定期券入れがあります」

取り出して名前を確認し、「曾亦依さんの物ですね」と宣言した。

「これは不思議ですね、彼女のバッグがなぜここにあるのでしょうか？　ね、陳さん」

「さあ、私には分かりません」

「とぼけるな！」

通訳が入る前に、康が怒鳴った。陳は震え上がったが、浅見も震えがくるほどの危機感に襲われた。この間にも刻一刻、亦依の身に危険が迫っている。

（間に合うのか——）

「亦依さんがどこにいるのか、訊いてください。急がないと危ないかもしれない」

浅見の切迫した気持ちを察知して、康は陳の胸倉を摑み、耳に口を寄せて「どこにいる？」と怒鳴った。

「私は知らない、何度訊かれても、知らないものは知らない」

意外なほどのしぶとさだ。鄭を恐れてのことだろうけれど、それにしても、これまでのオドオドした対応は偽装だったのか、胆を据えたような開き直りを見せた。貴老爵士楽団のメンバーは世を忍ぶ仮の姿なのか、もう一つの顔が黒社会か何か分からないが、鄭の率いるマフィア集団のようなものの幹部クラスであることを思わせる。

「おいおい、いつまでこんなことをやっているつもりだ。そろそろあんたらの上司を呼ばせてもらうぞ」

鄭が悪態をついた。具体的に公安局幹部の名前も言ったらしい。それでも効果がないと見て取ると、業をにやしてデスクの上の電話に向かおうとした。

「動くな、撃つぞ！」

韓の制止を無視して受話器に手をかけた。その瞬間、韓は引き金を引いた。轟音《ごうおん》とともに弾丸は正確に鄭の右手に擦過傷を与えて、向こう側の壁に突き刺さった。鄭は弾かれたように飛びすさり、床に尻餅《しりもち》をついた。

「や、野郎、撃ちやがった。ほんとに撃ちやがった……」

悲鳴のように叫んだ。誰も通訳をしなかったが、浅見の耳にはそんなふうに聞こえた。

ガキ大将が、なめてかかった相手に思わぬ反撃を食らったのと、あまり変わりがない、無様な恰好だった。部下の若い男が慌ててボスに駆け寄り、あまり清潔でないハンカチで、手の出血を縛った。

存外、ショックを受けた様子のないのが、またしても陳正栄だった。この男は見かけとはまったく別の人格を持っているらしい。轟音にビクッとした以外は、鄭が引っ繰り返ったのにも、冷淡と言っていいくらい反応しなかった。犯罪の世界では、こういうのが最も恐ろしいタイプなのかもしれない。医者のように冷静に、神のように平然と、独裁者のように残酷な殺人を行いそうだ。

「どうなんだ、曾亦依はどこにいる？」

康は四人に向かって怒鳴った。今度もまったく反応はなかった。連中は完全に黙秘を続けるつもりのようだ。浅見はじりじりと焦りがこみ上げてきた。自ら赤いバッグに近寄り、中身を改めた。手帳や財布、ハンカチなどのほか、あまり男性に見られたくないような女性特有の小物類がいくつかある。その下に隠されたように携帯電話器があった。

取り出すと、バッテリー切れで死んだ状態になっている。バッグには充電用のコードもあった。浅見はコンセントに繋いで、電話器を復活させた。最後にダイアルした番号の表示を覗き込んで、田丸が「えっ？」と声を発した。

「これはぺーさんの番号じゃないか」

浅見は「ぺーさん」という呼び名から、コメディアンの顔を連想したが、すぐに田丸の恋人・裴莉婕《ペーリジェ》であることを思い出した。

田丸は急いで裴莉婕に電話した。裴莉婕は待っていたようなタイミングで出た。田丸は急き込んで喋り始めたが、すぐに「ん？」と言葉を停めた。

「そうだよ、曾亦依さんの電話からかけている」

もちろん中国語だが、田丸は浅見に目配せをしながら喋っている。

「さっき、この電話からきみのところに電話が入ったんだね？……うん、うん、ところが電話は無言だった……何も言わないので、いたずら電話かと思って切ろうとした……妙な音声が聞こえたので聞いていると、どうやら様子がおかしいと気づいた……」

それから先はしばらく「うん、うん」と頷くだけで、裴莉婕の話に聞き入っていた。中身の分からない者にとっては、気の遠くなるほどの長い時間だった。やがて田丸は「そう、そうか、ありがとう、分かったよ。すごいお手柄だ」と称賛して、話を終えた。

電話を切ってから、田丸は興奮を鎮め、息を整える間を取ってから、話し始めた時のくだりと、聞き入っていた時の裴莉婕の話の内容を、改めて日本語で浅見に伝えた。康以外の中国人には理解できない。

要約すると、およそ一時間前、裴莉婕の携帯電話の着信音が鳴ったので、受信モードにして耳に押し当てたが声が聞こえなかった。送信者は曾亦依の番号を表示している。ところが、電話は通じたままの状態で、かすかに何か聞こえたり、そのうちに、遠くてやや聞き取りにくいものの、男の声も聞こえた。裴莉婕は、何かの事情があって、亦依が電話を切らずに放置してあるのだと思った。うっかりミスだとは考えられない。これはアクシデントだと思った。元公安局員らしい勘が働いたといえる。

そこで裴莉婕は根気よく、受話口を耳に当てたままでいた。相変わらず音声は遠いが、「陳さん」という名前が聞こえた。「２０２号室」とか、「陳さんてどういう人？」といった亦依の声と、それに答えるらしい男の声が聞こえた。十分ほどその状態で、「行こうか」という男の声がして、またしばらく無言状態が続き、場所が変わった気配があった。どこか部屋に入り、亦依と別の男の会話が、前よりはやや鮮明に聞こえた。

その時には裴莉婕はメモを取る態勢を作っていた。亦依の「陳さんに話が……」という声に対して「私が陳だが」と答える年配の男の声がして、それから長い会話が続いた。メモを取る手が間に合わないスピードで、事態がどんどん進行した。アルトサックスとトロンボーンを間違えたために、何か重大な錯覚があって、人違いをしたらしい様子が伝わってきた。そうしてついに亦依の素性が相手にバレて、亦依は危機的な局面に遭遇することになったらしい。亦依は口を塞がれ、体の自由を束縛されたようだった。

裴莉婕が公安局に通報しようとした時、事態は新たな展開を見せた。男が何人かやって来て、亦依を別の場所に連行する話になったらしい。ところが、危機的状況は携帯電話にも発生していた。「陳の家……」という言葉を最後に電源切れで通話が途絶えた。

以上が裴莉婕からの報告だった。裴莉婕はその後、公安局にその話をして、何らかの対応が始まりそうな気配だが、動きは鈍いらしい。田丸に相談しようかと思っていた矢先の電話だったそうだ。

「行く先は陳の家と言ってますが、どっちでしょうか？　長寧区のほうですかね。それとも荊州路のほうでしょうか」

「荊州路の実家のほうですよ」

浅見は断言した。直観というより、あの新開発の住宅街に「誘拐・監禁」は似合わないと思った。

## 3

死の恐怖の最中でも、人間は睡魔に勝てないことを知った。椅子に縛りつけられているのが、かえって安定感を生んでいるのかもしれない。それほど長い時間ではないのだろうけれど、(はっ――)と気づいた時の亦依は確かに眠っていた。

「あんた、いい度胸しているね」

脇でずっと繕《つくろ》い物でもしていたらしい老女に、呆《あき》れたように言われたのが恥ずかしかった。口から涎《よだれ》でも垂らしていなければいいけれど――と思ったが、目は見えず手も使えなくては、確かめようがない。

「死ぬのは恐ろしくないのかい?」

「恐ろしいです」

「そうだろうね、だけど、死ぬ時は一瞬さ。痛くも何ともないからね」

「ううん、そういうことよりも、止まってしまうのが恐ろしいんです」

「止まるって、何がさ?」

「生まれた時から、ずうっと考え続けてきたいろいろなことや、これからああもしよう、こうもしようと思っていることが、全部、いっぺんに止まってしまうのが、とても恐ろしいんです。父や母や兄のこと、この上海やこの国や地球や、そういった何もかもの行く末を見届けることもできないまま、その瞬間に私の『思う』ということが止まってしまうのが……とても恐ろしい」

亦依は言いながら、物心ついて以来のあれこれが、回り燈籠《どうろう》の絵のように浮かんでは消え、浮かんでは消えるのを、目隠しされた布の裏側で見ていた。人間が死ぬ時には、そういう過去の記憶が猛烈な勢いで流れてゆくのを見るそうだけれど、それがもう始まったのか——と思った。

こんなところで死ぬと分かっていたら、もっといろいろなことをやっておけば良かったと後悔した。まだこれからがあると思い、次の機会になどと逃げ口上を重ねてきた人生だったのではないだろうか。とうとう結婚もしなかったし、恋愛だって本当の恋愛をしたのかどうか、自信がない。中国語学校の教師も法廷通訳も、どちらも中途半端だったようなうらみもある。

「この国の行く末かい……」

老女は面白くもなさそうに呟いた。

「そんなものは、あたしは知ったこっちゃないね。おまえだってそうだよ」

「そうでしょうか」

「ああ、そうだともよ。この国があたしに何をしてくれたっていうんだね。ガキの頃から戦争ばっかしでさ。ようやく日本に勝ったと思ったら、今度は国の中で戦争をおっぱじめて、そのたびにあっちへ逃げ、こっちへ逃げして、何もいいことはなかったね。やっと人間らしい暮らしになったと思ったら、紅衛兵なんて、ガキみたいなやつらにめちゃくちゃにされちまってさ。亭主は殺されちまうし、もう思い出したくもないよ」

「えっ、ご主人は殺されたんですか？」

「ああ、殺された。許してくれ、許してくれってさ、息子の目の前で哀れっぽく泣きながら引きずられて行って、それっきり帰ってこなかったよ。殺されたのは人間だけじゃないよ。上海も死んじまった。戦争からこっち、北京ばっかりがよくなって、上海は痛めつけられるばかし、一度も日の目を見たことがなかったね」

「でも、いまの上海は発展しています」

「ああ、鄧《トウ》（小平《ショウヘイ》）おじさんが来てくれて、江沢民《コウタクミン》が市長になってから、上海は急によくなったけどね。だけど、よくなった頃は、あたしらは寿命だよ。この小汚い町と一緒に死んでゆくのさ」

老女自身、自分の喋ったことで気分が悪くなったのか、いきなり沈黙して、少し荒い息遺いばかりが聞こえる時が流れた。

亦依は「ねえおばさん」と呼んでみた。

「ああ、なんだい？」

「おばさんは、いくつですか？」

「ははは、歳かい。歳は七十五さ。和華飯店の新館ができた年に生まれたよ」

「えっ、いま、私はそこから来ました」

「ふーん、そうかい、正栄のところから来たのかい」

「正栄、さんていいますと？」

「なんだい、おまえ知らないのかい？　あたしの息子じゃないか。陳正栄、父親は陳泰《タイ》順《ジュン》っていってさ、上海で一軒しかないみたいな真面目な書肆《しょし》（書店）をやってた。うちはクリスチャンじゃないけど、キリストの本を置いてたのは中国中探したってうちぐらいなもんじゃなかったかな。それが反革命的だって言って、本を焼かれ、店を潰《つぶ》されちまった。亭主が抗議したら、生意気だって殺されちまった。死体はどこかに埋められた。二十世紀にも焚書坑儒《ふんしょこうじゅ》があったってことさ……ふん、あたしとしたことが、余計な話をしたね」

老女はふと気がさしたのか、照れ臭そうに話をやめた。

「いいえ、余計じゃありません。もっといろいろ聞かせてください」

「そうかね、聞きたいかね。ま、おまえはどうせ死んじまうんだから、話したってどうってことはないがね。えーと、そうだ、息子の話だ。息子は中学に入った年でさ、親馬鹿で言うんじゃないけど、音楽が好きで頭のいい子だった。将来は学者になるとか言っていたけど、父親が殺された挙げ句、山村労働に連れて行かれて、さぞかし苛《いじ》められたんだろさ。五、六年経って帰って来たら、痩せこけちまって、目ばかりギョロギョロして、地獄を見たっていうのは、ああいうのかね。半年寝たきりでいて、起き出した時には人間が変わっていた。親のあたしでさえ、訳が分からない人間になっちまっていた。ある日、フラッと出ていって、それから長いこと、どこで何をやってたのか、またフラッと女を連れて帰って来た。福建省から売り飛ばされてきたってコで、無口で、いつもビクビクして、器量もいいし、気立てのいいコだったけど、可哀相に、股の付け根のところに赤いトカゲの刺青《いれずみ》をされちまってさ」

「赤いトカゲ、ですか？」

亦依はドキリとして、思わず老女のほうに目を向けた。見えない網膜の裏側に、ずっと昔、夢で見た赤いトカゲが蘇った。

「ああ、真っ赤なトカゲだよ。そういうのを旗印にした幇《パン》（秘密結社）があるんだろ。あれじゃどこへも逃げられないし、嫁にも行けないね。妊娠していたから、もう使い物にならなくて、払い下げにでもなったのかな。そんなコでもなければ正栄の手に入りっこないよ。短いあいだだけど、あのコも幸せだったんじゃないのかな。正栄は何の仕事をしているのか、大抵、どこかへ出たらしばらく帰ってこなかったけど、家にいる時はそのコにおかしな喇叭《らっぱ》を吹いて聴かせてやっていたっけね。正栄が旅に出ているあいだに子供を産んだけど、ろくでもない医者だったもんだから、子供のいのちと引き換えに母親は死んじまったよ。帰って来て、正栄は泣いた泣いた。あんな息子にも涙が残っていたなんて、びっくりしたもんだ。あれはよっぽどあのコが好きだったんだねえ。

「陳さんは、本当はいい人だったんですよ、きっと」

「あはは、そうだね。だった、だった……みんな『だった』になっちまった」

ふと思いついて、「あの……」と、亦依は恐る恐る訊いた。

「そのお孫さんが、陳建鋼さんですか」

「ああそうだよ、よく知ってるね」

「じゃあ、さっきおばさんが言った鄭さんて、世界遊友商務株式公司っていう会社の社長じゃないのですか?」

「ああ、そうだよ。名前ばかしは立派だけどね。何の会社だか知れたもんじゃない。鄭社長はここ五、六年でのし上がって、まだ三十代の若さなのに大物ボスの風格がある。だけど若いぶん、おっかないよ。もっとも、それより弟のほうが残酷でおっかねえっていう噂だ。息子も孫も鄭社長に面倒見てもらっているから、悪口は言えないけど。だけどおまえ、世界遊友商務を知ってるのかい?」

「私の親友がその会社に勤めていました。日本の東京支社ですけど」

「ふーん、そうかい。だったら早く辞めたほうがいいね。そう言ってやんな……と言っても、おまえも死んじまうんだね」

「彼女も死にました。殺されて」

「殺された?……」

老女はギョッとして、「まさか賀暁芳じゃないだろうね」と言った。

「えっ、おばさん、彼女のこと、知っているんですか?」

「ああ、名前はね……そうかい、おまえは暁芳の友だちかい。やれやれ、何てこったろうねえ。じゃあ、おまえもその事件があった時、東京にいたのかい?」

「ええ、いました。それどころか、暁芳が殺されているのを、最初に発見して、警察に通報したのは私だったんですよ」

「へえーっ、おまえがかい……ふーん、こいつはたまげたね」

「あの、お孫さんの陳建鋼さんは、暁芳の恋人ではなかったんですか?」

「さあね、どうだろうかね、あたしは何も知らないよ」

どんな顔をして言っているのか、見たくなるほど、明らかに嘘と分かる、とぼけた口調で言った。

「嘘でしょう、知っているんでしょ?　暁芳は手紙に陳建鋼さんと結婚するって、希望に溢《あふ》れたことを書いていたんです。暁芳は私と一緒に日本へ行って、それまでずっと恵まれなくて、ようやく幸せになれるって思ったのに、殺すなんて、ひどい……」

「おやおや、おまえの口ぶりだと、うちの孫が暁芳を殺したみたいに聞こえるね。それはとんだ見当違いだよ。暁芳が死んだって聞いて、建鋼も泣いていたからね」

「えっ、ほんとですか?」

「おまえに嘘ついたってしようがない。ほんとのことを言うと、確かに建鋼は上海に帰って来て、暁芳の話をしたよ。上海で落ち着いたら、暁芳を嫁に迎える。新しい家を買ってみんなで住もうって、不動産屋の手付けを打ったりもしてたんだよ。あの子は正栄と違って真面目だからさ、悪い女に騙《だま》されてなきゃいいって思ったけど」

「暁芳は悪い女じゃありませんでしたよ」

「そうかいそうかい、だけどあたしは心配だったね。それで正栄に見て来てやれって言ったりしたんだけどさ。死んじまったんじゃしようがない」

「だけど、それじゃ、誰が暁芳を?」

「そんなことはあたしは知らないね。ただ、正栄からその話を聞いて、建鋼は泣きながら仇《かたき》を取るって言ってた。必ず殺すってね」

「じゃあ、誰が犯人なのか、知っていたんですね?」

「そうだろうね。だけど、正栄がだめだって止めた。建鋼が犯人を殺したんじゃ、それこそ誰が殺《や》ったか分かっちまう。動機っていうやつがはっきりしてるからね。いつか必ず機会がくるから、それまで待てってさ」

「それで、もう仇は取ったんですか？」

「知らないね、あたしは」

老女はまた、とぼけた口調になった。

「ああ、いけないいけないいけない、余計なお喋りをしちまった。正栄に知れたら怒られちまう。情が移るっていうんだけどさ。あたしは情なんてもんは、とっくの昔に捨てちまったのにねえ。おまえとこうして喋ったことは忘れておくれ。誰かに言ったりしたら、それこそあたしがおまえの首を絞めてやる」

「はい」

亦依は素直に頷いて、「ありがとう、おばさん」と言った。

「礼なんぞ……ああ、いやだいやだ……」

老女の声が遠ざかった。トイレにでも逃げ込むのだろうか。あんなに悪女ぶっているけれど、根はそんなに悪い人間ではないのかもしれない。ご亭主を殺されたりした酷い過去があったりすれば、誰だってまともでなんかいられなくなる。息子の正栄も孫の建鋼も、そういう過去を引きずっているのだから、同情すべき余地があるのね——と思った。

ついさっき、和華飯店の202号室で、恐ろしげな振る舞いを見せた陳正栄が、愛した女のためにとめどなく泣いたと知って、亦依は救われたような気持ちだった。何かの事情があって、いまは心ならずも悪の色に染まっているけれど、人間の本性は善であるにちがいない。

誰もが愛しあい傷つけあい、苦しみ悩みながら、生きてゆく。人それぞれがそれぞれの事情を抱え、戦いながら死んでゆく。楽しかったり悲しかったり、笑ったり泣いたり、長いのもあれば短いのもあるけれど、それもみな面白の人生――たとえこのまま死ぬことになったとしても、そう悟れただけでも、少しは諦めがつく。

（でも、生きたい――）

亦依は生まれて初めて、心の底から切々とそう願った。生きていることが、とても大切に思えた。もし生き長らえることができたら、これまでよりいっそう、いい人生を送るようにします――と、何かに誓った。

その時、道路にタイヤを軋ませて車が停まる音がした。ガタガタとドアを開閉させ、数人の足音が近づいた。「おや、鄭さん」と老女の声が迎えた。

「ばあさん、女はいるかい？」

「ああ、ちゃんとしてるよ」

「そうかい」

言いながら部屋に入って来て、亦依の縛られた恰好を見て、「うん」と満足そうに鼻を鳴らした。

「どうしたんだい、何かあったのかい？　うちの息子は？」

「ちょっとヤバイことが起きた。パクられたらしい」

「えっ、正栄がかい？」

「それと、おれの兄貴もな」

「えーっ、達さんもかい？　いったい何があったのさ？」

「詳しいことはよく分からねえが、梁の話によると、この女のお陰で、ヘマをしちまったみたいだな。あいつだけが、こっちに来ていたもんで、パクられずに済んで、知らせて寄越した。グズグズしてられねえよ。公安局の連中がじきにこっちにやって来る。ズラからねえとな」

「この女はどうするのさ？」

「殺《や》るしかねえだろう。早いとこ片づけて、ズラかろう」

「殺さないで、人質にしたらどうだい」

「いや、足手まといになる。スッパリ殺っちまったほうがいいよ。おれが始末して行くから、ばあさんは逃げな」

「いいよ、あたしはここに残るよ。それよかさ、何も殺すことはないんじゃないかい。この娘《こ》は暁芳の友だちだって言ってるしさ」

「うるせえな、そんなことはおれには関係ねえんだ。おい、てめえら、ばあさんを連れて先に行け」

ガタガタと騒がしい音が揉み合いながら遠ざかった。ほんの一分とはなかっただろう流れの中で、亦依の中では死の恐怖と生への希望とがせめぎあった。そして最後には絶望と死刑執行人だけが残った。

「さてと……」

鄭の弟は老人のように呟いた。人間が人間を殺すのに、こんなに冷静でいられるなんて――と、亦依は死ぬことよりも、そのほうが恐ろしかった。不思議に、思ったよりも早く諦めの気分に浸ることができた。泣き叫び、命乞いをする気も起きなかった。陳の父親がそうやって引きずられて行って、とどのつまりは殺されてしまったという、惨めな話を老女から聞かされたせいかもしれない。あとはどうやって殺されるのか、それを見届けられないのが、むしろ残念な気がした。

暗黒の沈黙の中で、カチャリと、撃鉄を起こすような音を聞いた。

「銃殺なのね」

鄭の動きを想像しながら、言った。彼の腕が真っ直ぐ伸びて、頭の脇を狙《ねら》う様子がありありと見えるような気がする。「痛くはないよ」と言っていた老女の言葉が浮かんだ。子供の頃、注射をされる時に母親が言ってくれた言葉とダブッた。一瞬の痛みが走るだけで、その後は意識がなくなるだけ――。

「いい度胸だな」

それが面白くないとでも言いたそうな男の口ぶりだった。兄よりも弟のほうが残酷――なのだそうだ。

男の手が目隠しの布にかかった。荒々しく外した。すぐには視覚が回復しなかった。

「あれっ？……」

男が怪訝《けげん》そうな声を出した。

「あんた、先生……曾先生じゃねえか？」

ぼんやりした視界の中の輪郭が、すぐにはっきりしてきた。顎鬚《あごひげ》を蓄えた若い男の顔が目と鼻の先にあった。名前を知っているのだから、こっちも知っている相手なのだろうけれど、まったく記憶にない顔だった。

「そうだよ、曾先生だよ。驚いたなあ……おれだよ、おれですよ、鄭烈《ティレー》ですよ。あ、この髭で分からないのかな。ほら、東京のコンビニで、万引きで摑まった時、助けてくれたじゃないですか。あの鄭ですよ」

「ああ……」

どうしたことだろう、亦依は涙がこみ上げてきた。日本へ行ってから起きたいろいろな出来事が、そのエピソードを聞いた瞬間、どっと蘇り、押し寄せてきて、そうしたら無性に泣きたくなった。

「あっ、すみません、いますぐ楽にしますからね」

鄭烈は慌ただしく動いて、体と足を縛っていたガムテープを外しにかかった。力任せに引きちぎろうとしても、意外に手間取る。自分の手際の悪さを罵《ののし》りながら、ようやくテープを外すと、鄭は亦依の両肩を抱くようにして椅子から立ち上がらせた。

## 4

公安局の動きは呆れるほど鈍かった。康警部が言っていた「正規の手続き」とやらを踏む手数が、想像以上にかかるらしい。最大のネックは、康も韓も本来は、事件捜査に関係のないセクションに在籍していることにあるのだそうだ。

それと、報告された事件の状況がじつに曖昧《あいまい》なもので、実際に事件が起きているのかどうかも疑わしいほどの内容であることもあった。とにかく事件発生を思わせるものは、裴莉婕が携帯電話で聞いたという、怪しげで頼りない音声にすぎない。これだけのことで事件性ありと判断できるのか——とか、康が本来の任務を逸脱して、他の部が扱うべき事犯に手を出したのは越権行為だなどという、とんでもない言いがかりもあって、内部調整に手間取ったらしい。

　こうしているあいだにも、亦依の身に何が起きているかしれない。そのことを思うと、浅見は焦燥感に駆られて、何度も田丸と二人で先行すると言ったのだが、そのつど康警部に制止された。中国公安の人間としては、どんなことがあっても、それだけは認めるわけにいかないというのである。この場の状況は突発的なアクシデントだし、現に銃の不法所持を摘発しているから言い訳が利くが、誘拐監禁の事実はまだ立証されていない。それに向かって他国のしかも民間人が行動を起こすなどは、確かにとんでもない話だ。ハリウッドや香港製アクション映画とはわけが違うのである。

　とにもかくにも公安局が重い腰を上げて、応援隊が和華飯店に駆けつけるまで、鄭と陳とほかの二人を「確保」した状態で、根気のいる睨み合いが続いた。陳のところにはクラブの演奏が始まるといって迎えが来たが、急病と称して一人だけ休演させた。

　浅見と田丸が202号室に入ってから一時間半を経過した午後九時少し前になって、ようやく本隊が到着した。康と同格の警部が率いる六名の私服と、ほかに出動命令を待つ制服組が三十名用意されているそうだ。

　とりあえずここにいる四名については「銃砲不法所持」容疑の現行犯で逮捕し公安局に連行することになった。鄭は相変わらず強気の文句を言っていたが、さすがに、ことここに至っては抵抗しようがない。

　ようやく荊州路の陳の家へ向かうことになった。田丸の運転する車が先導役を務め、青いランプを点滅させた公安の車がゾロゾロとそれに続く。相手に気づかれるのを警戒してサイレンは鳴らさないことにした。

日頃は閑散として誰もいないような荊州路の街だが、一行が到着すると、どこからともなく物見高い連中がポツポツ現れて、人垣を作り始める。それも、ほとんどが老人ばかりだ。古びた陋屋《ろうおく》ばかりの暗い街に、古びた顔が朦朧《もうろう》と並ぶありさまは、中国版『ゾンビ』のようだ。

捜査隊は犯人の逃走に備え、陳家の前と、念のため、背中合わせの家の前や、街角の要所要所に捜査員を立て、物々しい態勢を作ってから、いよいよ建物にアタックすることになった。

陳家は通りに面した部屋は明かりがついていないが、ガラス窓越しに覗《のぞ》くと、そのすぐ奥の部屋の明かりが洩《も》れていて、別段、変わった様子にも見えない。前回の経験がある康警部が一隊の先頭に立って近づくと、立て付けの悪いドアの隙間から和《なご》やかな笑い声が聞こえた。それも老若の女性の声である。全隊の動きがピタリ、停まった。

「曾さんですね、あれは……」

思わず浅見は呟いた。若いほうは確かに亦依の声だ。田丸も頷いた。

康が指揮官の警部にその言葉を伝えた。

「あの笑い声の主は、われわれが救出しようとしている曾亦依のようだ」

「どういうことか？」

「さあ、分からない」

「何かの間違いではないのか」

「分からない」

「それとも、罠《わな》か？」

「分からない」

そういうやり取りの後、とにかく踏み込むことに決定した。ドアには鍵《かぎ》がかかっていない。治安のいい街とは思えないから、盗まれる恐れのあるような物は何もないということなのだろう。捜査隊員は拍子抜けしたようにふつうにドアを開け、ふつうの足取りで建物の中に入った。三人の狙撃手を背後に構えさせ、自分もピストルを提げて、警部が奥のドアの前で怒鳴った。

「公安局だ、抵抗する者は撃つ。全員両手を挙げて出てこい！」

一瞬、内も外もシーンと静まり、緊張感が最高に漂った。それをぶち破るように、「はーい」と、のんびりした声が聞こえ、ドアを「よっこらしょ」と開けて老女が現れた。皺《しわ》だらけの顔を包む、ぼうぼうの白髪が逆光に浮かび上がって、鬼婆を連想させる。

「おや、何の騒ぎだい、そんな物騒なものを持って」

突きつけられた拳銃を見ても、さほど驚く様子もなく、老女は呆れたように言った。

「あんた、陳正栄の母親か？」

「ああ、そうだけど？　そう言うおまえさんは誰だい？」

「上海公安局刑事偵査課だ。ここに曾亦依という女性が監禁されているという情報が入ったが、その女性はいるか？」

「いるけど、それがどうかしたかい？」

「なにっ、いるのだな。よし、略取誘拐と監禁容疑で逮捕する。出てこい」

「はいはい、そんな大声を出さなくても出ますよ。亦依よ、出ておいで」

老女が奥へ呼びかけると、「はい」と若い声がして、曾亦依が顔を見せた。

「あらっ、浅見さんじゃない……田丸さんも康警部も……どうしたんですか？」

亦依は前半分を日本語で、後のほうを中国語で叫んだ。


それからのことは上海市公安局の名誉のために書かないでおこう。当局の文書にも、この事件に関わって総勢四十名の捜査員が出動した事実は一切、記録されていない。

鄭の部下が銃砲不法所持で現行犯逮捕されたのは一応、成果といえるが、それも当人一名が勾留《こうりゅう》されただけだ。鄭も陳ももう一人の部下も、共犯の疑いがあるとして、一晩留置されることになったが、それもほんの形式にすぎず、翌日には説諭だけで釈放されることになる。

問題の曾亦依の「拉致《らち》・監禁」については、事情聴取の結果、曾亦依当人からそういう事実はないとの供述があった。陳家にいたのは、賀暁芳が愛したという陳建鋼の実家を訪ねたのであって、建鋼は不在だったが、彼の祖母の施意謹《シイキン》と意気投合、意謹の思い出話などに花を咲かせていたのだそうだ。

それでは裴莉婕の通報は何だったのか――ということになった。裴莉婕も公安局に呼ばれ、間違いなく携帯電話から洩れてくる怪しげな会話を聞いていると主張したのだが、確たる証拠は何もなかった。田丸書記官も恋人の名誉のため、彼女の判断に誤りはないと弁護したが、認められるに至らなかった。何よりも当の曾亦依本人が否定しているし、捜査員も陳の家で、曾亦依と施意謹の和気あいあい状態の様子を目撃しているのだから、覆しようがない。

浅見と田丸と曾亦依、それに裴莉婕が公安局から解放されたのは、深夜の十二時を回っていた。康と韓はさらに留め置かれて、公安局の上部機構に事情を説明しなければならないそうだ。

四人はひとまず花園飯店に入った。全員が消耗しきっていた。亦依はもちろんだが、最も落ち込んでいるのは裴莉婕かもしれなかった。田丸に褒められた「お手柄」が、じつはとんだ勘違いの空騒ぎだったと分かり、公安局の連中には人騒がせな――と罵られた。誇り高い性格の彼女としては、生まれて初めて受ける屈辱と災難だったにちがいない。

人けの消えたラウンジに落ち着くと、曾亦依はいきなり立ち上がって裴莉婕に向かって頭を下げ、「ごめんなさい」と言った。田丸と浅見にも次々にお辞儀をした。

「ごめんなさい、ごめんなさい……」

それから椅子に倒れ込むように坐り、顔を覆って泣き伏した。声を上げず、とめどなく泣いた。いままで堪えに堪えていたありとあらゆる感情が、涙とともにドッと吹き出してきたような泣き方だ。

裴莉婕と田丸が呆気に取られる中で、浅見が「いいんですよ、亦依さん」と肩を抱いてやった。亦依は無言で何度も何度も頷くばかりで、声も出ない。

「浅見さん、いったいこれはどういうことなんですかね？」

田丸はついに我慢ならないとばかりに、浅見に向かって言った。今夜起きたことも、いま目の前で起きているこの事態も、何が何だかさっぱり分からないが、キーマンであるはずの浅見が陳家で曾亦依と出会って以降、完全に沈黙したままなのも理解できない。浅見と亦依のあいだに何か暗黙の了解が成立していて、自分だけがカヤの外に置かれているような気がするのだろう。

「いや、僕にもよく分かりません。ただ、曾さんがああいう挙に出たのには、それなりに何かやむをえない理由なり事情があったからなのでしょう。僕はそれよりもむしろ、曾さんが無事に救出されたことのほうが不思議でならないのです。そのことと、曾さんが取った不可解な行為とには関連があるのではないでしょうか。いずれ曾さんが説明してくれるのでしょうけどね」

それからしばらく、亦依の様子を眺めていたが、おもむろに言った。

「曾さん、僕としてはいつまで待っても構いませんが、お二人は一刻も早く真相を聞きたいのですよ。少し落ち着いたら、何があったのか、話してください」

浅見の言葉にコクリコクリと頷いて、亦依は感情の流れを必死で堪《こら》え、浅見の渡したハンカチで涙を拭《ぬぐ》い、顔を上げた。

「もし莉婕さんの働きがなければ、私はもう死んでいたかもしれないのです。本当にありがとうございました」

礼を述べ、それからまた気を取り直して、亦依はしっかりと真正面の一点に視線を置いて喋りだした。

賀暁芳の事件のことを訊こうと、貴老爵士楽団の陳を訪ねたこと。ところがアルトサックスとトロンボーンを錯覚していたために、父の友人のじつはトロンボーン奏者・蔣ではなく、きわめて危険な相手である陳と接触する羽目になったこと。

「その時、なんとなく不吉な予感がしたもので、私は万一のことを思って、バッグの中の携帯の発信ボタンを押しておいたのです。ついさっき莉婕さんに電話したばかりでしたから、リダイアルが働いて、もしかすると莉婕さんがこの後の音声を聴いてくれるかもしれない。何かあったりしたら、莉婕さんならきっと最善の措置を取ってくださるって、そう思ったんです」

「やっぱり……」

裴莉婕はため息をついた。

「それなのに公安局ではなぜ嘘をついたりしたのですか？」

いくぶん、現職の局員だった当時の、訊問口調が出た。

「もし曾さんがその事実があったことを認めていれば、陳正栄や鄭達の犯罪行為は明らかになって、逮捕できたじゃないですか。いまからでも証言すれば、そうなる可能性がありますよ」

「いえ、でもそれはできないのです」

「できない？　なぜ？」

「約束したのです」

「約束って、誰と、何を？」

「鄭烈さん、鄭達の弟さんとです」

「鄭の弟？　どういうこと？　どうしてそんなこと……脅迫されたの？」

「いえ、彼に助けられました」

裴莉婕はいっそう混乱して、次の言葉が喉《のど》の奥で引っ掛かった。

二人の会話は意味は通じなくても、裴莉婕の激しく追及するような口調と、気弱く受け答えする亦依の口調から、どのような話が交わされているのか、概《おおむ》ね分かる。莉婕が言葉を詰まらせた一瞬を捉《とら》えて、「曾さん」と浅見が優しく言った。

「あなたが和華飯店から陳家に連行されたのは事実なんですね？」

「ええ、手を縛られ、目隠しをされて連れて行かれました」

「それだけでも明らかに拉致・監禁ですが、そのことも話したくないのですか」

「ええ、みなさんにはお話ししますけど、公安局に対しては、すべてなかったことにすると約束しました」

「うーん、そう約束したのには、それなりの理由があるのでしょうね」

「ええ」

「それじゃ、どうしてそういうことになったのか、話してくれますか」

「少し長くなりますけど、いいですか？」

亦依が気づかわしそうに言い、浅見は時計を見て、田丸と裴莉婕に「どうですか？」と確かめた。田丸は「もちろん」と頷き、そのやり取りを裴莉婕に説明した。莉婕も「このまま帰ったのでは、眠れそうにありませんもの」と言った。

それから本当に長い時間をかけて、亦依はその身に降りかかった「不運」の一部始終を語った。日本語と中国語と二度手間をかけて話すので、かなりまだるっこしいが、亦依を襲った死の恐怖はかなり切迫したものだったから、聴いているほうもすっかり感情移入して耳を傾けた。

本当に死の危険を感じた辺りでは、裴莉婕が思わず「それじゃ殺意があったってことじゃないの」と鋭い声を発した。元公安局員としては許しがたい犯罪に思えるのだろう。田丸が「まあまあ」と宥《なだ》めて、亦依に話の先を促した。

長くなる――と前置きしたとおり、亦依はとつとつと丁寧に、そのときどきの情景や自分の気持ちをなぞりながら話した。自分の不運ばかりでなく、主として陳正栄の母親である老女・施意謹が語った苦労話から、彼女が見かけや日頃の言動とは裏腹の「いい人」であることも話した。陳一家を襲った不運の歴史が、あの一家の人々の生きざままで変えてしまったことを話した。

ことに、賀暁芳殺害事件に絡んだ陳建鋼の悲しみを語る時は、亦依自身、彼女の親友のことでもあり、気持ちが抑えられなくなったのか、また新しい涙をそそられていた。

それらの話のどれもが迫真の物語だが、それにも増して聴き手を驚かしたのは、亦依の生命が風前の灯火となった、まさにその最期の瞬間に現れた「奇跡」だ。亦依に死を与える死刑執行人が、彼女が数年前に救ったコンビニの万引き犯だったとは……。

これには強硬論者の裴莉婕でさえ、「うーん……」と唸って、しばらくは声も出ない様子だった。

「そうかぁ、それで鄭烈と約束を交わすことになったわけなのね」

「ええ、そうなの。命を助けてもらう代わりに、彼らの犯罪のことは何も言わないって約束しました。でも、その約束は彼が命じたことではなく、私のほうがそう言ったのです。鄭さんはべつに代償を求めずに逃げてゆくつもりでした。たぶん、私を信じていたのだと思いますけど」

「なるほどねえ……これは美談と言ってもいいのかしらねえ。少なくとも、私がコケにされたみたいだったことなど、諦めざるをえない話だわ」

「ごめんなさい。莉婕さんには救っていただいた上に、すっごくご迷惑をおかけすることになってしまって、何と言ってお詫《わ》びすればいいのか分かりません」

「いいのよ、そういう事情を聞いてみれば、私も納得できました。それよりも、とても貴重な体験談を聞かせてもらって、面白かった……って言うと悪いわね。でも、それがいまの私の実感かもしれない」

　そうとでも思わなければ、自分に振られた損な役回りに得心がいかないのだろう。

　二人の会話の内容を田丸の口からかいつまんで通訳してもらって、浅見は少なからず感動した。「情けは人の為ならず」という、言い古された諺《ことわざ》が、こんなふうに奇跡的に具現化することが、この世には本当にあるのだと知ったことだけでも、いい教訓を得たと思った。

　しかし、感心したり感動してばかりいるわけにはいかなかった。亦依は無事に「生還」

したにしても、拉致・監禁の事実は確かにあったのである。

「それにしても、いったい陳正栄は、曾さんが訪ねて行って賀暁芳さんの名前を出したことに対して、なぜそんな風に過剰な反応を見せたのですかねえ？」

「そうですねえ、拉致・監禁の上、ひょっとすると殺害したかもしれないほど、何を恐れたのでしょう？」

田丸も同じ疑問を抱いている。

「陳としては、暁芳さんとの関係を暴かれると、はなはだ具合の悪いことになるという、危機感があったとしか思えませんが、しかしそれだけなら、すでに息子の陳建鋼が暁芳さんと付き合いのあったことは知られているのですからね。どうもよく分からない……」

さすがの浅見も首をひねった。

「あの……」と、亦依が遠慮がちに言った。「陳さんは、私が曾維健の娘だと知って、びっくりしてましたけど、そのことも何か関係があるのじゃないでしょうか？」

「曾維健さんと賀暁芳さんですか……なるほど、そういうことかな……」

「浅見さん、なるほどって、何か分かったんですか？」

田丸が不思議そうに訊いた。

「ええ、曾維健さんと暁芳さんの接点には王孫武氏がいます。陳正栄はそのことを連想して、真相が暴かれると恐れたのでしょう」

「えっ、それはつまり、王氏殺害は陳の犯行っていうことですか」

「断定はできません。かりにそうだったとしても、彼が実行犯かどうかは分かりませんしね。しかし動機はあります。さっき曾さんは、陳建鋼が暁芳さんの死を嘆き悲しんだ話をしましたよね」

「ええ、おばあさんがそう言ってました」

「そのおばあさんの話ですが、建鋼は父親の正栄から暁芳さんの死を聞いて、泣きながら『仇を取る、必ず殺す』と言っていたのでしたね」

亦依が頷くより早く、田丸が「そうか」と叫んだ。

「やっぱり賀暁芳を殺したのは王孫武で、王は陳親子に復讐《ふくしゅう》されたんですね」

「まあ、待ってくれませんか」

浅見は田丸を制した。

「王孫武は二月五日に上海に帰っています。賀暁芳さんがお母さんに送った手紙の消印は二月七日でしたよ」

「ですから、それは誰かが王に頼まれて投函したということでしょう。何よりあの手紙にあった暗号が、王が犯人だという証拠じゃないですか」

「うーん、その可能性も絶対にないとは否定しませんが。そうするときわめて協力的な共犯者が必要になりますよ」

「それじゃ、浅見さんは王以外の誰が犯人だと考えるのですか?」

「その前に曾さん、さっきあなたが話したことを、もう一度正確に思い出してください。建鋼は、父親の正栄から、暁芳さんの死を聞いて、嘆き悲しんだ……というくだりです。建鋼は正栄から話を聞くまで、暁芳さんの死を知らなかったように聞こえましたが、違いますか?」

「え?……ええ、そうですね……でも、確かにおばあさんはそう言いましたよ」

「しかし、暁芳さんが殺害された事件のことは、父親から聞かされる前に、建鋼本人がどこかで知っても不思議はないし、そのほうが当たり前だと思いませんか」

「それはあれでしょう」と田丸が言った。

「たまたま建鋼がそのニュースを知らなくてですね、父親がどこかで仕入れてきたっていうことじゃないのですか」

「ははは……」

浅見は思わず笑ってしまったが、田丸のほうは不機嫌そうに「何がおかしいのです?」と眉《まゆ》をつり上げた。

「失礼……ところで、王氏が殺されたのはいつでしたっけ?」

「三月二日ですよ。ただし死体が発見され、事件が発覚した日ですがね」

「よく憶《おぼ》えてますね」

「ええ、三月一日に領事館のほうにＶＩＰの訪問があって、ゴタゴタしましたからね。しかしそれがどうかしましたか？」

「それでは曾さんに訊きますが、曾さんが暁芳さんの遺体を発見したのは？」

「三月五日です」

「となると、陳正栄が暁芳さんの事件をニュースで知る前に、王氏は殺害されていたことになりますね」

「あ……」

田丸が口をポカーンと開けた。そのやり取りを亦依から聞いて、裴莉婕が「恋人」の名誉を守ろうとでもするように言いだした。

「じゃあ、賀暁芳を殺害したのは誰だったのかしら？　やはり鄭達か、それとも弟の鄭烈のほうでしょうかね？」

裴莉婕は、その事件に関しては、国外で起きたことでもあり、元公安局員としては、純粋に興味の対象として考える余裕があるのだろう。

「いや、その前に、やっぱり陳正栄がなぜ曾亦依さんを、すんでのところ、殺しそうになるほど動揺したのか、そっちを解明するほうが先決問題だよ」

田丸はやはり日本の警察官らしく、正攻法で考えるタイプのようだ。裴莉婕も「そうね」と納得し、亦依と三人、その解答を求める目を浅見に向けた。

# 第七章　多情仏心

## 1

三人の視線を浴びて、浅見は当惑した。今夜の複雑怪奇な出来事を含め、これまでに出会ったもろもろの体験や情報はまったく整理されていない。事件の真相に迫るには、まだまだ収集しなければならないデータがゴマンとあるにちがいなかった。浅見はまず、そのことを説明した。

「そういうわけですから、ここでみなさんに僕の推理をお話しするには、まだあまりにも多くの謎が、手つかずの状態で積み残されているのです」

「たとえばどんな謎ですか？」

裴莉婕《ペーリジェ》が怜悧《れいり》そうな瞳《ひとみ》を浅見に据えて、挑むように言った。

「たとえば、暁芳《ショウホウ》さんが殺害された事件のことを、陳建鋼《チンケンコウ》が父親の正栄《セイエイ》から聞いたということ、それ一つを取り上げても、じつにいろいろな謎と意味をもっているのですよ。まず、正栄は事件が報道される前にその事実を知っていたわけですが、それでは、彼が暁芳さんの死を知ったのはいつなのか、それが第一の謎でしょう」

「いつなんですか?」

亦依《イイ》が素朴に訊《き》いた。

「三月五日に、私が暁芳の死体を発見して、警察に通報して、それから警察が駆けつけ、マスコミが取材に集まって来たっていうのは、間違いないですよ。中国にそのニュースが伝わるのは、どんなに早くてもその日の夕方過ぎだと思いますけど」

「それは必ずしも正しくないですね。曾《ソウ》さんが最初に警察に通報したことは確かに間違いないけれど、第一発見者かどうかは確実なことではないでしょう。殺人事件の多くの場合は、真の第一発見者は犯人ですしね」

「そんなの……」

「ははは、それは冗談ですが、事件後の第一発見者は曾さん以外にいた可能性は、いくらでもありますよ。たとえ善意の第三者でも、死体を発見して必ず届けるとは限らない。関わり合いになりたくないという理由で、その場から立ち去ってしまう人だって少なくないでしょう。たまたまそれが暁芳さんの友人である曾さんだったから、逃げることもなく、むしろ落ち着いて警察に通報できたのであって、そのほうが例外かもしれない」

「なるほど、つまり浅見さんは、殺害現場に最初に入った第一発見者は陳正栄だと言いたいのですね」

田丸が言った。

「だからマスコミ報道などよりも早く事件を知り、息子の建鋼に暁芳が殺されたことを伝えたというわけですか」

「いえ、それも必ずしも正確ではありませんね」

「ああ、分かりましたよ。正栄以外にも第一発見者がいた可能性があるって言うんでしょう。その点は撤回します」

田丸は不興げに顔をしかめた。亦依も「そんな、揚げ足が取るようなこと……」と、浅見を非難した。亦依は興奮すると、日本語のテニヲハがおかしくなる。

「揚げ足を取っているわけではないのです。正栄が殺害現場に入ったという、そのこと自体が正確ではないと言いたいのですよ。果してそこは殺害現場だったかどうか」

「えっ、それじゃ、陳正栄が現場に入っていた時、まだそこは殺害現場ではなかった……つまり暁芳さんを殺した犯人は正栄ってことですか。まさか、いくら何でも、息子の恋人を父親が殺したなんてことが……」

裴莉婕が田丸から説明を受けると、三人の目には、いっせいに非難の色が込められて、浅見は思わずのけ反った。

「僕はそんなことは言ってませんよ。早呑み込みはしないでくれませんか」

「だったらどうだって言うんです？」

「ですから、そういった謎を解明しないで、事件の真相を語るのは危険だというのです。いくつか確かめたいことがあるので、もう少し時間が欲しいですね」

「でも浅見さん、私たちが乗る蘇州号は三日後の出航ですけど」

亦依が気掛かりそうに言った。

「もちろん分かってます。明日の午後いっぱいぐらいまでかかれば、何とか真相解明は可能だと思います」

「えっ、真相解明って、いったい事件のどの部分が解明できるって言うんですか？」

田丸が訊いた。

「全部です。まあ、大きく言って、賀《ガ》暁芳さんの事件の真相と、王孫武《オウソンブ》氏殺害事件の真相……それしかありませんけど。ただ、僕の考えによると、この二つの事件は相互に関連しあっているので、二つとも解明しないと一つも解明できないことになるのです。逆に言えば、一つを解明すれば両方の謎が解けてくるはずですけどね」

「そんな……それを明日の午後いっぱいまでで、解明できるって言うんですか？　そんなの、いくらなんでも無理でしょう」

田丸は驚き呆《あき》れたが、浅見は平然として言った。

「もちろん、僕の言うことはあくまでも仮説でしかありません。手元に証拠物件どころか指紋一つないのですからね。しかし仮説さえあれば、それを実証するのは、警察の組織力と科学的分析力をもってすれば、ほとんど不可能なことはありません。その点に関しては、中国の公安も日本の警察も信頼に足るものと信じていますよ」

三人は顔を見合わせた。

「それでは、われわれはその浅見さんの予告を期待するしかないですね。しかし信じられませんねえ。もし本当に浅見さんの言う仮説なるものが、いや、たとえ仮説の仮説だとしても、事件の謎を解明してみせてくれたら、私は明日の晩、当花園飯店の豪華コース料理をご馳走《ちそう》しますよ。もちろんここにいる全員にです」

「ははは、それはギャンブルですか？」

「いやいやギャンブルではないですよ。こう見えても私の本業は警察官ですから、ギャンブルはご法度《はっと》。そうではなく一大ミステリードラマの鑑賞料としてです」

それにつられるように、亦依も言った。

「私の場合はギャンブルでいいから、浅見さんに何か上げます。何がいいか考えてください」

「そうですねえ……」

浅見はよっぽど、冗談で「曾さんの愛が」などと言おうと思ったが、ジョークで済まされなくなりそうなのでやめた。

「曾さん手作りの餃子をご馳走してもらいましょうか」

「そんなことでいいんですか？　でも私は欲深ですから、もし約束が守られなかったら、浅見さんからはもっと大切なものをいただきたいです」

「大切なものというと？」

「それは……言いません、いまは」

なぜか亦依は顔を赤らめた。ひょっとすると「浅見さんの愛」などと言うつもりだったのかもしれない。照れ隠しのように裴莉婕に「あなたも何か賭《か》けたら？」と勧めた。

「そうね、私はそうだなあ……日本に定住できるようにしてもらえたらいいけど。いまのオフィスは日本との提携を模索して、人材を東京に送り込む計画を進めているんです。私もそれに立候補しています」

亦依が浅見に伝えるより早く、田丸が「なんだ、そんなことなら、僕が手配して上げるのに」と言った。

「あなたはだめですよ、そんなことをしたら汚職になってしまう。あなたには真っ直ぐな道を歩んでもらいたいの」

亦依の通訳を聞いて、浅見は「僕でできることなら」と言った。たぶん兄に「汚職」させなくても、そのくらいのことはできそうな気がする。

「それで、莉婕さんが負けたら、何を賭けるのですか？」

「そうですねえ、何にしようかな……」

莉婕が思案していると、田丸が「僕への愛を」と言い、それをそのまま亦依が伝えようとするのを、「だめ、だめですよ」と慌てて制止していた。田丸が珍しく顔を真っ赤にして、浅見ばかりか亦依までがおかしそうに笑った。それを見て、莉婕もおおよそ何のことか分かったらしい。べつに不快な顔をせずに、視線を逸《そ》らしてニヤリと笑った。


部屋に戻ってパソコンを開くと、兄からのメールが入っていた。王孫武の東京での足取りと、日本総領事館の人の出入りについて、可能な限り詳細を——と頼んであった。

そのどちらについても、ほぼ浅見の思い描いた程度の内容は足りていた。

また、総領事以下の領事館員が、誰といかなる目的で接触したかは、現地でなければ把握できないと、刑事局長は言っている。ただし、客の素性や目的がどんなものであれ、総領事館を公式訪問するようなことは、必ずしも重要ではなく、むしろ外での会合や、偶然を装ったような会談などに、重大な意味がある場合が多いと指摘していた。

翌朝、浅見は総領事館を訪問した。表向きは明後日の帰国を前にして、ご挨拶《あいさつ》を——ということにしてある。

伏見総領事は機嫌よく浅見を労《ねぎら》った。王孫武に関係するゴタゴタが、すべてこともなく解消したのは、ひとえに浅見さんのご尽力の賜物《たまもの》——といったことを、述べた。

「本来なら感謝状を差し上げるべきところですが、なにぶんことがことでありまして、オープンにするのはいかがかというような問題ですからな」

「そのことなのですが」

　浅見はむしろ不満そうな顔で言った。

「井上さんの偽証問題も、それほど抵抗もなくすんなり片づきましたし、曾維健《イケン》氏も名誉毀損《きそん》や損害賠償などについて、まったく何も請求しません。その限りでは終わりよければすべてよし——と言うべきですが、じつは肝心なことは何も解決していないのです。いったい王孫武氏を殺害したのは何者なのかという最大の謎が残っています。それと同時に、井上さんの偽証によって曾維健氏が逮捕され、拘置された経緯も不自然です。それを単に井上さんの錯覚だったとするだけでは済まされない、何か隠された真実があるはずです」

「そうすると浅見さんは、何がなんでも事件のすべてが解明され、犯人が逮捕されなければ、役目は終わったことにならないと、そうおっしゃるのですかな？」

「いえ、それは違います。僕は警察官ではありませんから、極端に言えば犯人が逮捕されようがされまいが、どちらでもいいのです。この事件に限って言えば、被害者の王氏が、必ずしも社会的に望ましい存在の人物ではなかった点も、そう考える理由の一つです。ただし、事件の真相が何だったのかはぜひとも知りたいし、解明しなければならないと思っています」

浅見が喋《しゃべ》っているあいだ、伏見は軽く目を閉じ、頷《うなず》きながら聞いていた。話し終えた後もしばらく瞑目《めいもく》したままだったが、やおら目を開くと、「分かりました」と頷いた。

「このことは浅見さんにお願いするほかはないのだが、私としては王氏殺害事件の真相解明のみにとどめ、井上君の偽証問題は忘れていただきたいと思っております。それに曾維健氏は井上に何らクレームをつけておりませんぞ。誣告罪《ぶこく》は当該被害者自身が告発しなければ成立しませんが」

「ですからそこなのです。曾氏がなぜ告発しないのかも、この事件の謎の一つでした。勾留期間中にでもその動きを見せそうなものなのに、なぜか泰然自若《たいぜんじじゃく》として動かなかった。まあ、いわば獄中にあっては動きようがなかったと言えないこともないのですが、むしろ曾氏も裏に隠された状況を把握していたのではないかという気がしていました。そうして僕がうすうす予想したとおり、曾氏はようやく十四日目に釈放されました。その十四日間の意味は何だったのかも、じつに奇妙な謎ではあります」

「それであなたはどうしたいと？　いや、私にどうしろとおっしゃるのかな？」

見様によっては、面白そうな表情で伏見は言った。（おまえさんに何ができる？——）と問い掛ける顔でもあった。

「一つだけお訊きしたいのは、あの夜、つまり王氏が殺された夜、井上さんが和華飯店で会っていた人物は誰かということです」

「さあ、それは私の与《あずか》り知らないことですな。かりに知りえたとしても、それを口外すれば、それこそ越権行為になる」

「では、井上さんに直接お訊きすることにしましょう」

「それもどうですかな。井上は答えないと思いますよ」

「なるほど……やはりそうなんですね。その辺りに今回の事件の謎が潜んでいると思っていました。どうしてもお答えいただけないのでは、やむを得ません、上海市公安局に事情を説明して、捜査の進展に寄与することにしましょう」

「ほほう、私を脅迫するおつもりか」

伏見総領事は初めて、顔の筋肉をこわばらせ、若い客を睨《にら》んだ。

「それが脅迫になるということ自体、きわめて異常ではありませんか。殺された王孫武氏は日頃からあれこれ取り沙汰《ざた》されている人物でした。殺されて当然という声も耳にしています。しかし公安当局はそういう斟酌《しんしゃく》は抜きで、ひたすら殺人事件の解決に向かっていることでしょう。それが彼らにとっての正義なのですから。僕もそれと同じ立場です。背景にある事情を知らない以上、殺人事件の謎解きに邁進《まいしん》するよりほかに、選択の余地がありません。その目的と方針が一致する上海市公安局に協力するのは当然の義務です」

「あなたには、この地で果たさなければならない義務などはない」

「なぜですか、なぜそう断定できるのでしょうか？　この地であれ、かの地であれ、地球上のいかなる地にあっても、正義を行うチャンスがあればそれを行うことは、人間としての義務ではないでしょうか。その義務を放擲《ほうてき》するのは卑怯者です」

「あなたはお若い」

伏見は嘆かわしそうに頭を振った。

「われわれのような、一国を代表する組織に従事する人間にとっては、個人の尊厳を無にしても国家の大事を優先させなければならない場合があるというのが、ある意味では金科《きんか》玉条《ぎょくじょう》なのですよ。あなたも言われたように、王氏なる人物はとかくの悪評のあった人間です。その人物が殺害された事件によって、思いもよらぬとばっちりを受け、それによってわれわれの進めている作業に甚大な影響が出ることはまったく望ましくない。要するにそれだけのことです。だから結論として申し上げる。ここから先、あなたはもはや関与しなくてよろしい、手を引きなさい」

伏見は客に退出を促すように、右手をドアの方向に向けてから、立ち上がった。

「伏見総領事、あなたは僕が最初にお目にかかった時に申し上げたお約束をお忘れになってますね」

「ん？　何でしたかな？」

「日本を発つ際、兄に二つの点に留意するよう命じられていると申し上げました。一つは正義を行え。そしてもう一つは国益を損なうな――です。国家の大事を優先させなければならないのは、何もあなた方のようなエリートばかりとは限りませんよ。日本国に生を受け、日本国の恩恵を食《は》む者は、等しく国家の大事に思いを致すべきだと、少なくとも僕は信じています。兄に言われるまでもなく、国益を損なうような無謀はしません。

ただし、見かけは国家の大事と見えて、じつは国家の進む道を過《あやま》つようなことに与《くみ》するわけにはいきません。かつてこの国との戦争を引き起こしたのも、そういう誤った思想を持ったエリートが、権力をほしいままにして国家と国民を苦難の道に引きずり込んだのですから。もし総領事が断固として僕に手を引かせたいとおっしゃるのなら、その理由を明らかにしてください。それが納得できるものであれば、僕は欣《きん》喜《き》雀《じゃく》躍《やく》して日本に凱旋できます。しかしそうでないのなら……兄はこうも言ってました。理非曲直を正す道を貫き通すことこそ、わが国の公正さをアピールする結果に繋《つな》がると……」

伏見は立ったまま、浅見は坐ったままの睨み合いがずいぶん長く続いた。納得のゆく結論を得るまで、浅見は金輪際、この場を動くまいと思った。

やがて伏見は視線を外し、諦《あきら》めたように腰を下ろした。

「あなたには勝てませんな」

十歳も老けたような、疲れきった口ぶりだが、顔は笑っていた。

「分かりました、お話ししましょう。私が国を過つような人間であると思ったまま帰られるのは、はなはだ不本意ですからな。ただし何度も申し上げるように、この問題はきわめてデリケートな要素を含んでおります。絶対に他言は無用だということ。そして、この話をお聞きになったのと引き換えに、今度こそは今回の事件から一切、手を引いていただきたい。よろしいかな」

伏見総領事は、日頃の温顔からは想像もつかない、鬼のような険しい表情を見せた。その双眸《そうぼう》の奥には、それこそ一国を代表する男の気概のようなものが感じ取れた。

## 2

総領事の執務室を出ると、浅見は田丸三等書記官と会った。

「いま、総領事にご挨拶してきました」

「えっ、というと、やはり明後日、日本へ帰るのですか」

「ええ、予定どおりです」

「ふーん、そう言われるところを見ると、事件のほうの目鼻がついたのか、それとも放擲するのか、どっちかですね」

「まあ、どちらかでしょうね」

「昨日、約束したことは忘れてはいないでしょうね」

「もちろんです、今夜の花園飯店は大いに期待していますよ」

浅見は笑って、「ついてはもう一度、付き合っていただけますか」

「もちろん、私のほうはいつでもＯＫです。今度はどこへ付き合えばいいのですか」

「陳さんの家です、新しいほうの」

三十分後には二人は長寧区剣河路——の陳正栄の家を訪問した。陳正栄は今朝、公安局から帰ったばかりだと言い、眠そうな目を赤くして客を迎えた。息子の建鋼は、すでに店のほうに出勤して留守だった。

「またですかい、いい加減にしてもらいたいもんだねえ」

昨日の今日だけに、二人の顔を見て、陳は不貞腐《ふてくさ》れたように愛想がない。今日は前回一緒だった康《コウ》警部がいない気楽さと、いまさら貴老爵士楽団員の「仮面」を被る必要がないということもあるのだろう。

とはいえ、明らかな拉致《らち》・監禁罪を、浅見たちの証言によって免れた経緯については、母親から聞かされて恩義を感じているから、複雑な心境にちがいない。

「あんたらのお陰で酷い目に遭った」

しきりにぼやきながら、それでもコーヒーをいれてくれた。これがなかなか旨《うま》い。褒めると「へへへ、サックスよりは年季が入っているからね」と笑った。こうしているところは、中年過ぎのただの気弱な男にしか見えない。黒社会の人間は、ふだんはごくふつうの暮らしをしていると聞いたのは、どうやら真実らしい。ただし、今後は公安局の監視が厳しくなることが予想されるので、当分のあいだ本来の「表業」であるバンドの仕事に専念して暮らしてゆくことになるのだろう。

「陳さんは、二月初旬に日本へ行ったそうですね」

浅見は本題を切り出した。これには通訳する田丸のほうが先に「えっ？」と驚いた反応を見せた。

「そんなのは初耳ですよ。どうして教えてくれなかったんです？」

「いや、これは昨夜、仕入れたばかりの話です。詳しいことは後で説明します」

浅見は弁解した。むろん、浅見が兄を通じて、成田空港の入管から得た情報だ。陳も観念したように「行きましたよ」と言った。

「新宿の賀暁芳さんのマンションへ行きましたね」

さすがにこの質問には、陳は警戒の色を露《あらわ》にした。

「何ですか、あんたら、公安局に頼まれて来たんですかい？　まさか、そんなことはありえないよね？」

「違いますよ。公安にも日本の警察にも関係のない、ただの世間話として聞いているだけですから、心配なく」

「ふーん、世間話ねえ……あんた、面白いことを言うなあ」

陳は不思議な生き物を見るような目で、この一見、若そうに見える日本人を眺めた。

「だけどあんた、どうしてそんなことを知っているんだい？」

「あなたのお母さん、施意謹《シイキン》さんから聞いた話だと思ってください」

「そいつは嘘でしょう。私の母親がそんなことを言うはずがない」

「はっきりそう言ったわけではないけれど、息子さんの花嫁になる賀暁芳さんがどんな女性か、いちど見てやると言ったそうではありませんか」

「ああ……それは言ったかもしれないな」

「そうして二月六日、東京へ行き、暁芳さんの新宿のマンションを訪ねたところ、彼女は亡くなっていたのですね」

田丸は驚いて、通訳を忘れかかった。

「そうですよ、暁芳は死んでいた……」

その時の情景を思い出すのか、陳正栄は暗澹《あんたん》とした顔で天井を仰いだ。

「遺体を発見した、その時の状況を話してくれませんか」

正栄はしばらく思案をまとめてから、憂鬱《ゆううつ》そうな顔で話しだした。

「マンションのドアには鍵がかかっていなかったね。ぜんぜん応答がないので、そのまま帰ろうかと思ったのだが、何となく中に入ってしまった。人のいる気配はなかったが、耳を澄ますと、水が流れる音がする。それで何だろうと思って、玄関を上がって奥のほうへ行ってみた。そしたら、バスルームのバスタブの上……というより中と言ったほうがいいかな。若い女が洗濯物をぶら下げる横棒に紐《ひも》をかけて首を吊っていた。それが暁芳だったのだよ」

「えっ、じゃあ、賀暁芳さんは自殺したということか？」

田丸はまた通訳を忘れた。

「そういうことだろうね。自殺を偽装したかどうかは知らないけど、とにかくそういう恰《かっ》好《こう》で死んでいた」

「水が流れる音がしていたというのは？」

「どういうわけか、バスタブの水が流しっぱなしになっていたよ」

「それはたぶん」と浅見が言った。

「失禁した排泄《はいせつ》物を流すためでしょう」

「えっ、それは犯人が偽装工作を施したってことですか？」

田丸はまだ、殺人事件へのこだわりを捨てきれないらしい。

「いや違うでしょう。陳さん、念のために訊きますが、彼女は下着をつけていなかったのではありませんか？」

「ほうっ、よく分かるな。確かにつけてなかったね。私は可哀相になって、遺体を下ろして、床に横たえてやったのだが、その時に、スカートの下に何も穿《は》いていないのが見えたよ」

「やはりそうでしたか。暁芳さんは縊死《いし》には失禁がつきものだと聞いていて、自殺するに当たって、そういう醜悪な物を残すのが耐えられなかったのでしょう。それも一種の美学かもしれませんね。どうもありがとう。それからどうしましたか？」

「それから、脚についた汚物なんかを拭《ふ》いてやって、警察に通報しようかと思ったのだが、ふとデスクの上を見ると、暁芳の母親に宛てた手紙と並んで、走り書きのような遺書があるのに気がついた。ひどく乱れた筆跡で、文章もまるで悲鳴とうわ言の羅列のような内容だった」

「えっ、遺書があったのか。だったら、殺人事件として捜査が始まるわけがない……」

　田丸がいきり立つのを、浅見は「まあまあ」と制して、「それからどうしました？」と話の先を促した。

「いや、べつにどうもしないよ」

「その遺書をどうしましたか？」

「遺書か……遺書はどうしたかな？　捨てちまったかな。忘れた」

「忘れるはず、ないだろ！」

　田丸がまた怒鳴って、浅見がまた制した。「遺書には重大なことが書いてあったのですね」

ですが、違いますか？」

「さあね、書いてあったかもしれないが、忘れましたよ」

「それでは思い出させて上げましょうか。遺書には王孫武氏のことが書いてあったはずですが、違いますか？」

「…………」

「王氏に犯され、さらに恐喝を受ける可能性があることが書かれていたのではありませんか？　それで、建鋼さんに申し訳がないことと、希望を失ったから自殺すると」

「…………」

陳は驚きの目をみはったが、何も答えなかった。それ以上に田丸が驚いている。

「陳さんに改めてお断りしておきますが、われわれは王さんの事件捜査にはまったく関係がありません。康警部が来なかったのもその証拠です。ただし、何があったのかは、ぜひ知りたいと思っている。それだけのことなのです。あなたや息子さんの名誉を傷つけるようなことは一切しませんから、どうぞ安心してください」

田丸が通訳する前に目を剝《む》いて、「この男に名誉なんてありますかね」と言った。とたんに陳が「ワタシ、名誉アルネ。中国人、名誉アルヨ」と叫んだ。いつ、どこで覚えたのか知らないが、その程度の片言なら、日本語を喋れるようだ。

「僕もそう思いますよ、田丸さん、失礼ですよ」と浅見も窘《たしな》めた。田丸も素直に「いや、申し訳ない」と謝った。

しかし、このことで陳の頑な気持ちがいくぶんほぐれたようだ。田丸に向かって、浅見を指さしながら「この人は信用できるね」と言って、「確かに、あんたの言うとおり、遺書にはそういうことが書いてあったよ」と話を続けた。手紙の内容ばかりでなく、陳が知っている王孫武の人となりについても解説を交えた。時に憤りのあまり、論旨を外したりして、長い話になったが、要約すると次のようなものである。

王孫武は暁芳が大阪にいた頃、暁芳のいる店へ行ったことがある。大学の教授というので暁芳は気を許したが、王にはもう一つ、黒社会の人間という顔があった。王は黒社会組織の一つ「赤手幇《ツアスオパン》」と関係していて、自分の持つ独自のネットワークを駆使し、上海市の新開発計画や高速交通網計画の利権を裏で操っていた。じつは暁芳が勤めていた大阪の店も「赤手幇」の資金源の一つだった。王は暁芳を凌辱《りょうじょく》し、暁芳を「赤手幇」から足抜けできないようにした。

しかし、ちょうどその頃、日本に手を広げつつあった鄭達《テイタツ》の率いる「金鷲党《ジンジュウダン》」という組織が大阪を席巻、「赤手幇」を駆逐した。それを機に、暁芳は店を辞め、東京へ移るという亦依と行動を共にした。それからしばらく曾亦依のところに身を寄せていたが、あらためて鄭達の経営する世界遊友商務株式公司傘下の店に入った。世界遊友商務も正業とはいえないが、従業員に対する扱いは「赤手幇」よりは、はるかにましだった。私生活の自由は利くし、ようやく人間らしい暮らしができるようになった。

陳建鋼と知り合ったのはそれから間もなくのことだ。建鋼は暁芳が「赤手幇」に属していたという過去を承知の上で付き合い、二人とも心底から愛し合い、結婚を誓うところまで行った。

しかし、幸せを目前にして、暁芳の心は揺れていたようだ。「建鋼はいつも心配そうだったよ」と正栄は言った。

暁芳は「赤手幇」の記憶からなかなか立ち直れなかった。建鋼の愛を信じながら、自分で自分を貶《おとし》めて、建鋼に相応《ふさわ》しい女であるかどうか、いつも悩んでいた。それでも建鋼の愛がその不安を打ち砕いた。鄭の会社が上海の新天地に店を作り、建鋼がそこのマネージャーになるのを機会に、ようやく暁芳の心が定まった。建鋼がひと足先に上海に行き、新居の手当てがつき次第、暁芳も東京を去ることが決まった。

王孫武が暁芳の居場所を探し出し、新宿のマンションを襲ったのは、その矢先のことであった。

〔王は私のコーヒーにひそかに睡眠薬を入れましたが、完全に効かなかったためか、さらに睡眠薬を注射して私を穢《けが》しました。目覚めた後、王は私に、おまえは赤手幇の呪《のろ》いから逃れられない運命にある。結婚など無駄なことだ。たとえいまは男がおまえを許していても、いずれその呪いに負ける時が来るだろう――と言いました〕

晩芳の遺書にはそういう意味のことが書いてあったという。そのくだりを話す時の陳正栄は、両拳がブルブルと震えていた。息子が愛した女性に感情移入するのは分かるが、それだけでそんなに震えがくるほど、激情に駆られるものか、不思議に思えた。

陳正栄は暁芳が自殺した痕跡《こんせき》を消し、王孫武に殺害されたと思わせる状況を作ることにした。日本で死んだ自殺者の遺書で、王の社会的地位を奪うことは難しいが、殺人犯となれば、死刑は免れないだろう。この部屋には指紋などのほか、王孫武の存在したことを示す証拠がふんだんに残っているはずだ。暁芳の体内にも王のDNAを示す体液が残されているかもしれない。日本の警察が優秀なら、それらの痕跡を解析して王を割り出し、中国公安局と連携して王を追い詰めるにちがいない——と信じた。

そのためには「絞殺」に用いたロープも、遺書も持ち去らなければならないが、陳が扱いに苦慮したのは、暁芳が母親に宛てて書いた手紙の処置だ。封がしてあるのを丁寧に剝《は》がして中を読んだが、息子の建鋼のことをひたすら愛している様子が伝わってくる。王に襲われる直前に書いたまま、投函《とうかん》する機会が失われたものだろう。天国から一転、地獄へと転落した悲哀が辛《つら》く、王を許せない思いがいっそう募《つの》った。ともあれ、この手紙を破棄すべきかどうか迷った。

警察がこの手紙を発見した場合、少なくとも建鋼には殺害の動機がないことははっきりするだろう——と思う反面、いや、そうとも限らない可能性もある——と思い返す。愛情はうつろいやすいものだから、建鋼のほうがじつはすでに暁芳を疎ましく思っていたのではないか——などと邪推する捜査官もいるにちがいない。もちろん、その時点ではとっくに上海に帰っている建鋼にアリバイがあるけれど、共犯者が存在すれば犯行は可能だ。

その点は、王孫武のケースについても同様のことが言える。王がすでに帰国した後に手紙が投函され、消印が捺《お》されてあれば、一見、王のアリバイを証明しそうだが、逆にそれをアリバイ工作と見做《みな》す考え方もできる。少し頭のいい犯人なら、その程度の知恵は使うだろうと、日本警察の捜査官が、裏の裏を読むことを期待した。

むしろ問題は、王を捜査線上に浮上させることにある。

王は日本人でなく日本在住でもない。日本警察には王の資料はもちろん、指紋の記録もないにちがいない。現場から指紋がいくら採取されたとしても、そこから「王孫武」が浮かび上がってくることはないだろう。まして王は日本警察の手が及ばない中国にいる。仮に何かの方法で警察が中国人の犯行であると疑ったとしても、王の犯行であると想定するのはほとんど不可能に近い。

王孫武の犯罪を明るみに出す手掛かりは、賀暁芳の告発しかない——と陳は思った。ただしその方法が難しい。遺書や手紙に告発文を書くのはごく常識的だ。現に暁芳は遺書で、王孫武に凌辱され赤手幇から足抜けできないことを悲観して死を選ぶという苦悩を訴え、王孫武を告発している。しかし、陳が目論《もくろ》むのは、王を「殺人者」として告発することだ。当然のことながら、その場合、「殺人」が行われた後では暁芳は告発文を書くことができない。生きているうちに——つまり、まだ殺されないうちに告発文を書かなければならなかった——という難問がある。

暁芳が母親宛ての手紙を書いたのは、王孫武がマンションに現れる直前である。内容は幸福感いっぱいのことが綴《つづ》られていて、よもやその直後、悲惨な死に方をするなどと、想像もしていなかっただろう。その手紙をそのまま投函したところで、王の犯罪を匂わせることなどできっこない。しかし、その手紙があったことは、陳にとっては幸運だった。何でもない平凡な手紙を、「もし自分が死ぬようなことがあれば、犯人は王孫武である」と示唆する手紙に書き換える方法を思いついた。

ただし、その手紙は前述したように、殺される前に書かれていなければならない。さらに問題は、殺された後、王孫武が手紙を開封して中身を読み、破棄してしまう可能性のあることを想定して書かれたのでなければならなかった。王に読まれてもそれと勘づかれないような暗号文であり、しかも誰かに王孫武の犯行であることを悟らせるにはどうすればいいのか、陳は懸命に思案した。そうして、あの手紙は作成された。暁芳の母親が読んでも何も不審に思わなかったし、ほかの誰か——たとえば公安の刑事が読んでも気づかなかった可能性はある。実際は浅見光彦という日本の探偵に解読されたのだが、もし不運にして効力が発揮できなかったとしても、それはそれで「没法子《メイファーズ》（やむを得ないこと）」だと諦めるつもりだった――と陳正栄は述懐している。

陳はマンションの部屋を出るに当たって、クーラーの温度を最低に設定して、死亡推定日時の特定を困難にした。これも犯人の工作らしく見せかけるためである。これでどこから見ても暁芳が「殺害された」舞台は万全と思った。

陳は上海に戻った後、これらの事実を誰にも伝えなかった。息子の建鋼に伝えるのは辛いこともあるけれど、それ以上に建鋼が動揺し、自分の「他殺」工作が烏有《うゆう》に帰すことが怖かった。建鋼は新居造りに奔走していて、暁芳を迎えることを楽しみにしていた。誰が見ても、その姿からは花嫁の死を知っているなどとは思いもよらなかった。

二月のなかば過ぎに、建鋼が暁芳と連絡がつかないと騒ぎ始めたので、正栄はついに建鋼にその事実を話した。建鋼は号泣して悲しんだが、丸一日後には歯を食いしばって堪えた。浅見たちが「新天地」の店で建鋼に接触した時に、瞬間的に動揺し姿を消したりもしたが、すぐに立ち戻って平然と応対ができるほど、心の準備が整っていた。

以上が賀暁芳「殺害事件」の真相である。戸塚署の橋本刑事課長に伝えたら、どんな顔をするだろう。まんまと「犯人」にしてやられ、ありもしない殺人事件を追いかけていたことに腹を立てるか、それともクソ忙しい時に、何はともあれ一つの事件が解決してほっとするか。

いずれにしても、浅見と田丸と、それに曾亦依や裴莉婕の関わった「事件」の一方は片づいたことになる。この事件に関する限り、陳正栄、建鋼親子は関係がない。正栄がやった現場の隠蔽《いんぺい》工作も、国際警察が機能しなければならないほどの重大性はないと見做していいだろう。

「やれやれ、泰山鳴動してネズミも出ませんでしたね」

陳家を出て車を走らせると、田丸はつまらなそうに言った。

「これで『終わりよければすべてよし』に一歩近づきました」

「そうでしょうかねえ」と浅見は首をひねった。

「そう簡単に考えてしまっていいものかどうか、僕には陳正栄の話の中に、少し納得できないものがあるのですよ」

「ふーん、どの部分ですか?」

「王孫武が賀暁芳さんを脅したという、『赤手幇』の呪いです。その呪いから逃れられない。相手の男も呪いに負ける――そう悲観して暁芳さんは自殺したのでしたね。それがどうにも残念でなりません。たとえ身心を穢されたとしても。勇気と希望を持てば生き抜いていけるはずではないですか。いまどき呪いのようなものが人間の行動を縛る力を持つとは信じられません。それなのに暁芳さんは可惜若《あたら》いいのちを自ら絶ってしまった。親御さんや恋人にすれば、なぜだ、なぜ死んだのだ――という悲嘆と同時に『赤手幇』への憎悪を抑えきれない思いでしょう。その話をする時の陳の顔つきを見ませんでしたか？　憎悪で眼球が飛び出しそうでしたよ。あれはただごとではなかった。その憎悪が王孫武殺害のエネルギーになったのではないかとさえ思ったほどです。あの手紙の秘密に誰も気づかなかった場合は、自分で手を下すつもりだったのではないでしょうか」

「だったら、それはそうかもしれません。浅見さんがそんなふうに感じるのなら、絶対にそうですよ。陳に対してももっとその点を追及すればよかったんじゃないですか。いまからでも遅くはありませんよ」

「いや、僕はなぜか、そのことをこれ以上追及するのはやめようと感じました。ひとの不幸を追い詰め、暴くのは、あまり好ましいことではありませんから」

「そんなのは甘すぎませんか」

「甘いかもしれないけれど、それが僕の主義なもんですから」

「だけど、いま浅見さんが言ったように、そういう憎しみがあったとすれば、王殺害の動機としては十分すぎるじゃないですか。間違いないですよ。王殺害の犯人は陳正栄か、あるいは陳建鋼との共謀ですよ。だから亦依さんが陳を訪ねて行った時、危機感を抱き、最悪の場合、始末することを考えたんです」

「それはたぶんそのとおりでしょう。少なくとも陳にはその時、曾亦依さんを消す意思が生じた可能性があります。結果的に無事だったにしても殺人未遂教唆《きょうさ》のさらに前段階が、少なくとも逮捕・監禁の罪は問えるでしょうね。しかし、あの陳の異常な動揺ぶりを見ると、彼を許す気になってしまったのです。王氏殺害については尚更《なおさら》のことでしょう。こんなことを言うと叱られそうだけど、王氏には天誅《てんちゅう》が下ったのですよ」

浅見は昂然《こうぜん》と言い放って、背を反らせ、フロントガラスの前方に広がる、埃《ほこり》っぽい上海の街を眺めた。

3

賀暁芳の死にまつわる陳正栄の話を聞いた時点で、浅見は王孫武殺害そのものについては、真相がどうなのか、犯人が誰なのかにほとんど興味を失ってしまった。動機から言えば確かに陳正栄・建鋼親子のいずれか、あるいは二人が最も疑わしい。しかし、殺害の実行者は彼らではなく、たとえば鄭の一味、とくに鄭の弟の烈だったのかもしれない。浅見にしてみれば、たとえ誰であろうと、公安局が犯人を検挙することのほうが、より犯罪的な気がしていた。

「今回の事件の最も難しかったのは、曾維健氏がなぜ逮捕され、十四日間も勾留されなければならなかったか――という点です。これについては総領事館から話を聞く以外、知る方法がありませんでした」

浅見は話題をそっちに変えた。

「えっ、領事館ですか？」

田丸は何も分かっていないようだ。警備担当の三等書記官あたりでは、上層部のやっている複雑怪奇な外交交渉の細部などは、ほとんど知る立場にはない。

「田丸さんは、三月一日に領事館はＶＩＰを迎えたと言ってましたね。それは誰で、どういう用件だったのですか？」

「日本から来た財界人で、領事館には表敬訪問で見えたのじゃなかったかな。ちょっと待ってください」

手帳を取り出して調べた。

「そうですね。西産グループの篠田会長以下のご一行が見えてます。四人でした」

「篠田氏が中国を去ったのは？」

「篠田会長は上海から北京へ行かれて、三日後には帰国されてますね」

「ほかの三人はどうでしたか？」

「さあ、そこまでは……何か、問題でもあるのですか？」

「三月一日、和華飯店にその中の誰かを招待したようなことはありませんでしたか」

「あったかもしれませんが、自分は総領事と篠田会長の警備で、上海老寧波餐庁の晩餐《ばんさん》会のほうについておりました」

田丸は職業意識が出たのか、硬い口調になった。

「井上さんと和華飯店へ行った人がいるはずなのですが、調べられませんか」

「井上から直接お訊きになるのは、具合が悪いのでしょうか？」

「たぶん構わないと思うのですが、井上さんは答えてくれるかどうか」

「ほう、何か秘密にしておきたいことでもありますかね？　だったらちょっと調べてみましょう。問題がなければお教えします。機密に属すようなことだと、漏洩《ろうえい》するわけにはいきません。まあ、和華飯店のようなオープンなところへ出掛けているのですから、機密ということはないと思いますが」

田丸は浅見をホテルに送り届けてから、領事館へ引き上げた。この後は夜の六時に曾亦依と裴莉婕と共にホテルのラウンジで集合する予定だ。

キーを取りにフロントに立ち寄ると、「浅見様にお客様がお待ちです」と、ラウンジを指さした。たったいま、田丸との話に出た井上一等書記官がポツネンと坐っていた。

「お待たせしました。すみません、お約束していましたっけ？」

浅見は少し不安になって訊いた。ときどきうっかりミスがある。

「いやいや、約束などはありませんよ」

井上は手を横に振って立ち上がり、あらためて挨拶を交わした。

「留守をしていて、領事館に戻ったら、ひと足違いに浅見さんは帰られた後でした。ちょっとご挨拶もしたかったので、お寄りしたのですが、すぐに失礼しますよ」

「いえ、できればゆっくりして行ってください。僕のほうこそ井上さんにお目にかかりたいと思っていました。いろいろお話をお聞きしたいこともありますし」

「そうでしたか。総領事のほうからも、申し送りがありまして、私に話せる範囲でご説明しろとのことです。ただし、まことに申し訳ないが……」

「存じてます。国益を損なうことは……でしょう？」

「ははは、おっしゃるとおり。その点に関しては、浅見さんは心配ないと、総領事も太鼓判を捺していましたがね」

広いラウンジの、いちばん人けのないところを選んで、二人ともコーヒーを頼んだ。

「お忙しいと思いますので、単刀直入にお訊きします。三月一日に和華飯店で催された会合に、井上さんと一緒に出席した人物はどなたですか？」

「特定の個人名は申し上げられないが、ある重要人物とのみ申し上げましょう」

「その人物――X氏としましょうか。X氏は日本人ですね？」

「一人はそうです」

「あ、なるほどお二人いたわけですか。ではもう一人はY氏として、この人は中国人ですか？」

「まあ、そうです」

「まあ……とおっしゃるのは……なるほど、Y氏は台湾人ですか」

「さあ、どうでしょうか」

井上は表情を変えなかったが、浅見はそれを肯定の意味に受け取った。

「X氏とY氏はその後、十六日まで上海に滞在したのですか」

「いや、出国したのは十六日だが、訪問先は上海だけではなく、北京にも広東にも行ってますね」

「井上さんはすべてにご同行されたのですか？」

「半分ほどですか」

「曾氏が釈放されるまでに十四日間かかったのは、その両氏が中国を離れたことと関係があったわけですね」

「まあそんなところです」

「さて問題の事件との関係ですが、X氏とY氏のいずれか、あるいは両方が、王孫武氏と利害が対立する関係にあったと思いますが、いかがですか？」

「ご賢察どおりです」

「その対立の程度ですが、殺意を抱くに足る程度の深刻なものと考えていいですか」

「それは人によりけりでしょう。そう考える人もいれば、まったく考えない人もいる」

「いずれにしても、公安としてはその疑いを抱く可能性が濃厚にあったのでしょうね」

「確かに」

「そうなっては都合が悪い……というより、それ以前に、その人物がその時刻に和華飯店にいたことが公になるのは、好ましくないという判断が働いたのでしょうね」

「おっしゃるとおりです」

井上は驚くよりも笑みを浮かべた。

「僕は経済界の動きなどには疎い男ですが、西産グループは確かいま、上海市周辺の開発プロジェクト等に関して、日本を代表して参画している企業でしたね。一方、王孫武は開発計画を推進管理する上海市当局側のアドバイザーの一人だったと聞きました。ドイツ、オランダなど、競合関係にある企業や国の出先機関との折衝にも、影響力を行使できる立場ですが、日本との関係は必ずしも良好とはいえなかったのではありませんか。その一つの要因となったのは、二月初旬に王氏が東京を訪れ、西産グループや外務省と行った折衝が不調に終わったことにある……そういう情報を入手しましたが」

「うーん……確かに王氏が東京で関係方面に接触し、その時に出した条件は、まったく検討にも値しない途方もなく虫のいい話だったのですが。しかし東京でのそんなことまで、よく調べられましたねえ……その情報源は秘密なのでしょうね」

「もちろんです」

井上はしばらく思案してから言った。

「背景にある状況は、概ねそんなところで間違いありません。西産側の人間が王氏と接触していたかのように邪推されることも望ましくないが、それ以上に、王氏殺害の現場付近にいたという、それだけのことで、当該人物が捜査の対象に浮かんでしまうのはさらに具合が悪い。そういう事情はお分かりいただけるでしょうね」

「分かりますよ。ことに台湾人が介在していたとなると、ますますややこしい国際問題にまで進展しかねませんからね。それでいち早く、井上さんの『目撃証言』が出されたというわけですか。曾維健氏をスケープゴートにして、捜査対象の拡散を未然に防いだ」

「ははは……」

井上は笑いだした。

「浅見さんは私が考えていた、いや、それ以上に想像力豊かな人ですね。先程、総領事から浅見さんと話しあいのあったことを聞きましたが、その際、総領事は浅見さんにはほとんど核心に触れるようなことは話していないと言われた。しかし、それにしてはじつによく状況を把握しておられる。いや、敬服しましたよ」

笑いを収め、頭を下げ、さらに続けた。

「まさにおっしゃるとおり、われわれとしては、西産グループと王氏の関係以上に、台湾の某氏の存在が浮上するのを、最も恐れたというのが事実です。言うまでもないことですが、私たちと王氏殺害の事件とはまったく無関係ですが、捜査の渦中に巻き込まれるような事態にでもなれば、きわめて不愉快な状況が生じる危険があったのです。

翌朝、王氏殺害事件が発覚したというニュースを聞いた時は正直言って、慌てました。なんとか善後策を講じなければならない。そこへ公安の刑事が聞き込み捜査に訪れたので、とっさに窮余の一策を捻《ひね》り出し、例の『目撃談』を語ったというわけです。結果的に曾氏をスケープゴートに仕立てたことは事実ですが、私としては公安が再度確認を求めてきた時に、じつはあれは錯覚であったと話すつもりでした。ところが公安はそれっきり、まったく現れる気配がない。ある時期までは公安の容疑が曾氏に向けられているように望む反面、このまま推移して曾氏が本当に起訴まで持ち込まれたらと、不安なことでもありました。だからといって自発的に公安に出向いて実はあれは見間違いでしたなどと言うことは立場上できませんしね。ちょうどそんな時、T女子大の林教授が伏見総領事を訪ねて見えた。林先生は心理学会の国際シンポジウムに参加されたついでに曾氏を表敬訪問しようとして、今回の事件のことと、曾氏逮捕のきっかけとなった『証言者』が私であることを知ったのです。古くからの知己である伏見総領事に事実関係がどうなっているのかを尋ね、急遽《きゅうきょ》、私が呼びつけられました。総領事のほうには、すでに私の取った措置について話し、了解を得てありましたが、林教授と曾氏の親密な関係には思い至っておりませんでしたから、われわれとしては大いに慌てたというわけです。林教授にも事情を理解していただいた上で、新たに方策を講じることになりました。私の偽証やX、Y両氏の存在に抵触しないで曾氏を『救出』するにはどうしたらよいか……結論として、事件の真相を解明し真犯人を特定するのが最善の方法であるという案が林教授から出されました。それは言うは易《やす》く行うは難いのではと申し上げたところ、こともなげに、名探偵浅見光彦氏を起用すればよろしいと言われた。ただし立場上、総領事館が探偵を頼むわけにはいかないだろうから、本来の目的である事件捜査については林先生のほうからストレートに依頼して、総領事館のほうは表向き、雑誌社を通して、広報関係のルポを書いてもらうという建前にするのがいいだろうという知恵を授けられた。さらに浅見さんの説得役と、併せてお兄上である刑事局長さんの内諾を得る役まで引き受けてくださったのでした。何から何まで行き届いたご配慮で、私としてはひとまず胸をなで下ろしたのですが、そういう林教授も、浅見さんの飛行機嫌いをうっかりなさっていたとかで、その時ばかりは慌てたと笑っておいででした」

井上書記官は最後は楽しそうに締めくくったが、浅見は対照的にどっと疲れが出た。今回の事件に携わって以来、ずっと（何かがおかしい――）と感じてきた、その根源的な理由がいま明らかになった。林教授も伏見総領事も井上書記官もグルで、その上、兄までが事情を知りながら、寄ってたかって浅見を芝居の中に引きずり込んだ――という図式である。さすがの浅見も、そこまで巧妙に仕組まれたとは想像もつかなかった。

（なんということ――）

浅見はあぜんとした。こうなると、誰を信じていいのか分からない。

「この件は田丸さんもご存知なのですか?」

「いや、彼はまったく知りません」

そう言われても、疑惑は拭《ぬぐ》えない。ひょっとすると曾亦依までも——などと疑いたくなってくる。裴莉婕も、陳親子もばあさんも、さらには鄭兄弟までも——と、芝居の登場人物を疑いだせば際限がない。あげくの果て、王孫武までが「じつは……」と顔を出しそうな妙な錯覚に陥りそうだ。

しかし、王孫武や賀暁芳が死んだのは厳粛な事実なのだ。おまけに、すんでのところで曾亦依の生命までが危うかった。とてものこと井上のように笑ったり、「終わりよければ」などという満足感に浸っていられる気分ではない。

「伏見総領事からも申し上げたそうですが、本来なら感謝状をお贈りすべきところ、事情が事情ですのでそういうわけにいきません。日本国を代表して、ひたすら感謝の念をお伝えするようにとのことであります」

井上は何度も深く頭を下げて帰って行ったが、浅見は彼の尻を蹴飛ばしたい心境であった。

## 4

曾亦依は六時十分前には花園飯店のロビーに到着している。浅見はすぐに下りてきて、白い歯を見せて「やあ」と笑った。その笑顔に出会えて亦依はほっとした。何だかこのままずっと二人だけでいたい気持ちだったが、六時ジャストに田丸が、そして六時五分過ぎに裴莉婕がやって来た。四人が揃《そろ》ったところで、田丸は「今夜の食事は私の奢《おご》りです」と宣言した。

「えっ、じゃあ、浅見さんは事件を全部、解決したんですか？」

亦依は信じられないという目を向けた。裴莉婕も田丸から事情を聞いて同じような顔をしている。浅見は照れたような微笑を浮かべて頷いた。

「詳しいことは後で解説するけれど、とにかく浅見さんには脱帽しました。はい、あなたたちも最敬礼」

田丸は中国語で号令を発して、三人が揃って頭を下げた。

花園飯店内にある「白玉蘭《バイユウラン》」という広東料理の店に個室が用意されていた。「えっ、こんな豪勢なのですか？」と浅見は驚いた。亦依も「ホテルは高いですよ」と言い、裴莉婕に至っては「勿体《もったい》ない」と、自分の懐《ふところ》が痛むようなことを言った。

「ははは、私の奢りと言ったのは嘘。じつは伏見総領事から浅見さんへのお礼です」

田丸はあっさり白状して、「せっかく上海に来ていただいたのに、どこへもご案内できなかったのは大変申し訳ないので、せめてその代わりだそうです」

「そういえば、豫園も見なかったし、蘇州にも行かなかったですね」

亦依も残念だったが、浅見は首を横に振った。

「いや、そういうのはまた来れば、いつでも見られますよ。ハイアットのビルにも登ったし、遊覧船でバンドの夜景も見たし、貴老爵士楽団も聴いたし、十分、満足しました。それよりも荊州路の、やがて消え行く街を見ることができたのがよかったなあ」

どうしてこんな風にポジティブに考えることができるのだろう——と感心する。

シャンパンで乾杯して、高級なコース料理が次々に出てきた。シーズンから完全に外れているので、自慢の上海蟹《がに》はないけれど、食は広州にあり——の広東料理の贅《ぜい》を尽くした品々が供される。

途中で浅見がふと「これって、税金から出ているのでは？……」と田丸の顔を窺《うかが》った。

亦依もちょっぴりそのことを後ろめたく思ったところだった。

「ははは、心配しないでいいですよ。総領事が、『浅見さんのことだから、そういうことを気にするかもしれない。これは純粋にポケットマネーからですと言いなさい』と言ってました」

「そうですか、そんな風に見透かされるほど、僕のイメージはセコいってことですね」

浅見が亦依のほうを見ながら、いかにも悄気《しょげ》たような言い方をしたので、みんな他愛なく笑った。亦依は幸せだった。

「ところで、事件の真相解明のほうは結局、どうなったんですか？」

裴莉婕が切り出した。料理はコースの三分の二を消化した辺りだろう。お腹の具合もアルコールの回り具合も、ちょうど頃合いというタイミングではある。

「私から話してもいいですよね」

田丸が浅見に確かめた。「もちろん」と浅見は頷き、「ただし、この話はここだけにしておいていただきたいですけどね」と付け加えた。それについては誰も異存はなかった。かりに誰かが漏らしたとしても、それで捜査が進展する要素はないのかもしれない。

ふつうのメンバーだったら、会食の席にふさわしくない話題だが、この四人はその点ではかなり訓練され、免疫ができている。それでも、田丸が話した賀暁芳「殺害事件」の真相に亦依は驚愕《きょうがく》した。

脳裏《のうり》に暁芳の遺体を発見した現場の情景が蘇《よみがえ》った。「そんな……うそ……そうだったの……」と、気持ちの整理がつかないまま、無意識に切れ切れに呟《つぶや》きが漏れた。

「じゃあ、王孫武殺害は、陳正栄の犯行だったってことですね」

裴莉婕が冷静そのもののような口調で言った。

「たぶん……そうですよね、浅見さん」

田丸は自信なさそうに問いかけ、浅見も同じように曖昧《あいまい》に「たぶん」と頷いた。

「陳はその件については絶対に話しませんでした。僕たちは警察ではないし、確かな証拠もないので、それ以上の追及はできなかったですが、動機から言っても、現場の状況から言っても、陳正栄か彼の仲間による犯行である可能性が強い。もっとも、康警部の話によると、王を殺害したい動機を持つ人間は数えきれないそうです。暁芳さんの事件で陳親子が抱いた恨みのことは、まだ康さんに話していませんが、それさえも霞《かす》んでしまうほど、王は公私共にしたい放題、ずいぶん阿漕《あこぎ》なことをやっていて、恨みを買っている。たとえば彼の愛人・胡鳳芝《コフウジ》でさえ、公安局の調べに対し、ずいぶん激しい口調で罵《ののし》っていたそうですからね。かりに誰が殺《や》ったにせよ、それらの人々の怨念《おんねん》が乗り移ったようなものだと思えなくもありません」

「そんなの」と、亦依は思わず口走った。

「王孫武みたいなやつのことなんか、誰が犯人でも構いませんよ」

裴莉婕がびっくりした目でこっちを見た。元公安局職員で硬派の彼女のことだから、こんな感情的な決めつけ方には、きっと強く反論するだろうな——と覚悟を決めた。

「そうね、そうよね……」

信じられない優しい声で、莉婕は頷いている。亦依はなんだか、世の中が大きく変化しつつあるような感じがした。

「僕にはどうしても納得できない謎が残っているんですよ」

浅見が少し眉根《まゆね》を寄せて言った。

「ははは、まだ例の『赤手幇』の呪いにこだわっているんですか」

田丸が笑った。

「赤手幇の呪いって？」と莉婕が訊いた。

「さっきの、賀暁芳さんの事件の話の中で、少し触れなかった部分がある。王孫武は暁芳さんに『おまえは赤手幇の呪いから逃げられない運命にある。お前の恋人もやがて赤手幇の呪いに負ける』と言った。それが暁芳さんを絶望させる決め手になったらしい。その話をする時、陳正栄の手が異常に震えて、眼球が飛び出しそうな物凄い形相になった。あれはただごとではなかったですね」

「ええ、いまどき『呪い』なんかに、それこそ呪縛《じゅばく》されてしまうようなことがあるとは考えられないでしょう。現に赤手幇という組織は、大阪では鄭達の世界遊友商務に駆逐されてしまったくらいですからね。しかも陳建鋼君はそういう暁芳さんの過去も納得の上、愛していたそうじゃないですか。それにもかかわらず、暁芳さんがそんな『赤手幇の呪い』に悲観して死を選ぶとは信じられないのですよ。中国では、そういう迷信がまだまだ生きているのですかねえ」

「そんなことありませんよ。迷信という点では、日本のほうがいろいろあるみたいじゃありませんか」

裴莉婕が口を尖《とが》らせて抗議した。

「あの……」と、亦依はふと思い出した。

「私が陳さんのところで監禁されている時、おばあさんから聞いた話だけど、陳正栄の奥さんが内股に赤いトカゲの刺青をされていたのだそうです。赤いトカゲを旗印にした幇があって、その烙印《らくいん》みたいなものだから、どこへも逃げられないしお嫁にも行けないって言ってました」

「あっ……」と、浅見がすぐに反応した。

「田丸さん、陳が暁芳さんの遺体を下ろして横たえた時、見たって言ってましたね」

「え？　ああ……確かに、見たって言ってました」

田丸は二人の女性に忙しく視線を走らせながら、落ち着かない口ぶりで言った。あまり女性の前では話題にしたくない様子だったから、それでかえって、彼らが何を見たのか、亦依にもおおよその見当がついた。

「それも赤いトカゲじゃなかったのでしょうか？　念のために、康警部に赤手幇の旗印を訊いてみてもらえませんか」

田丸は部屋を出て、どこかで康警部と連絡を取ったらしい。間もなく戻って来て、「間違いない。赤手帮のロゴマークは赤いトカゲだそうですよ」と報告した。

「やはりそうでしたか……それじゃ、暁芳さんはそのことを苦にして、絶望したのでしょうね」

浅見は辛《つら》そうに言った。

「いまは愛があるから、陳建鋼とのこともうまくいっているけれど、その赤いトカゲを見るたびに辛い過去を思い出して、やがては建鋼の愛も冷めるのでは……と、不安で不安で仕方がなかったのでしょう。王孫武のひと言は、その不安を決定的なものにした。どこまでも呪いがついて回ると言われては、生きる望みを失っても当然かもしれません」

「それにしても、陳正栄の夫人も赤手帮にやられて、息子の建鋼の恋人もそうだったなんて、不運な巡り合わせだなあ」

田丸は思い切り顔をしかめた。

「だけど、そんなことで死を選ばなくてもいいのに」

裴莉婕は無念そうだ。

「私ならたとえ罠《わな》に引っ掛かって、そういう烙印を捺され、辱めを受けたって、負けたりなんかしないわ。結婚だって、そういう強い意志を持つ男性が現れるにちがいないでしょう。陳建鋼だって、きっとそういう立派な男だったのよ。もし現れなかったら、独りで生きてゆけばいいじゃないですか。ねえ亦依さんもそう思いません？」

「そうですよね、浅見さんだって、田丸さんだって、そういう男性でしょう?」

「もちろん」と、浅見は胸を張った。田丸も負けずに大きく頷いた。その二人を眺めながら、亦依は(うちの兄や父はどうかな——)と連想した。兄はともかく、あの父ならきっと、浅見や田丸のように堂々と胸を張って宣言したにちがいない。

そう思った時、ふいに頭の左側を殴られたようなショックを感じた。そのショックの中で、赤いトカゲの映像がフラッシュのように閃《ひらめ》いた。

(どこかで見た——)

いつか見た夢でなく、そのもっとはるか昔の記憶の中に、赤いトカゲの形があった。確かに見ているんだわ。でもどこで、いつのことだろう? 学校で? 遠足に行った時? 幼い頃の公園で? ううん、そんな赤いトカゲなんて、どこにもいはしない。だけど確かに見ている。いつ、どこで?——と記憶はどんどん遡《さかのぼ》った。

夢の話をしたのは二十歳の頃のことだ。赤いトカゲの夢を見た話をした時、父はなぜあんな風に怖い顔をしたのだろう?

「誰にも言うな」

「母さんにも?」

「もちろんだ!」

そういう会話が蘇った。

（えっ、母が？　えっ、父が？——）

そう考えれば、父の王孫武に対する憎悪は、大学の人事のことや紅衛兵に売られたことどころではない、もっと根深いところにあったことになる。ひょっとして、王への殺意があったとしても不思議はないくらいだ。

（殺意——）

周囲の物音がスーッと遠のいた。浅見の声もどこか別の世界から聞こえるほど小さく、頼りなくなった。目は開いているはずなのに、テーブルの上の料理も、その向こうにいる田丸や莉婕の顔もぼんやりしてきた。

（ああ、意識がなくなる——）

体が倒れてゆくのを感じながら、どうにも止められなかった。耳元で浅見の囁《ささや》きを聞きながら、誰かの腕の中に沈み込んでゆく感覚があったのを最後に、亦依の意識は暗黒になった。

気がついた時は浅見の腕の中だった。すぐ目の前に浅見の気づかわしげな目と、物問いたげな唇が迫っていて、亦依は恥じらいで、思わず顔を背けた。

「あ、気がついた、よかった」

浅見の顔いっぱいに笑みが浮かんだ。背後に田丸と莉婕も心配そうに覗《のぞ》き込んでいるから、気を失っていた時間はあまり長くなかったのかもしれない。

「ごめんなさい、私、飲みすぎたみたい」

「いや、顔色が悪いから、軽い貧血だったようですよ。たぶん疲労が溜まっていたのじゃないかな。ずいぶん活躍したもの」

首を振って、(違うのよ——)と、亦依は胸のうちで呟いた。

「いま、お医者さんを呼んでくるから、少しそうやって楽にしていなさい」

莉婕が言って、部屋を出て行った。

「そんな、大丈夫ですよ、もう」

亦依はもがくようにして、浅見の腕の中から起き上がった。まだフラつきが残っているけれど、なんとか椅子《いす》に坐れた。それが精一杯で、すぐにテーブルに突っ伏した。猛烈な脱力感だった。何か指の先に当たって、グラスか茶碗の倒れる音がした。

「ほら、無理しちゃだめだって」

浅見は子供を叱るように言って、亦依を抱き上げると、壁際にあるソファーの上に横たえた。店の人間が顔を出したが、酔っぱらいには慣れているのだろう。「大丈夫だから」と言うと、引っ込んだ。

間もなく医師が来た。ホテルに常駐している漢方医だそうだ。白い長衣から漢方薬の匂いが立ちのぼっている。亦依の腕を握って脈を取っていたが、一分もしないうちに「あ、これは胆嚢《たんのう》だね。心身の疲労からきている」と診断した。

「そんなんで分かるのかな?」と浅見が日本語で呟いたが、どんどん処方箋を書いて「これを薬局で買って来なさい」と莉婕に渡し、「しばらく安静にしていれば、じきに直る」と、さっさと行ってしまった。

田丸と裴莉婕が薬を買いに行った。この個室にいるのは浅見と二人だけだと思うと、亦依は奇妙にやる瀬ない気分になった。さっきのように、腕に抱かれて、思い切り甘えたい気持ちだ。あの時、なぜ顔を背けたりしちゃったのか、とんでもない忘れ物をしたような心残りがあった。

「浅見さん」と、亦依は小声で言った。

「はい」

浅見は律儀に答えて、椅子をソファー近くに寄せ、亦依の顔を覗き込んだ。さっきよりはずいぶん遠いけれど、目の前に浅見の優しい顔がある。やる瀬なさがいっそう増幅してきた。

「私、貧血でも飲み過ぎでもないんです」

「ああ、あのお医者さんによると胆嚢なのだそうですね。胆嚢がどう悪いのか、分からないけど」

「胆嚢なんか、関係ないんです。そうじゃなくて、赤いトカゲのこと……赤いトカゲの呪いや、暁芳や陳さんの奥さんの恨みのこと考えていて、ふいに昔のこと、思い出したんです。いつか浅見さんに話した、赤いトカゲの夢のこと」

「ああ、船の上で聞きましたね」

「あれ、本当は父から、絶対に誰にも喋るなって言われていたんです」

「そう、その約束を破っちゃ、まずいじゃないですか」

「ええ、でも八年も昔のことだから、もう時効かと思って……」

「ははは、約束に時効はありませんよ。もっとも、破るのは自由だけれど」

「ううん、やっぱり時効はないんです。約束は死ぬまで守らなければいけなかったみたいです」

「どうしたんですか、そんな深刻そうな顔をして」

「あの時、父がなぜあんなに怖い顔をして、喋るな、絶対に喋るな、お母さんにも絶対に喋るなって言ったのか、いまになって分かった気がするんです」

「ほうっ……」

浅見の顔から笑いが消えて、スーッと青ざめてゆくのが分かった。

「さっき、暁芳の股に赤いトカゲの刺青があったって聞いた瞬間、あ、あれは夢じゃなかったのかも、遠い昔にどこかで見た記憶がある——って。そしたら、父のことが、父がなぜあんなに怖い顔したのか……」

「もうその話はやめて、少し眠りなさい」

浅見は悲しそうに眉をひそめて、優しく言ってくれたが、亦依の胸の底から溢《あふ》れてくる思いは止めどもなかった。

「王孫武の学長就任に父が反対しているって聞いてはいましたけど、なぜそんなに反対するのか、私にはよく分かりませんでした。父には欲というものがありませんし、人を羨望《せんぼう》するという気持ちもありません。その父が、王のことになると嫌悪感を露骨に見せるのが不思議でした。でも、王が赤手幇の一味で、暁芳に赤いトカゲの烙印を捺したのは王かもしれないと思った時、父がなぜ王を許せなかったのか理解できました。私だって正義感と勇気とチャンスさえあれば、王を殺していたかもしれない。暁芳の無念を晴らすためにも……ううん、そのほかの大勢の悲劇を無駄にしないために、いつか誰かがそうしなければならなかったんだわ」

「曾さん……」

「王はきっと、何が何でも学長の椅子を獲得する目的のために、最大の敵である父を沈黙させようとして、破ってはならない約束を破って、タブーを口にしたにちがいない。井上さんが目撃した、父と王が口論していたというの、あれは本当にあったことなんですよ、きっと。そして父は激怒して王を殺した。愛する妻の秘密を……」

「いけない！　亦依、それ以上話してはいけない！」

父の叱咤《しった》と同じ、激しい語調だった。充血した両眼が飛び出しそうにこっちを睨みつけているのも、あの時の父親の恐ろしい顔とそっくりだった。

（怖い——）と思いながら、なぜか亦依は心地よい興奮に震えた。「亦依」と呼んでくれた——という衝撃のせいにちがいない。それまでは「曾さん」と距離を置いた呼び方をしていた浅見が、いま初めて「亦依」と呼んだのだ。ずっとそう呼んでくれるのを夢見ながら、この先もう、二度とそう呼ばれることはないのだろうな——と思った。


その夜、亦依は曾家に帰らず、そのままホテルに部屋を取った。心配して駆けつけた両親も、そうしなさいと勧めている。「もう大丈夫よ」と亦依が言うのに、「あんな狭い陋屋《ろうおく》じゃ、疲れも取れないだろう。せめて今夜くらい、のびのび寝るがいいよ」と維健は笑いながら言った。それとは違う理由であることを、亦依が口走るのではないか——と浅見は危惧《きぐ》したが、さすがに亦依はそこまで無謀ではなかったようだ。

「明日は浅見さんを蘇州にご案内したいのだが」

維健が亦依を通して誘ってくれた。もちろん浅見は快諾した。「おまえは無理かな」と維健が言うと、亦依は「大丈夫って言ってるでしょう」とムキになった。

その言葉どおり、翌朝には亦依の変調は、少なくとも見るかぎりではすっかり回復していた。兄の亦奇《イキ》が運転するワンボックスカーに、両親と兄妹と浅見の五人のメンバーが乗り込んだ。上海から蘇州までは高速道路でおよそ二時間。沿道には無数の住宅団地が建ち、いまも盛んに建築ラッシュが続いている。しかし稼働率《かどうりつ》はかなり悪く、空室が多いらしい。日本の公社住宅も空室や売れ残りが多いという悩みを抱えているが、中国の場合はそれに輪をかけて、団地が丸ごと閑散としているところが少なくないという。

日本企業の進出も目立つ。馴染《なじ》みのあるブランド名や社名の看板をところどころで見かける。井上書記官に連れて行ってもらったU社ブランドを掲げた工場も二カ所にあった。かつて戦争当事国同士であった国の国境と過去の怨讐を乗り越えて、日本人が外国で頑張っているのを見ると、日頃はあまり愛国心など、大上段に振りかざさない浅見も、素直に嬉《うれ》しくなる。

蘇州は上海とは対照的にしっとりした雰囲気の残る街だった。ちょうど昼どきにかかったので、維健が大学教授時代に教え子だった人の経営する店で食事をすることになった。中国料理ではあるけれど、これまでに浅見が知っているのとは、まったく異なる料理ばかりが供された。それがどれも美味である。「浅見さんのために、父がシェフに珍しいものをと頼んだのですって」と亦依が教えてくれた。

食事を終えて、蘇州四大名園の一つ「拙政園《せっせいえん》」というのを見学してから、浅見の希望で「寒山寺」に入った。例の「月落ち烏啼いて……」の「楓橋夜泊《ふうきょうやはく》」はこの寺で詠《よ》まれたものだ。禅宗の寺で、境内に「夜半の鐘声　客船に到る」に因《ちな》む鐘撞堂《かねつき》がある。一撞《ひとつ》き五元で客に撞かせる。本物ではなさそうだが、面白いので撞いてみた。偽物でもレプリカでも鐘は鐘で、陰々滅々たる音が堂内に響きわたり、作者の張継のことや、寺の開祖である寒山・拾得《じっとく》の故事などに思いを馳せる。

鐘撞堂を出たところで、亦奇が母親の麗文《レイブン》を伴ってトイレに行った。二人を見送って、境内をそぞろ歩きしながら、維健が「じつは」と言いだした。浅見と亦依と、どちらに話しかけるつもりなのか戸惑って、亦依は視線を父と浅見に交互に走らせている。

「王孫武を殺したのは私であったかもしれない」

「えっ……」

亦依は足を停め、息を呑んだ。（やっぱり――）という表情を浮かべ、いまにも泣きだしそうに見えた。浅見には維健の言葉の意味は通じていないが、彼女のショックを見れば、何を言われたのかが推測できた。

維健はそれっきり言葉を繋がず、娘に「何をしている?」と促すように視線を向けた。

亦依は「あっ」と気づいて、父親の言葉を浅見に伝えた。

「父は、王孫武を殺したのは、自分だったかもしれないと言ったのです」

「そうですか、それはよかったですね」

「えっ、どういう意味?　どうしてよかったなんて言えるんですか?」

「だって、実際には殺さずに済んだとおっしゃっているのでしょう。それとも、あなたはそれでは物足りないとでも言いたいのかな？」

わざと、からかうようなニュアンスを込めた。

「ああ、そういうこと……」

亦依の顔にポッと血の色が戻った。それからは、あまり感情の起伏を見せずに通訳ができるようになったらしい。

「私には王に対して、十分すぎるほどの殺意があったのだよ」と維健は話を続けた。

「あの夜、彼と和華飯店のロビーで出会って、私は彼の不正を詰《なじ》った。このところの上海の開発事業に関する、王孫武の策謀は目に余るものがあったからね。その時も日本や台湾の財界の重要人物と密《ひそ》かに会って開発プロジェクトを私物化しようと策動していたのだ。私個人に対する悪意のある誹謗《ひぼう》・中傷や不正行為は許せても、社会や国家を危うくするような所業——たとえば黒社会との繋がりなどを断ち切らないかぎり、私は決然としてきみを弾劾《だんがい》するつもりだと言った。すると彼は、より個人的な侮蔑《ぶべつ》的言辞を用いて、私の意図を封じ込めようとした。さすがに私も冷静さを失って、王を罵ったよ。井上さんが公安に対して行《おこな》った、私と王との口論を目撃したという証言自体は嘘ではなかった。公安は井上さん以外の目撃者も把握していると考えられるから、嘘をついても意味がなかったのだ。ただし、井上さんは四階の目撃談をつけ加えることで、結果的には先の目撃談の信憑性《しんぴょうせい》まで覆しているのだがね。それはともかく、その時、私は明らかに王に対して殺意を抱いた。生まれてからこれまでに経験したことのない激情に駆られたのだ」

幾度にも分けて通訳しているのだが、維健の言葉を伝える亦依の口調は震えた。彼女には父親の怒りの根源にあるものが何なのか、分かっているのだ。維健が「侮蔑的」と言った時、彼女の脳裏には赤いトカゲの幻覚が浮かんだにちがいない。

「私は貴老爵士楽団の演奏の合い間にクラブを抜け出して、四階の王の部屋へ向かった。しかし、幸か不幸か先客がいて、王の部屋に入って行く姿を見て、そのまま引き返した。翌々日、予測したとおり刑事が来て連行され、けっこう不愉快な目に遭ったのだが、それより先に王が死んだと聞いた時、私は二重の意味で天に感謝したよ。一つは王がこの世から抹殺されたこと。もう一つはその殺人者が私でなかったことだ。公安は私ばかりを追及して、真犯人を見失っているように思えたが、それならそれでもいいと私は思った。王は天によって誅《ちゅう》されたという気もしていた。林先生が何も心配することはない、すぐに真相は明らかになるとおっしゃったが、私としては真相などはどうでもいいから、誰も罰せられることなく、この事件が終息してくれることを願った……そうは言っても、私が無実の罪を着せられたまま、死刑の宣告を受けるかもしれないと思うと、いささか恐ろしかったがね」

最後は、いつも生真面目《きまじめ》に見える維健にしては珍しく、いたずらっぽい顔を作って娘と浅見に笑いかけた。

「これはどうでもいいことかもしれませんが」と前置きして、浅見は訊いた。

「和華飯店であの晩、王氏の部屋へ行った『先客』とは誰だったのでしょうか？」

その問いは黙殺された。

「やはり陳正栄でしたか」

維健は肯定も否定もせず、視線を天に向け、かすかに微笑《ほほえ》んだ。

「お父さん……」と、亦依が眦《まなじり》を決したように何か言いかけた時、麗文と亦奇が「探しましたよ」と駆け寄ってきた。鐘撞堂から流れる鐘の音が、王孫武の死と事件の痕跡をそっくり洗い清める弔鐘のように聴こえた。

# エピローグ

黄浦江は大きな春霞《はるがすみ》に包まれ、おだやかに煙っていた。外灘のクラシカルなビル群も、浦東地区の巨大ビル群も、すべて霞の中にある。行き交う船の蹴立てる波頭が、キラキラときらめくのも、春の深さを思わせる。

フェリーターミナルには亦依《イイ》の両親と兄と田丸書記官と裴莉婕《ペーリジェ》と、それに康《コウ》警部が思いがけなく顔を見せた。康は浅見を一人だけ、建物の外に連れ出して、何事かヒソヒソと話し込んでいる。事件が消化不良状態で終わりそうなので、その不満を訴えているのかもしれない。

もっとも、その割りには、話を聞いている浅見の顔からは終始笑みが消えなかった。浅見にとっては、もはや上海での事件はすべて完了したということなのだろう。しかし、彼のあの表情からは、満足すべき結末であったのかどうかは分からない。

亦依は浅見の口から何度か、「終わりよければすべてよし——とはかぎらない」という言葉を聞いた。事件が解明され、凶悪な犯人が処罰されても、それによって原状が回復されるわけではない。死んだ者は還って来ないし、失われた物は戻りはしない。

罪を犯した者はそのことを切実に思うべきだと浅見は言う。収賄をした政治家が、事件が明るみに出るとカネは返すと開き直るけれど、彼らはカネを返せば罪が消えるとでも思っているらしい。盗んでも殺しても、バレさえしなければ丸儲《まるもう》け。バレても、うまくすれば執行猶予つきか、何人も殺すようなよほど悪質でなければ、せいぜい無期懲役どまり。これでは死んだ者、被害に遭った者はやり切れない。

たとえば王孫武《オウソンブ》のような男は、どうすれば断罪することができただろう。あれだけの悪行に手を染めながら、一度たりとも罪を暴かれ刑に服すことなく、捜査の対象にもならず、それどころか、大学の学長候補という栄光の道を歩んでいた。

「誰が犯人でも構わない！」

亦依がそう口走ったのと同じことを、浅見も言っていた。いつか、誰かが殺さなければならなかった人物――と言った。

その浅見が、まるで春の黄浦江のような穏やかな顔で笑っている。上海での九日間は、彼にとっていったい何だったのかしら？――と、亦依はとてつもなく不可解に思えた。あの鋭さや激しさは、どこに姿を隠しているのだろう。

浅見が康と別れて戻って来た。康は亦依に挙手の礼を送って、回れ右をして去った。

「何かあったんですか？」

「王氏の事件は、このまま迷宮入りしそうだそうです。あ、それから曾さんによろしくと言ってましたよ」

本当にそれだけなのか、浅見の表情からは読み取れない。

田丸が「どうやら、この秋には日本に帰ることになりそうです」と言った。少し早めの内示が出たらしい。

「それはよかったですね」

浅見が言うと、「いいかどうか……」と元気がない。手放しで喜べないのは、もちろん莉婕とのことがあるからだろう。莉婕は聞こえないふりを装って、亦依の両親と顔を寄せ合って話し込んでいる。

ゲートが開いて、平坦《へいたん》な北京語のアナウンスが乗船を促した。

浅見は亦依の父親の手を握って「お世話になりました」と言った。

亦依が通訳するより先に、維健《イケン》も「謝謝《シェシェ》」と応えた。感謝のこもった瞳が、眼鏡の奥で心なしか濡れている。母親の麗文《レイブン》も浅見の手を握り「謝謝」と何度も頭を下げた。それから夫婦して亦依に近寄り、「幸せになりなさい」と声を揃えて言った。

「分かってますよ。だけど、それがなかなか難しいの」

ジョークのつもりで言いながら、亦依は笑えず、涙ぐんでしまった。幸せになれるかどうかは分からない。けれども幸せになる努力はするつもり――そう言いたいのに、どうして素直に言えないのだろう。

「曾さん、そろそろ行きましょうか」

浅見がスーツケースをゴロゴロ引きずりながら声をかけた。

亦依は「はい」と応え、もう一度両親に歩み寄り、「父さんも母さんも幸せにね」と両腕を左右の両親に巻き付け、思い切り抱きしめた。父の優しさと母の逞しさを、この腕で抱いて帰りたかった。

# 自作解説

一九七七年頃だったと記憶している。長野県飯田市郊外のダムでバラバラ死体遺棄事件が発生した。この事件が何とも奇妙で、僕の好奇心を大いにくすぐった。

事件の発覚は、東京都内のタクシー運転手が警察に申し出たことによる。そのバラバラ死体を飯田まで運んだのは、どうやら自分らしい——というのである。

運転手の話によると、ある男から飯田市まで荷物を運んでもらいたいと頼まれ、段ボール箱七箱と、その男を乗せて行ったということだ。かなりの報酬を示されたので、運転手は仕事を引き受けた。

都内のとあるビルの前で待っていた男と落ち合って、その場所から段ボール箱七箱をトランクと後部シートに積み込み、一路、飯田へ向かった。当時はまだ中央自動車道は全通していなかったために、片道だけで七、八時間はかかったという。

夜になるのを待って、飯田市から木曾へ向かう山道を登って行った。途中、ダムを左に見て進み、上流の谷川を越える橋の真ん中で車を止めるよう命じられた。そこで段ボール箱を下ろし、運転手は橋の袂《たもと》で待機することになった。

しばらくすると、男は突然、段ボール箱を持ち上げ、次々に谷底目がけて放り出した。月光の下、異様な光景だったろう。七個全部を放り捨てると、男は戻ってきて、何事もなかったように、東京へ戻るように言った。

警察は運転手の供述とその他の証拠に基づいて、「犯人」と目される人物――ビルの管理人夫婦を割り出し、全国指名手配した。

そういう事件である。

それだけの事件と言ったほうがいいかもしれない。

しかし僕は、その記事を新聞で見た瞬間、違和感を抱いた。妙な事件だな――と好奇心に駆られた。

ビル管理人が大枚をはたいて、タクシーを雇い、わざわざ遠い信州のダム湖まで運んで捨てたのはなぜなのか。あまりにも堂々とした行為には、事件を隠蔽しようという意思がまるで感じられない。むしろ、自分が殺人事件の犯人であることを、世間に公開するような愚行である。

いったい、なぜなのか？　なぜそんなことを？――というこの「好奇心」が、やがて僕に推理小説を書かせることになる。

真相はそんな単純なものではないのではあるまいか――と思うところから、僕は空想と妄想と創造力を駆使して、デビュー作となる『死者の木霊』という小説を書いた。現実に起こった出来事・事件をヒントに小説を紡ぎだす手法を、この作品で体得した。

その事件から六、七年経って、社会を震撼させるような事件が発生した。後に「グリコ・森永事件」と呼ばれることになる、恐喝グループによる毒入り菓子のバラ撒《ま》き事件である。社会秩序を根底から揺さぶるような、まことに不愉快な事件で、警察の無能ぶりも露呈され、市民を恐怖のどん底に陥れた。

僕は創作意欲をそそられる――というよりも怒りに任せて、ワープロのキーを叩《たた》いた。警察がだめなら、われらが浅見光彦に事件を解決させてやろう――ぐらいの気持ちがあったかもしれない。そうして『白鳥殺人事件』という作品を書いた。みごと（？）、小説の中では、浅見が犯人たちを追い詰め、事件の真相を暴いたのである。

これには後日談がある。

忘れもしない、『白鳥殺人事件』が刊行されて間もない、一九八五年八月十二日のことである。東京都下府中市の友人宅にお邪魔していた僕のところに、共同通信社記者を名乗る人物から電話がかかった。「内田さんは、グリコ・森永事件の真相を知っていたのですか？」というのである。

何のことか分からないので、「いや、何も知りませんよ」と答え、なぜそんなことを訊くのかと言った。

「いや、『白鳥殺人事件』の中で、警察やわれわれ一部のマスコミしか知らない、オフレコの事実が書かれているので、てっきり、内田さんにはそういう、事件の背景について、何らかの知識があるのではないかと思ったのですがね」

むろん、僕が知っているはずのないことであった。どの部分がそうだったのかはここで書くわけにはいかず、作品を読んでいただくしかないのだが、少なくとも二つの点について、事実を指し示していたのだと思う。

その人物は「ほんとに知らないのですか」と、疑うような口ぶりで言って、その後に付け加えた。

「じつは、たったいま、グリコ・森永事件の犯人グループから各社宛に、犯行終結宣言が送られてきました」

僕は大いに驚いた。その興奮も冷めやらぬまま、友人宅を辞去して、関越自動車道を一路、軽井沢の自宅へ向かって走った。

その途中——たぶん東松山のインター付近を通過中のことだと思う——前方やや左手の秩父山塊の辺りで、稲光のような閃光《せんこう》が走った。(夕立が来るのか——)と思ったが、空はよく晴れていて、それらしい雲もない。陽は傾き、秩父の山並は淡いシルエット状に横たわり、夕景になろうとしている。

聞くともなしに聞いているカーラジオが、「臨時ニュース」を告げ始めた。羽田発の日航機が消息を絶った――というのである。つまり、僕は「日航機墜落事故」の目撃者だったのだ。そのことがあるので、共同通信社からの電話のことも、日にちまで鮮明に記憶しているのだが、それはともかく、『白鳥殺人事件』もまた、「グリコ・森永事件」に誘発されて書かれた想像の産物であることが、これでお判りいただけるだろう。

僕の知人に中国人の女性がいる。十数年前に来日して、浅見光彦に惚《ほ》れ込み（？）浅見光彦倶楽部の会員にもなったという、奇特な人物だ。

二〇〇〇年冬のある日のこと、その女性が友人（日本人女性）のアパートを訪問したところ、訪ねた相手がベッドに横たわり、亡くなっていた。

彼女は驚いて、すぐに警察に通報した。死後何日も経過していて、一人住まいであった上、隣近所との付き合いがまったくない人だったので、警察は一応、変死扱いにして司法解剖をした。結果的には病死だったことが判明するのだが、第一発見者である中国人女性にとっては、きわめてショッキングな体験だったにちがいない。

彼女からこの話を聞いて、僕の頭にはたちまち怪しげなストーリーが思い浮かんだ。そうして生まれたのが『上海迷宮』である。中国を舞台にしているだけに、針小棒大、白髪三千丈的な発想といってもいいが、ともあれこれもまた、現実に起こったことをヒントにして書かれた作品の一つではあった。

人からよく質問されることに、「トリックを思いつくきっかけは？」というのがある。

つまり、推理小説を書くきっかけのことを訊いているのだが、僕の場合、トリックを発想したことが創作のきっかけになるケースはほとんどない。まず「出来事ありき」で、トリックなどはストーリーを書いてゆく途中で、思いつくものである。

創作意欲を駆り立てるのは、やはり奇妙な出来事、事件。創作のエネルギーは好奇心そのものと言っていい。逆に言えば、エネルギーの源泉は「出来事・事件」ということになる。もちろん、出来事や事件それ自体を、勝手に創造することもあるけれど、前述したような、現実に起きた事件がその引き金になる場合が多い。

たとえば飯田のダムにバラバラ死体を捨てたことや、グリコ・森永事件など、空想だけでは得られない「出来事」である。そんなことを思いつけるのは犯人ぐらいなものだ。中国人女性が死体の第一発見者になるなどということも、なかなか思いつけないだろう。

作家として要求されるのは、そこから先、いかなるストーリーを空想し構築するかである。「病死」を「変死」に変え、事件性を持たせることぐらいは簡単だが、「事件」の背景に何があったのか、何が彼女をしてそうさせたのかを追及するのは、なかなか難しい。難しいけれど、これが作家という職業の醍醐《だいごみ》味でもある。その最も典型的といっていい好例が『上海迷宮』だったと思っている。

とはいえ、『上海迷宮』は慣れない中国を舞台にしているだけに、まるで手さぐり状態で生み出した難物ではあった。二〇〇一年と二〇〇三年、二度にわたる取材を経ているのだが、その間に、上海はどんどん変貌を遂げた。その急激な変貌すらも、あたかも「犯行動機」であるかのように利用している。

取材から完成まで、足掛け五年を要したこの作品の完成は、二〇〇四年のワールドクルーズの最中であった。一貫して編集作業に当たったのは、徳間書店の丹羽圭子氏だが、アムステルダムからヘルシンキまでのあいだ、航行中の船（ぱしふぃっくびいなす）に乗り込んで、観光気分でいる僕を督戦し、校正作業に没頭した。

すべての作業が完了して、ようやく安眠できると思った矢先、最後の最後にきて、丹羽氏が浮かない顔で言ってきた。

「これ、どう考えても、おかしいです」

つまり、重要なトリック部分が整合性に欠けるというのである。「どれどれ」と読み直してみて、確かにそのとおりであることに気がついた。彼女が最終ゲラを持って、日本へ帰らなければならない、その前日の夜のことであった。

すでに印刷所がスタンバイしていて、刊行スケジュールも、新聞広告のスペース取りも決まっていた。もはやタイムオーバー、ゲームセット、しかも整合性の不備は変更不可能としか思えない。

「無理ですね、だめですね」

老練可憐な丹羽氏は諦め顔であった。

「いや、大丈夫、任せなさい」

胸を叩いて見せたが、じつはそれほど自信があってのことではない。ともあれ、僕はほとんど徹夜仕事で、およそ三十枚にのぼる原稿を書き加えて、あざやか（？）にストーリーを収斂《しゅうれん》させたのである。

「先生は天才ですね」

丹羽氏がそう褒め讃えたことは言うまでもない。

二〇〇七年夏

内田康夫

〈参考文献〉

「上海シンドローム」　村山義久　蒼蒼社
「中国の黒社会」　石田　収　講談社
「図説　上海」　村松　伸　河出書房新社
「上海で勝て！」（「フォーサイト」特別編集）　新潮社

この作品はフィクションであり、文中に登場する人物、団体名は、実在するものとまったく関係ありません。なお、風景や建造物、ニュースなど、実際の状況と多少異なっている点があることを御了承下さい。

本書は2007年9月徳間文庫として刊行されたものの新装版です。

徳間文庫

# 上海《シャンハイ》迷宮《めいきゅう》

〈新装版〉



2023年11月15日 初刷

著者 内《うち》田《だ》康《やす》夫《お》

発行者 小宮英行

発行所 株式会社徳間書店

東京都品川区上大崎三－一－一 〒141－8202
目黒セントラルスクエア

電話 編集〇三(五四〇三)四三四九
販売〇四九(二九三)五五二一

振替 〇〇一四〇－〇－四四三九二

印刷
製本 大日本印刷株式会社

ISBN978-4-19-894906-8